微电影剧本创作

许静波 编著

清華大学出版社
北京

内 容 简 介

本书为传媒类相关专业的实践课程教材，内容涵盖微电影编剧从项目谈判立项、采风文献、确立主题、设定人物、结构大纲、完成剧本直至修改提高的全过程，旨在帮助传媒类相关专业的学生学习掌握微电影创作的全栈流程。

本书共分七章，第一章为微电影剧本创作准备；第二章到第四章探讨了微电影主题、人物、大纲的写作；第五章和第六章是关于剧本写作的格式与内容；第七章以学生习作为例进行逐场分析。附录部分提供了编剧合同的模板，分享了作者创作的十部理论宣讲微电影剧本，作为课程思政的组成部分。

本书适合传媒从业者、戏剧影视和微电影创作者阅读，同时也为有微电影拍摄需求的政府机关、企事业单位人员等提供参考。

图书在版编目 (CIP) 数据

微电影剧本创作 / 许静波编著 . -- 北京 : 清华大学出版社 , 2025. 6. -- (普通高等院校网络与新媒体专业系列教材). -- ISBN 978-7-302-69238-6

Ⅰ. I053.5

中国国家版本馆 CIP 数据核字第 2025TG0719 号

责任编辑： 施 猛 张 敏
封面设计： 常雪影
版式设计： 方加青
责任校对： 马遥遥
责任印制： 杨 艳

出版发行： 清华大学出版社
网 址：https://www.tup.com.cn，https://www.wqxuetang.com
地 址：北京清华大学学研大厦 A 座 邮 编：100084
社 总 机：010-83470000 邮 购：010-62786544
投稿与读者服务：010-62776969，c-service@tup.tsinghua.edu.cn
质 量 反 馈：010-62772015，zhiliang@tup.tsinghua.edu.cn

印 装 者： 三河市少明印务有限公司
经 销： 全国新华书店
开 本： 185mm×260mm **印 张：** 12.5 **字 数：** 266 千字
版 次： 2025 年 6 月第 1 版 **印 次：** 2025 年 6 月第 1 次印刷
定 价： 49.00 元

产品编号：099857-01

普通高等院校网络与新媒体专业系列教材

编　委　会

前　言

十年前，我还是一个编剧新人，所创作的话剧剧本《天地玄黄马相伯》入选上海文化发展基金会2013年度“青年编剧”扶持项目，修改完成后，在第二年参加了由基金会举办的剧本朗诵会。因为每部剧的演出时长限制在20分钟内，而我的剧本则是两三个小时的大戏，有很多高潮段落舍不得删减，于是便将这些高潮段落抽出来，单独做了一个20分钟的小戏。

然而，演出效果并不像我预想得那样好。试想，泰山之所以雄伟，是因为它与广袤的齐鲁大地相辉映；如果将五岳汇聚一处，便难以凸显任何一岳的险峻与高耸。同理，肴之盐、香之氛、曲之峰、咖啡之肉桂、衣着之亮色、戏剧之高潮，都需要在整体架构中布局，与其他部分配合，方能展现出最佳效果。否则，缺乏铺垫的表白，只会让人想起《大话西游1》里白晶晶的那句“我牙齿还没刷呢”的经典台词，借口遁去。

后来我再去基金会的舞台上演出剧作，就不再“抽筋”式地选择所有高潮，而是拿出一个相对完整的段落，这样反而取得了更好的舞台效果。

有表达欲很好，但是其如洪水，需要在控制之下，才能成就一种美好。

正是这件事，让我对编剧的理论有了更多的兴趣，开始在创作之余，关注“知其然”背后的“所以然”。

2015年，我从上海来到苏州大学传媒学院工作，教授的一门课程就是“传媒实务”。因为我自己擅长编剧，所以有时课后就与选修此课的学生聊剧作、写剧本。多年下来，我发现，并非只有戏剧学院戏文系的学生才去写剧本，也并非只有写得好的“天赋怪”才有资格写剧本。

编剧并非女王皇冠上的明珠，不可触碰，反而更像是唐代的诗歌，引车卖浆者也能吟诵一二；也像大国企时代的乒乓球运动，车间里的大爷会告诉你“大爷永远是大爷”。特别是在全民创作短视频的时代，大众对于编剧的基础方法有所了解，这无疑对优化互联网的内容有一定的意义和价值。

所以，这本教材不仅是给戏剧文学专业的学生使用的，也是给那些对于微电影编剧有兴趣却无法窥得门径的爱好者使用的。书中着重讲述了一些“笨问题”，比如剧本文件怎么命名，戏剧和影视的段落缩进有什么差别。

当然，光靠讲课，不涉实务，是不能真正给学生以指导的。所以，这些年来，除了在大学教书和科研外，我也一直不间断地进行戏剧影视和电视节目创作，获得过三次上海文化发展基金“青年编剧”项目资助，并荣获一次国家艺术基金“青年创作人才”项目资助。话剧作品《子规血》《大明崇祯五年》《天地玄黄马相伯》《中流击水》《花开乐益》《大江北望》在上海话剧艺术中心、上海中国大戏院、台北大稻埕思剧场、苏州公共文化中心、上音歌剧院、大零号湾文化艺术中心等地演出，也入选过第二十二届上海国际艺术节。我也参与了电视剧《大宋宫词》的编剧工作，并担任电视剧《八千里路云和月》的历史顾问，还参与了东方卫视、江苏卫视、苏州电视台的多个节目的策划和撰稿，亦有系列微电影著作的播出。此外，我还收集了部分影视剧本，这些素材都将在本书中有所应用和体现。

我还将选修该课程的同学的部分习作收录在书中作为案例进行分析。与戏剧文学专业的同学习作相比，她们的习作体现了大多数人在学习微电影剧本写作时的诉求。在此要特别感谢钱馨雨、李承璇等同学的无私分享。

在戏剧影视和微电影剧本的创作过程中，我遇到了很多商业谈判，发现剧本创作不仅仅是艺术创作，也是商业项目。编剧在牢记自己艺术创作初衷的同时，还要懂得商务谈判技巧，这样有利于作品的顺利落地，所以本书中也谈到了一些谈判技巧。

党的二十大报告指出：“坚持理论武装同常态化长效化开展党史学习教育相结合，引导党员、干部不断学史明理、学史增信、学史崇德、学史力行，传承红色基因，赓续红色血脉。”微电影是进行党史、新中国史、改革开放史、社会主义发展史四史教育的重要方式。习近平总书记在庆祝中国共产党成立100周年大会上的重要讲话中提出“两个结合”，即“坚持把马克思主义基本原理同中国具体实际相结合、同中华优秀传统文化相结合”。我曾为苏州市创作了十部“百步芳草，与‘理’同行”的微电影，通过展现苏州优秀历史传统文化，传播了习近平新时代中国特色社会主义思想，这也是“两个结合”的具体体现。当然也要清楚，微电影和故事片毕竟有所区别，所以我们也要掌握多种编剧笔墨。

最后，由衷感谢苏州大学传媒学院的领导和同事们，没有你们的包容与支持，我将无法在学术研究之外进行艺术创作和编剧实践。

同时，编者在编写本书过程中，参阅了大量的专著，并汲取了相关成果，在此一并向相关作者表示衷心的感谢!

由于编写时间仓促，书中难免有不当之处，恳请同仁赐教。反馈邮箱：shim@tup.tsinghua.edu.cn。

编　者
许静波

目 录

绪　论

致广大而尽精微。

——《礼记·中庸》

一、微电影时代

先有微电影，后有电影。

1895年12月28日，法国卢米埃兄弟的《火车进站》在巴黎首次公映，尽管这是一部默片，却像惊雷划过寂静的夜空一样在世界文化史上留下永恒的回响。这一刻，犹如源头的泉眼涌出了第一股清泉，其后将成为涧，成为溪，成为川，成为河，成为江，成为一片浩瀚无垠的大海。

作为电影的滥觞，《火车进站》的制作并不粗糙，从图1-1中可见，人物集中在右侧，较为“紧”，而火车轨道突出“疏”，形成了画面的平衡；侧面斜向拍摄又尽量纳入更多信息。所以，仅仅通过这一个场景的构图，我们就能看出卢米埃兄弟的艺术素养。这也是中世纪以后欧洲绘画艺术几百年发展的体现。

图1-1　《火车进站》剧照

我们回看这部只有17米长的胶片，即便通过手动放映机调慢速度，最终也不过只有50秒到1分钟的时长。在“电影”这个词还没出现的时代，我们当然不能预设这是“长片”还是“微电影”，毕竟，比起历史凝固瞬间的摄影，这部时长1分钟左右的视频已经“长”得不得了。正如意大利史学家克罗齐所言，一切历史都是当代史。当人们回看历史，也必然带上当下的视角，所以按照现在院线电影两个小时左右的时间观之，此片是一部不折不扣的微电影。

电影诞生以后，很快就面临剧作长度的问题，这是经济先于艺术的问题。因为在电影诞生之初，大多数观众都是抱着猎奇的心态去观看短片，但是当大家习惯了这种艺术的“形式”本身，势必需要在真正的“内容”层面吸引观众，以形成有效且高黏性的消费群体。无论是话剧、舞剧、歌剧，还是音乐会，一般都是两个小时左右的演出时间，可以满足人们上午、下午、晚上3个完整时段完成核心事件的需求。所以，电影的时长延长至两个小时左右(当然欧洲艺术电影四五个小时的时长也是常见的，正如四五个小时甚至更长的话剧一样)，是商业运营上的必然结果。

于是，从剧院中衍生出了电影院，人们从前往影院，等候开场，观看电影，再到观后讨论以及回家，通常会经历一个上午、一个下午或一个晚上。在这段时间内，人们可以完成结构时段意义的“正事儿”。如果时长太短，比如不到一个小时，那么观众会觉得这一趟出门不值得，看完这么短的电影，一个“半天”的时间还没过完，干点儿其他的正事儿时间又不够，观看电影的意愿自然不会强烈。

所以说，电影的时长是和观众具身前往电影的行动密切相关。如果更换了这个场景，时间对于视频的限制就会随之发生变化。当电视出现以后，电视剧为什么会走向40多分钟这样一个时限？这与人的精神和生理集中的有效期息息相关，因为超过了这个时间，观众会感到精神与身体上的双重疲劳，课堂教学一般设置为40到50分钟一节课也是出于这个原因。

而当互联网诞生以后，观众的观看模式更加自由，能够集中注意力的时间进一步缩短。于是视频的长度在新场景的影响下更加富有弹性，从动辄数天的慢直播到几分钟的短视频，内容创作的形式多种多样，因此微电影重新得以复兴。

实际上，在互联网时代之前，在影视编导的日常拍摄训练中，拍摄片段、摄像小样等短视频的形式就已存在，并不存在什么在技术上如《火车进站》那样里程碑式的作品，更多是作为行业史被建构出的叙述而已。

1995年，美国总统克林顿提出“信息高速公路”不久，网站作为新事物、新平台，急需能适应当时容量有限的服务器播出的内容。美国广告人斯科特•扎卡林以电视剧《飞跃情海》为素材制作的短片《地点》投放于各大网站，在那个时代获得了不错的点击量，被认为是微电影的雏形。

与《火车进站》时代相比，新时代的微电影依靠互联网而兴起，但当时互联网只是播出平台。随着近几年的发展，互联网逐渐成为制作平台。同时，微电影在21世纪的成功突围，也和剧情广告的结合有着密切的关系。

2010年，由吴彦祖主演的汽车品牌凯迪拉克的广告《一触即发》被称为里程碑式的“微电影广告”。这部微电影广告不仅具有引人入胜的剧情，还巧妙地融入了凯迪拉克汽车的品牌理念和产品特点。在90秒的剧情时间里，吴彦祖扮演的特工在执行任务时遭遇敌人的突袭，于是联手女主角施展调虎离山等计策，在后台指挥中心的调度下，他乘坐凯迪拉克的车辆，成功躲过对手摩托车组以及直升机的追捕，最终将科技产品成功交易。

实际上，在《一触即发》之前，国内很多广告就采取了故事讲述的形式，早就可以被称为微电影。例如，20世纪80年代的经典农药广告来福灵，采用的就是动画片的形式。一开场是一群蔬菜穿着礼服在舞厅里翩然起舞，几个长着圆柱形脑袋的乐手在演奏乐曲。此时舞厅大门被踹开，几个长得凶神恶煞的害虫闯了进来，高唱：“我们是害虫！我们是害虫！”蔬菜们吓得花容失色，此时那些圆柱形脑袋的乐手扯下身上的西装，原来他们都是农药瓶子，瓶身上写着“来福灵”3个字，而“圆柱形脑袋”就是农药瓶子的盖，他们高唱：“正义的来福灵，正义的来福灵，一定要把害虫杀死，杀死！”然后乐手手中发出闪电，虫子变成焦炭，并被推出门外。大门关上，蔬菜们幸福地抱在了一起。这个广告片，有角色——人畜无害的蔬菜、凶狠残暴的害虫、正义可靠的来福灵农药；有冲突——害虫伤害蔬菜，农药保护蔬菜；有伏笔——挺身而出的来福灵在一开始以乐手的形象出现。这个广告片可谓是一部完整的动画微电影。

对比之下我们发现，很多事物的评价，其实和概念的产生相关。《一触即发》地位的建构和形象传播与当时“微电影”概念进入中国有着重要的关系。但是不可否认的是，《一触即发》在广告行业中开拓了“大片广告”的类型，在观众对明星喋喋不休宣讲式的广告产生审美疲劳后，主打视觉效果的《一触即发》给观众带来了不一样的观看体验。

观看场景与投资者的变化，让微电影在当下成为影视创作的热点。相较于传统院线电影的高成本、高投入、长周期以及审核风险大，微电影的制作成本较低、拍摄周期短，而且不需要注册电影公映许可证(俗称“龙标”)，因此成为国家与地方大型节日庆典、影视新人入行，以及视频爱好者入门的新宠。

在国际上，众多著名电影节赛事增设了短片单元，奥斯卡金像奖中有最佳短片奖，柏林电影节中有短片单元，鹿特丹电影节有独立电影短片和外国短片单元等。

在21世纪的第二个10年里，中国微电影发展迅猛，相应产生了微电影节。国内首个微电影节“2011网易微电影节”于2011年4月开幕；“中国(北京)国际微电影节”(又称“大学生微电影大赛”)也在同月启动。综合性电影节也开设了微电影短片单元，如金鸡百花电影节全国微电影大赛、香港电影节国际短片竞赛单元，以及北京大学生电影节“学生原创单元”中的“动画短片”和“实验短片”单元。

二、微电影的类型

我们可以看到，微电影的历史几乎等同于电影，或者说微电影就是电影在院线长片外一直存在的一脉。微电影的来源多样，每一种不同的别名都代表着一个切入的分析视角和类型名称。

微电影(micro movies)更加强调属于电影的艺术特性。虽然在现代电影艺术中，故事已经不是主要的类型形式，也就是说当代电影未必讲故事。但是和其他的类型相比，微电影依然更加富有故事性，会有人物、冲突、矛盾，以及情节的层层铺叙。

“短片(short film)”这个词常常和微电影混用，从表面上看两者差异不大，都具有“微”和“短”的特征，那么多“短”才叫短呢？例如，奥斯卡的最佳短片奖要求在40分钟以内，但是从最近几届的获奖名单来看，基本都是在20分钟以内。从艺术实践来看，短片的实验性更强一些，在结构上创新更多，有的甚至取消了台词，或者即便有台词，也可以让观众听不清，只是营造一种众声喧哗的氛围感，如微电影《迷你亡灵之夜》(见图1-2)采用宏观镜头和加速拍摄的方式，让所有的台词和环境音成为嘈杂的背景，以及人类命运之下无关紧要的细节。观众则全程以上帝的视角俯视，看到了从僵尸泛滥到动用核弹引发核战争，最后地球文明毁灭的全过程。

“短视频(short video)”这个词的应用场景更常见于抖音、微信号等新媒体平台。一方面，短视频的范围更加广泛，非专业、非剧情，乃至非艺术的内容都可以归属其下；另一方面，在庞杂的短视频内容中，也有一部分有人物设计、剧情想定、场景打造的内容，具备一定的“微电影性”。

图1-2 微电影《迷你亡灵之夜》剧照

剧情广告是以电影的手法和微电影的长度制作的视频广告，主要在新媒体平台上播放。传统的电视广告主要有5秒、15秒和30秒等时长，很难在如此严格的时间限制内表现充分的剧情和铺垫，导致在一个时期内中国电视广告以简单粗暴的重复植入为主。但是自从新媒体兴起后，广告播放的时长限制不再存在，因此一些企业就用微电影的形式去展现品牌形象。例如，2011年，桔子水晶酒店推出了“十二星座”系列微电影，以展现该品牌时尚年轻的特色。

从用途来讲，微电影大概可以分成以下四类。

(一) 私人娱乐性质的微电影

这类微电影主要是短视频类的微电影，是短视频爱好者以随手拍的形式，拍摄出的具有一定故事性的短视频作品。当然，现在新媒体平台受资本逻辑影响较大，短视频的制作也开始团队化，并在收获一定量粉丝之后进行多元的商业开发，如进入直播带货的领域。但是，对于广大的短视频拍摄用户来说，最终只有少数实现流量变现。

(二) 专业学习申奖性质的微电影

影视导演专业的学生很难一开始就完成长片的拍摄与制作，他们通常通过短片锻炼技术，增加经验。这类微电影拍摄完成后，可以通过申报国内外微电影节的奖项，在一定程度上收回成本。动画导演饺子虽然在2019年以动画电影《哪吒之魔童降世》被广为人知，但是其早在2008年就执导了个人首部动画短片《打，打个大西瓜》，该片先后入围第6届中国动漫金龙奖最佳动画短片奖，获得了第26届柏林国际短片电影节国际竞赛单元评委会特别奖等30多个国内外奖项。拍摄微电影的经历为饺子执导长片打下了基础。

(三) 商业制作性质的微电影

电视平台会播放一定形式的微电影，但是其商业变现逻辑并不相同。国外某些电视台通过会员付费来覆盖成本，获得盈利，而我国公立电视台则通过播出广告来完成商业变现，如2024年苏州广播电视总台出品的网络微短剧登录湖南卫视和苏州新闻综合频道，就是以频道整体的广告收入为背书的。部分视频平台也是以片头广告的形式达到变现目的。

(四) 节庆活动宣传片性质的微电影

政府、企业、学校等单位在大型节庆或重要活动时往往以短视频的形式来开展宣传。从国际上讲，在奥运会、世博会、足球世界杯等大型体育赛事的申办和宣传工作中，申办国通常会制作精美的短视频。近年来，中国地方政府也在不断推出城市宣传片。在一些重要的庆典活动前后，如中华人民共和国成立七十周年、中国共产党建党一百周年等，也有一大批的短视频作品涌现。此外，高校招生、企业宣传、科普与文化教育等领域也在创作短视频作品。这些短视频作品中有相当一部分具有故事性，可以视为微电影。

相比传统电影，微电影创作的成本和要求大为降低，甚至微电影与“短视频”的界限愈发模糊，用途也更加广泛。拍摄剪辑设备的升级与普及让人人皆可以为编剧和导演。然而，摄录门槛的降低并不代表着艺术标准也会随之失守。在流量的逻辑之外，依然有属于微电影的艺术世界。2018年初，陈可辛导演的贺岁微电影《三分钟》播出。虽然该片在宣传中强调全程使用iPhoneX拍摄，但除了iPhoneX，当时拍摄时还使用了无人机、附件架、转接环、专业镜头、监视器、稳定器以及各种摄影附件。拍摄完成后还进行了后期调色。我们以图1-3的电影截屏进行构图分析：A点是全图的最高点，却在中心线偏左的位置；而B点为最低点，依然不在中心线，是在略右的位置；C、E两个高点对应的是较为紧密的背景人群，都没有超过A点；D点则使得右侧紧密的人群不单调。因为列车员是女主，所以在A点左侧不存在影响视线的人与物。更重要的是，A点到E点是横向排列的，而站台与火车所形成的天空是一个纵向的布局，破除了横向排列的单调，彰显出导演深厚的构图功力。

图1-3　微电影《三分钟》截屏

所以，创作者需要有严肃的态度，不应随便拍拍，应付了事，而要对策划、编剧、拍摄、后期、宣发、评论等每一个环节都倾注心血。作为一种媒介实践的微电影创作可以“飞入寻常百姓家”，但是在艺术上终究要“吹尽狂沙始到金”。

三、微电影剧本

先有剧本，再有微电影。

其实，早在摄影时代就已经如此了。早期的湿片摄影法，需要现场调配感光的火棉胶，并且曝光的时间也比较长，所以必须在拍摄之前就对所拍摄照片的构图、光影等进行预先的安排，而这种安排其实可以视为剧本。哪怕是现在摄影设备的技术进步早就达到了非专业摄影“随手拍”的地步，但是对于专业摄影来说，做好摄前准备和计划同样至关重要。

视频时代的拍摄更应如此。微电影的天地大有可为，而从事微电影创作的第一步就是写作剧本。剧本是一剧之本，没有剧本创作的拍摄，往往会陷入随性而不可控的境地。至少作为初学者，应该学会尊重剧本，学习剧本，夯实创作基础。

(一) 剧本的重要性

剧本即“一剧之本”，是微电影创作的基础和源头。虽然和话剧、戏曲、电视剧、院线电影等剧本项目相比，微电影剧本没有那么高的艺术要求，很难作为文学创作文本而被传播，但是依然具有重要的意义，主要为以下3点。

1. 对拍摄的调性、情节、风格等抽象内容有基础把握

在项目策划阶段，需要确定微电影的调性和风格；在剧本创作阶段，则需要通过情节表现调性和风格，为拍摄和剪辑阶段实现调性和风格打下良好的基础。如果想创作风格细腻的微电影，那么在创作剧本的时候要对生活细节和人物反应有更多的着墨；如果想创作气象宏大的微电影，那么应该设置更多空境、全景的细节。正如画家在落笔之前“胸有成竹”，导演在拍摄前，也一定要完成剧本创作。要思考微电影中的人物应该设置怎样的戏份？次要人物如何在完成自己的功能的同时不与主要人物产生冲突？情节是在怎样的一个情境中展开？需要有怎样的铺垫？

2. 对拍摄需要的场地、时间、演员数量有具体的规划

如果说调性、风格之类的抽象概念尚且可以用意会来把握，那么在拍摄之前制订拍摄计划的时候，必须根据剧本对诸多细节进行确认。例如，演员有几人？在哪里拍摄？拍摄的大体时间是什么时候？什么时候置景？什么时候杀景？这些细节必须根据剧本来准备。

3. 对拍摄需要的费用预算资金范围进行大体的落实

微电影的拍摄成本虽然和院线电影相比相对较低，但是依然会产生诸多费用。例如，拍摄机器的租赁或购置、灯光和反光板的设置、轨道和收音装置、后期特效的制作和包装、拍摄的通勤和餐饮，这些都需要经费。因此，在开机之前，应该落实这些经费，这是确保项目或设备能够顺利启动和运行的关键步骤。而落实预算的依据便是剧本。

(二) 剧本的多重属性

剧本的创作者叫编剧。

编剧是一个多义词，具有三种含义：一是一种职业；二是一种创作行动；三是从事

职业或行动的人，这些人可以不把编剧作为职业，而仅仅作为创作的行动。

编剧是剧本的创作者，但不是唯一的创作者。导演在对文学剧本进行二度创作的时候，实际上要调动整个团队。在这个过程中，演员、制作人、舞美、道具，甚至历史剧的历史顾问、军事剧的军事顾问、科幻剧的科学顾问都有可能参与。虽然与正规的院线电影相比，微电影的剧本没有那么复杂，但是依然具有多重属性：是艺术性与商业性的结合，也是想象力与执行力的统一。如果剧本不具有多重属性，很容易沦为纯艺术化的空中楼阁，无法落地拍摄；也很容易立意不高，输出流水般的套话。

1. 剧本创作是文学行为

剧本在本质上具有文学属性。早在古希腊时期，剧作家就成为一个专业艺术创作群体，无论是埃斯库罗斯、索福克勒斯和欧里庇得斯这样的悲剧三大家，还是阿里斯托芬、欧伯利斯、克拉提诺斯那样的喜剧家，其剧作都被纳入文学创作的领域。至于莎士比亚、易卜生、关汉卿、汤显祖这样的剧作家，其剧作更是文学史上绕不过去的篇章。在诺贝尔文学奖的获奖名单中，剧作家也占有很大的比例。所以，剧作家同时也是文学家，剧本也是文学作品，剧本具有非常鲜明的文学性。

2. 编剧行动是商业活动

如果将剧本拍摄成影视作品，那么编剧在进行创作的时候应当具有商业思维，要在一定可行性的基础上展开。所以，编剧必须在一定程度上和商业目标进行和解与妥协，否则难以将剧本落地，也不利于持续创作。

3. 需考虑剧本的执行可能

影视是一个团队项目，编剧只是项目操作链上的一环，甚至不是最主要的一环。制片人相当于是项目经理，而导演则是首席技术专家，编剧作为技术研发成员，只是导演的技术部门中的一环。在具体执行的过程中，需要剧作者将理想状态下的文学剧本调整为可操作性的量产方案的拍摄剧本。不考虑执行性的剧本就像只能发表在学术期刊上的论文，表面上或许能获得SCI的高分评价，但距离实际应用还非常遥远。所以，从剧本出发，与其在导演二度创作的时候虚耗精力，不如在编剧一度创作的时候，就提前考虑到执行的可能。

(三) 微电影剧本创作的学习

编剧是通过学习学会的吗？

莎士比亚、汤显祖、曹禺何曾专门学过编剧？但他们不是没有由来的天才：莎士比亚常年在剧团工作；汤显祖所在时代文风鼎盛，豪门多豢养戏班子；学生时代的曹禺经常登台演戏，那时的高校戏剧氛围十分浓厚。那么，仅仅依靠在剧团中摸爬滚打的经验就能成为编剧吗？

编剧是一门技术。

从形式上来说，剧本有着和小说、散文不同的文体格式。如何缩进，怎样使用符号，如何分场，场景说明与人物台词怎样设置，这些都有规范。在好莱坞还有专门且复杂的电影剧本格式文本，有一系列的画外音、旁白、蒙太奇的符号和说明。更重要的是，小说、散文与剧本有差异，文学剧本和拍摄剧本也有差异，不经过一定的学习和训练是很难掌握这些技巧的。

从思维模式上来说，小说、散文是叙事思维，而剧本则是画面思维。不经过训练的剧作者写出来的剧本场景叙述往往让导演感觉无从着手，甚至难以拍摄。小说需要用人物的语言、内心描写、场景烘托来达到高潮，但是剧本，特别是影视和微电影的剧本，不一定需要使用人物的语言，往往一个细节的神情、一个微妙的动作都能推动剧情的发展。

除了这些细节的问题，还有更加宏观的技巧，对于剧情节奏的把握，对于主题的画面呈现，对于场景设置的思考，如何开头，如何结尾，如何做到剧情的“三翻四抖”，这些都需要经过专业的学习才能做到。

所以在现代艺术院校中专门设置了戏剧文学专业，以培养专业的编剧人才。但是只依靠专业的戏剧文学教育体系来培养编剧一样存在问题。因为编剧虽然是技术，但是万源归宗后最重要的还是思想的高度，只有深度了解社会、政治、文化，才能落笔有神。而这些不是单纯的编剧技巧所能解决的。

要成为一名微电影剧本的编剧，需要做到以下6个方面。

(1) 成为一名有根底的“杂家”。成为“杂家”一方面要博览群书，通过人类知识的结晶了解各个领域的发展；另一方面要走出象牙塔，更多地了解社会，因为越能俯下身子，越能触摸到泥土的芬芳。同时，要了解国家法律法规、公序良俗，创作虽然自由，但是也有其不可触碰的底线。

(2) 熟悉微电影创作的全过程。编剧虽然是对作品的一度创作，但是必须对导演的二度创作、演员的三度创作，以及对组建团队、统筹调度、舞美道具、音乐音效、剪辑特效等各个工序有所了解，这样才能在写作的时候做到心中有数，笔下有神。

(3) 掌握剧本写作的内容与形式规范。例如，理解编剧专用的概念名词；了解剧本中的符号缩写；懂得设计剧本的人设、框架、场景；等等。

(4) 具有一定的阅片量，知道从哪里可以获得观摩学习微电影作品的资源，并且要具有从视频转化文字剧本的思维，以便进行拉片训练。

(5) 了解微电影相关的征稿、评奖的路径、平台、节庆活动和基金，并拥有一定的专业配套资源，可以将剧本落地。

(6) 具有一定程度的商业头脑和谈判技巧。编剧不仅要有创作的能力，还要有一定的商业谈判能力，能够与甲方进行沟通与博弈。

戏剧影视创作是一个综合性的团队项目，不是一个人可以包打天下的。虽然编剧在微电影领域还可以尝试打通各个环节的全栈式操作，但是在参与大电影和院线电影创作时，必须要有足够的团队意识与资源整合能力。

综上，微电影编剧不能只是一个编剧，还需要有足够的政治高度、精湛巧思的艺术水准、符合潮流的传播理念，以及清晰周详的商业头脑。

四、本书的创作框架

本书是一部讨论如何创作微电影剧本的教材，以一部微电影剧本从立项、创意、人物、大纲、剧本写作的实操顺序作为基本结构。

(一) 立项

立项和创意都有可能成为创作的第一环节，区别在于前者是委约创作，而后者是自发创作。对于创作者来说，并不需要一个仪式性的立项，但是需要委约方有一个确立项目可以开始的节点。严格来说，这是商务的内容，而非戏剧创作。不过在现实中，不可能依据过往身份的背书就直接签约，还是需要有一定的预期研究成果，但是出于成本的考虑，这些成果不能耗费太大的精力和太多的经费，一般不进行实地采风和田野调查，所以往往通过案头工作来进行。本书的第一章将讨论如何进行创作前的预先研究，并介绍一部分与委约方谈判的经验。毕竟，编剧不仅仅是一项艺术创作，也是一项业务和工作。需要立项的创作往往是政府、企业以及大型庆典的宣传工作。理解甲方的需求，并与其达成一致，然后尽可能把自己的艺术思想投射到作品中，这是一项非常重要的能力。

(二) 创意

在自发创作中，创作的开端是灵感。但灵感是随机的、片段的、模糊的、感性的，需要将灵感进行理性化的归纳和总结，从而形成可以围绕创作的主题。而在委约创作中，需要将冰冷的、理性的、概念的主题进行故事化和具象化的表达。创作的过程是归纳，委约的过程是演绎。虽然是不同的思维方式，但都要形成一个故事的基本思路。本书的第二章将着重分析如何将灵光一闪的感悟转化为微电影的主题，并探讨如何从故事中提炼归纳戏剧主题。

(三) 人物

戏剧是人物的故事，即便放大到动画电影的范围，那些非人类的角色也可以称之为广义的人物。本书的第三章先讲述剧本正文之前的人物表的写作，然后讲述详细的人物小传如何设计和撰写。人物设计不是不得已而为之的套辞，而是理解故事的必要基础。

只有把典型的人物放在典型的环境中，才能展现合理的故事。本书的第三章还将讨论微电影中人物的设计以及人物之间的搭配问题。

(四) 大纲

大纲是对故事整体结构的把握，需要在大纲中找到故事的主要矛盾、情节的主要冲突。通过大纲，可以看出这个故事是否有新意，匡算出大体的成本预算以及拍摄方案。在很多流程复杂的项目组中还存在比稿的现象，而大纲是确定执行团队的依据。

(五) 剧本写作

第五章和第六章都是讨论剧本写作的内容。其中，第五章主要谈论剧本的形式与格式，包括场号、场景、台词缩进、剧本符号等。第六章则分述开头、主体和结尾三个方面的具体写法。当然，因为法无定法，所以在第六章中更多是源于类型学的形式分类，具体如何写作，只有学习者在亲自写出剧本后，才能有真正的体会。

需要说明的是，虽然本书主要讲授微电影写作，但是戏剧、电视剧、电影、晚会小品，各种形式的编剧都有共同之处。因此，在列举时，虽然以微电影故事为主，但是也会使用一些其他戏剧影视的作品来做对比和类比研究。这些被列出的戏剧影视以及微电影作品在第一次出现的时候，会在剧名后加上首映时间，再次出现则不复加。

由于笔者自身有着一定的戏剧影视微电影创作经验，在列举时，使用了一些亲自参与创作的项目以及收集的资料，其中不少是处于项目执行过程的资料，而不是最后的播出或者演出文本，目的是让读者看到在修改博弈中的作品的样貌，从而对“如何做”之外的“如何改”的问题有更加深入的了解，这对于读者来说是难得的学习机遇。

思考题

1. 如何认识微电影剧本创作的艺术性与商业性？

2. 整理一下现在能找到的各类微电影节庆活动，看一看哪些适合你参加？如何组建微电影创作团队？

第一章　微电影剧本的创作准备

合抱之木，生于毫末；九层之台，起于累土；千里之行，始于足下。

——《道德经》

从剧本创作的流程上讲，编剧从事剧本创作有两种方式：其一为原创；其二为委约。如果是原创的，那么编剧会在立项之前进行调研准备；如果是委约的，那么立项之后也要开始调研。无论如何，都不应该出现拿到题目就开始创作的情况。

只有当我们认识了世界，才能表达世界。当我们对世界认识得越深，表达得就会越深。

如果是诗歌，尚且有虽然生活经历贫乏，眼界狭窄，但是依靠灵感依然写出羚羊挂角文字的可能，如李煜虽有家国之变，但实际上不过出于深宫再入深宫，依靠才情写诗，而不是依靠学养与眼界。但是戏剧影视不一样，戏剧影视作为代言体，要求我们必须要进入人物生存的环境中去感受他们的世界，去感受他们所遭遇的一切。也就是说，你只有成为你所写的那个人，你才能写出那个人。

第一节　项目沟通

委约创作时，编剧切忌“等靠要”。

编剧需要知道，项目的投资方只有一些模糊的概念，毕竟他们不是专业的戏剧影视创作人，也许会听说一些创作的经验，但是不会按照创作的逻辑来开展，所以项目创作的过程也是“教育”甲方的过程。作为乙方的编剧不能自矜艺术家的身份，而要学习成为一名商务沟通人员，主动掌握一定的项目沟通技巧。从项目流程上讲，沟通可以分成项目前、项目中和项目后。

一、项目前

委约创作的邀约方式有两种：一种是定向邀约，也就是甲方对编剧前期的作品有一定的了解，比较认可编剧的能力，从而发出的小范围定向邀请；另一种是面向社会公开征稿，符合一定条件的创作者都可以投稿。相较而言，定向邀约的立项把握比公开征稿要大一些。

但不管是邀约还是征稿，都不等同于立项，从某种意义上说，这只是参与项目的门槛，以获得与甲方会面的机会。那么在会面之前，编剧需要做哪些准备呢？

(一) 准备一份合适的简历

这份简历由编剧简介和创作简历两部分组成。编剧简介不超过两三百字，包含身份、奖项和最重要的作品案例，便于甲方向上级报备。编剧简介要控制在一页PPT内，除文字内容外，还要附上一张较为正式，但又不是证件照风格的个人肖像照，尽可能在照片中体现职业性。而创作简历要较为详细，介绍主要作品时，最好在片名和其获得的奖项旁边附加二维码，便于甲方扫码观看。

(二) 与合作团队进行沟通

编剧未必是委约创作的直接乙方。甲方作为大甲方，可能直接对接的是制作人或者导演，而编剧是制作人与导演所组建的团队中的一员。对于编剧来说，制作人和导演才是甲方。在甲方的视角下，编剧和导演、制作人是一个团队。编剧需要事先和导演、制作人有较为深入的沟通，形成大体一致的观念。只有这样，在和甲方见面的时候才不会出现沟通上的不统一，不会让甲方觉得这是一个“草台班子”。

(三) 对项目有所了解

编剧需要对项目进行一定的预先研究，在项目会上能够讲述自己对项目的认识。需要注意的是，这些认识并不一定符合甲方的需求，但编剧要清晰表达本方理念，以展现其能力。

在项目会上，虽是导演作为主角与甲方沟通，但是编剧需要做好担纲主讲的准备。在清晰表达本方理念之外，编剧还需要做到以下三点。

1. 清晰把握甲方诉求

在项目方的征稿邀请函中，虽然已经有项目需求的内容，但基本都是概念化的表达，可能不符合戏剧影视艺术创作的要求。因此，编剧必须在项目会上尽快了解甲方的诉求，然后与之沟通，形成文字版的会议纪要，并返还甲方确认。

2. 明确甲方的主要责任人

如果项目方由多部门共同参与组成，那么需要明确谁是最终拍板定案的责任人，谁是直接对接的责任人。很多项目会是为了展现共同商榷氛围的头脑风暴会，在会上说的最多的，发言最热烈的，未必就是最终决策者。编剧不需要对所有的问题都有所回应和解决，只需要完成最终责任人下达的任务就可以了。需要注意的是，最终责任人未必是现场职位最高的人，职位最高者即便发言，也是指导性的意见，而非具体的执行要求。

此外，除了最终责任人，还有直接联络人，相当于是专门负责这个项目的项目经理，很多事务性的工作都要通过他来对接，甚至很多职位最高者的意见都由他来传达。他知道哪些是领导说说而已，哪些需要执行。

3. 清楚甲方制作的意愿以及成本

即便开启了项目会，甲方也未必能够形成统一的制作意愿。很多项目之所以在推进过程中夭折，都是因为甲方自身的不坚决或者内部的争议。除了了解项目方的制作意愿，编剧也要有基本的成本测算意识，测算一下项目方愿意投入多少成本来完成这个项目，投入的成本和甲方的实力是否匹配(警惕大包大揽、拍胸脯式的甲方)，以及自己需要根据这样的预算完成怎样的剧本。

项目成立前的讨论会需要经历一个漫长的过程，甚至有一定的失败率。并不是每一个能谈的项目都会谈成，学会接受失败和容忍失败，这是一个编剧需要具备的心理素质。尽量不要抱着“救一个是一个”的心态做项目，很多项目在策划的阶段就矛盾重重，资金不济，如果硬往下做的话，那么可能会把编剧“套牢”。

项目的成立以签订合同为标志，编剧需要在签订合同的时候明确主体，即是以个人的名义还是以公司的形式来签订，这涉及合理避税的问题。如果新人编剧不知道编剧合同如何撰写，那么可参见“附录二”。

二、项目中

“项目中”是指从制作立项到作品上线或放映的全过程。这是微电影制作的主体阶段，包含实地采风、剧本创作、拍摄剪辑、修改上线等多个流程。从理论上讲，编剧只要参与实地采风和剧本创作两个流程就好。但实际上，剧本的修改贯穿创作的全流程。很多时候，对剧本进行修改并非因为艺术，而是来自甲方其他方面的考量。在项目沟通的过程中，编剧需要注意以下6个问题。

(一) 尽可能要求甲方只在合适节点审查项目进度

甲方是项目的发起者，而不是直接创作者。要尽可能避免甲方或甲方的某些人员对项目参与过多。当然，对甲方参与多少的控制主要是制作人或者制片人的工作，但当甲方参与过多时，编剧要及时向制作人或制片人提出。正所谓“合适”的节点很难量化，而“合适”的参与程度需要靠合理的经验来把握。

(二) 要求甲方从一个出口形成书面意见

在执行过程中，来自甲方的声音可能较为驳杂。在策划会或审稿会上，甲方请来的专家可能会给出五花八门的意见。这些意见可能互相矛盾，如果都完全接受而不加以区分的话，编剧会无所适从。编剧应该在策划会或审稿会上尊重每一位专家的意见，然后在会后找到甲方，核对意见汇总，请甲方先自己过滤一下，看看哪些是可以忽略的，哪些是需要遵从的，最后形成书面意见。需要注意的是，对于那些没有被甲方采纳的意见，如果编剧觉得需要，那么只要不违反书面形成的总原则，也可以将其列入书面意见。

(三) 适度与甲方及专家博弈

项目方在策划会和审稿会上请来的专家往往各有所长，要么在艺术上有所成就，要么对于原型案例比较熟悉，但是也可能有其短处，因为艺术水平高的，未必熟悉原型案例；熟悉案例的，未必有艺术创作的经验。所以，编剧要批判地接受他们的意见，也就是需要在会上和甲方及专家博弈。博弈也要适度，如何表达意见而不至于闹翻，如何说服对方接受意见而不心生芥蒂，这都需要一定的谈判经验来支撑。

(四) 形成清晰明确的节点确认书

在项目推进的过程中，最忌反复返工以及乱改意见。因此，每到一个环节，应形成一个具有法律效力的节点确认书。签字盖章后，原则上不进行返工，应继续推进下一环节。需要注意的是，艺术创作是一个整体，在拍摄过程中修改剧本是非常常见的事情。有的是导演直接改剧本，有的是导演远程与编剧沟通。演员基本在签约前才拿到完整的剧本，而在拍摄的过程中，由于剧本被大量修改，片场里最常使用的剧本是飞页[①]。所以，节点确认书是编剧进行自我保护的工具，但又不能完全拘泥于条文。

(五) 在合适的节点催款

项目的付款流程基本是多次付款，会在合同中约定具体的付款流程与比例。需要注意的是，很多项目正式启动的时间往往晚于合同条款中的时间，所以也要看编剧是否在意此项问题。

(六) 编剧在宣传物料上的署名

虽然剧本是一剧之本，但是在宣传的时候，往往在物料上用专字标明“×××导演作品”，而不是“×××”编剧作品。这是目前的流行现象，当然有一定的道理。但是也一定要以核心创意人员的身份在宣传物料上为编剧署名。不尊重编剧的团队，也很难创作出优秀的作品。

总之，“项目中”是编剧与项目方沟通最多的阶段，每一项具体的问题都有博弈的

---

① 在拍电视剧或者电影的时候，剧本没有具体剧情，边拍边写的部分，或有完整剧本，但需要边拍边改，以散页形式呈现的部分，被称为“飞页”。

技巧和依据。编剧除了要有足够的商业思维，还需要具备一定的谈判手段。编剧虽然是艺术家，但是不能困在象牙塔里，也需要有一定的博弈经验。

三、项目后

项目后会遇到的问题比较少，大概有以下3类。

(一) 尾款结算问题

严格来说，尾款结算属于商务问题，而且还可能形成连环债务的问题，如甲方欠制片人的，制片人欠编剧的。甚至在21世纪的前10年，还有很多项目的尾款被默认是收不回来的。但不管如何，既然签订了合同，就要尽量落实合同。这就需要编剧具有一定谈判的技巧，以保证自己的合法利益。

(二) 舞台剧类作品的继续修改问题

不同于影视剧和微电影等上线即完成的项目，舞台类作品在每一轮演出后，甚至在单轮演出中都有修改的可能。这时就要看编剧与制作团队的关系，以及对作品的定位，毕竟不是所有的创作都是商业项目的逻辑。有时为了艺术的提升或者申报奖项，编剧会在首演后的二三轮乃至更多轮演出时对剧本进行修改。

(三) 极端情况下负面舆情的应对的问题

由于戏剧影视作品面向公众播出，会面临被批评，甚至被恶评的风险。当出现这些问题时，就要对舆情做出应对。对于影视作品，只能遵从团队整体的舆情应对方案；对于舞台剧类的作品，则可以在一定程度上进行及时修订，尝试是否可以挽回一定的风评。

总之，编剧需要及时和甲方进行沟通，并需掌握一定的沟通技巧。剧本虽然是文学和艺术作品，但毕竟不是小说，不能由作家自己掌握创作与发表的过程。微电影创作既需要和投资出品的甲方合作，又需要和导演、制作人、演员、摄像、剧务等制作团队沟通，所以编剧应该具有一定的谈判能力。

其实，不管是委约创作，还是原创作品，都要求微电影的编剧不能把自己“锁”在文字的世界，而需要有更广阔的视野和更强的能力。反过来说，编剧就是编剧，并不是像制片人那样的项目经理，拥有一定的谈判技巧固然非常必要，但是不能违背自己作为一位艺术创作者的初衷。如果仅仅是为了投资、盈利或者获奖而创作的话，那么功利之下，势必难以出现好的作品。

因此，对于一名编剧来说，最重要的是要守住本心。

第二节　剧本写作调研

生活是戏剧的来源。

不管是传统的反映论，还是后现代的戏剧观，戏剧影视总是人类对生活认识的一种艺术化表达。没有生活过，何谈艺术？

不管是历史题材，还是当代题材，但凡不是写身边事、亲历事，编剧总要进行采风和调研。如果是现实故事，就去故事发生的地方去感受主人公为何会在特定情景下做出特定选择；如果是历史故事，那么既需要去历史遗迹中追溯古人往事，又需要到典籍文献中爬梳历史记载。

两者都是生活，不过一种是现实中可以触摸的生活，另一种是凝结在文献中的生活罢了。

一、下生活

在人类学、社会学以及传播学领域，田野调查都是非常有用的方法。早期的文化人类学家要对目标民族进行长达数年的观察，并参与他们生活的方方面面。作为编剧，在接受特定项目后，也需要到创作对象的生活环境中亲身体会感悟，去了解特定的生存场景，这样才能在自己的剧本中构建一个合适的世界。

2022年，笔者接受复旦大学上海医学院的委托，为复旦大学上海医学院博士生医疗团创作话剧《行走在大山深处的白衣天使》。在当年和其后的两年暑期，笔者两次与复旦博医团前往贵州剑河、青海玉树、宁夏西海固和四川北川开展实地调研。

在去之前，笔者也会想当然地认为，西部地区是风沙满地的样子，学校和医院也应该破败不堪才对。然而，真正来到在电视剧《山海情》中被称为“穷甲天下”的西海固时，笔者看到的根本不是荒凉的黄沙，而是青山皆绿。曾以为条件简陋的医院，无论是在青藏高原还是在云贵高原，都非常现代化。边远地区医疗面临的已经不是硬件的问题，而是患者的健康观念和医院的人才建设问题。

如果不是下了生活，亲眼看到这样的社会和人群，那么光靠想象，恐怕笔下的应该也是黄沙作幕、天地变色的景象。同样，当走进宁夏西吉县王民中学的时候，笔者看到的也是相当现代化的校舍与设备，与东部地区的学校差别不大。这是时代发展的成就，也是需要走到第一线才能看到的现实。

如果说从东部城市到西部高原，看到的是和原来生活环境不一样的世界，那么在同一个地方，一样可以体验不一样的世界：那些半夜独自奔波的快递小哥、为了城市卫生而凌晨劳作的环卫工人、高科技企业中为中国争夺科技话语权的技术专家、漂泊在城市里没有归属感的人们，人与人的悲欢本不相通，可若是不尝试走进别人的生活，那么永远不会感同身受。

下生活，最忌讳的是走马观花。下生活，需要观察体会的有很多，如对象人物的精神气质、生活习惯、语言方式，要让自己成为那个人。虽然在剧本中不需要对人物的生活环境进行全面的描绘，但是编剧需要在头脑中建构出相关的画面，以“眼前有景”的方式进行创作，只有这样才能让人物鲜活起来。在微电影《拾荒少年》(2012)中，拾荒者暂居的小屋是如何布置的(见图1-1)？他们煮面条为什么用电饭锅的内胆？为什么用电磁炉，而不用明火？他们看的杂志是什么？杂志哪里来的？这些杂志还有什么用①？这些场景的布置就是在编剧预构建的基础上由美术师丰富和强化的。

图1-1　微电影《拾荒少年》剧照

当然，就算下了生活，有时也未必能够看到故事发生的原貌。例如，话剧编剧冯静在写《谷文昌》的时候，曾先后多次前往福建漳州东山岛进行实地考察，然而东山岛早就山清水秀，并且因为电影《左耳》成为知名的旅游景点。与中华人民共和国成立之初，谷文昌刚刚来到东山岛所见的那种海边荒漠、砂石无树的景象完全不一样。但是反过来说，如果还是那个时代的景象，这部戏创作的意义又是什么呢？

相较于院线电影来说，微电影的预算成本较低，下生活虽然重要，但是也只能有限度地开展。2010年，吴京为了拍摄电影《战狼》，来到南京军区某部下生活。在10多个月里，吴京掌握了包括潜水狙击、特种射击、擒拿格斗、野外生存、攀登滑降等多种技能，还拥有潜水33米的纪录以及国际三星潜水员证书。在狙击步枪射击比赛中甚至能与部队优秀狙击手平分秋色。这样的下生活效果显著，可是对于要求短平快的微电影，以及能支配的预算有限的微电影编剧来说，这并不现实。

---

① 关于《拾荒少年》的具体剧情，可见第三章第二节中的具体介绍。

二、读资料

下生活所看到的只是直观的资料，而且人的视野毕竟有限，不可能了解现象的全貌。如果所涉及的是历史题材，就需要爬梳相关历史资料。2019年，中国银联拍摄的广告片《大唐漠北的最后一次转账》依据的史实就是安史之乱后，安西都护府调兵内地平叛，导致力量薄弱，面对吐蕃进攻，只能依靠白发老兵苦苦支撑。那么，作为编剧，就需要了解当时唐朝的政治局势、西域的军事征伐、郭子仪的侄子郭昕为国壮烈守边的史实。虽然郭昕并未出现在这部短片中，但是并不代表在收集史料的阶段可以不去寻找相关的史实。

编剧所爬梳的资料，真正直接应用到剧本中的只是少数，大多数都是作为知识背景。掌握的知识越丰富，编剧在创作中也就越从容。不过，作为编剧，要保持一种警惕，不要怕浪费，如果把自己查到的资料都塞到剧本中，那么反而变成了“掉书袋”。

进行当代题材创作的时候，可以阅读相关的新闻报道、人物特稿、社会统计报告、社会学者著作的调研报告等。进行历史题材创作的时候，首先，要对那个时代的正史和现代人所编纂的史料集有所了解；其次，要对研究对象个人的诗文集有所了解，如果要在剧本中引用相关的诗词，那么一定要有所出处；最后，要善于使用知网、上海图书馆“晚清民国期刊数据库”等电子资源，检索一下学界在该领域有怎样的研究进展，要尽可能采用信史而非传说，不要将那些已经被学界否定的观点和史料加入剧本中。

在新媒体时代，获取信息虽越来越便捷，但要注意识别虚假、伪造的内容，特别是要注意识别21世纪以来形成的让读者防不胜防的“钓鱼文”①。此外，历史故事化、非虚构历史的著作大量出现，也助长了编纂史料的风气。笔者在担任一部抗战题材电视剧的历史顾问时，导演曾提出一首名为《黄埔军校餐前训导》的文辞考证问题。

军井未掘，将不言渴；
军灶未立，将不言饿；
雪不穿裘，雨不披蓑；
将士冷暖，永记我心。

然而，笔者翻遍了能够找到的与黄埔军校教育史相关的著作，并没有发现这个餐前训导的存在。从文辞本身出发，“渴”“饿”是仄声，“蓑”“心”是平声，且这三个字又是不同的韵部，如何能做到押韵？于是进一步通过“读秀数据库”查证，发现这篇所谓的《餐前训导》在21世纪之前的书籍中没有记载，而是在21世纪后的成功学书籍中

① 钓鱼文是21纪初在网络论坛上形成的主要针对历史与政治话题，让某些具有固化思维的读者跌入陷阱的帖子。这些帖子一般故意迎合这些读者的倾向，但却具有明显的漏洞，当这些读者信以为真之后，发帖人再主动指出帖子的荒谬，并嘲笑之。因其过程类似于钓鱼，所以这类文章也被称为“钓鱼文”。

重复出现。因此，这篇《餐前训导》很可能是21世纪的伪作。

当然，笔者毕竟未能翻阅所有的资料，上述讨论都是基于现有资料的推测，当新的强有力的史料出现后，也可能会推翻笔者的考证。这样的例子在历史学上比比皆是。

我们可以从历史小说、亲历者回忆录或口述资料、学术著作，以及馆藏档案等文献获取对于创作对象的认识。这些文献各有特色：历史小说虽然有虚构的地方，但是可以给编剧一定的创意启发；亲历者的口述非常鲜活丰富，让编剧如重返现场；学术著作严谨规范，更加具有宏观的视野，馆藏档案是那个时代的遗存，更多保留了事情发生时的原始风貌。但是相对来说，目前历史类微电影编剧创作中，对于档案文献的重视还不够。这是因为，查阅和利用档案还是有一定学术和专业的门槛。

档案是更为原始的文字资料，但依然不能迷信档案。国内查档需要一定的专业素养和能力。首先，需要知道档案馆的特色文献为何。例如，北京的中国第一历史档案馆的特色文献是清代皇室档案，南京的中国第二历史档案馆的特色文献是国民政府档案，上海的上海档案馆的特色文献则是近代上海档案。其次，阅读档案需要一定的技能。很多档案是繁体字，而且是手写，甚至很多都被鼠虫啃噬。还有一类外文档案，如上海公共租界工部局的档案是英文的，法租界公董局的档案是法文的，中国第一历史档案馆的“满文老档”是满文写就。最后，档案考证有着一定的门槛。不是说看到档案就盲从档案，所谓“尽信书则无书”，档案真实性的考证，孤证不为证的交叉印证方法，都需要在查档时有所意识。

此外，文献的概念非常丰富，并非只有纸本才是文献，实物依然是文献，而现在很多文献保存在博物馆或者收藏家的手中，所以编剧可以前往各博物馆进行采风学习，特别是一些具有专业性的博物馆，如想了解上海近代的历史可以去上海历史博物馆，想看看老上海滩上跑着什么车可以去嘉定的汽车博物馆，想收集一些近代衣食住行的资料则可以去上海民俗博物馆。各个馆中的实物藏品对于编剧的创作有着启发灵感的作用。

思考题

1. 以一项大型节庆活动为例，为自己制作一份用于参加该项节庆竞标的简历。
2. 收集整理一下现在可以使用的文献档案资料库。

第二章　微电影剧本的主题与主线

众里寻他千百度，蓦然回首，那人却在灯火阑珊处。

——【宋】辛弃疾《青玉案·元夕》

我们拿到的微电影剧本，往往是经过多轮完善之后的定稿。即便是经验丰富的剧作家，只要是出于严肃态度进行剧本创作，也不会一开始就按照最终形态去创作剧本。创作的过程本身就是一个去粗取精、逐步前进的过程。微电影创作就像雕塑一样，先有一个创作小样，然后制作粗样，精雕细琢，最终打磨完成。因此，我们将从编剧思维的一块块基石入手，审视其如何构建起剧作的大厦，而本章则探讨如何从生活中寻找灵感，提炼主题，确定主线。

所谓主题，指的是微电影作品的主要思想，如热爱祖国、邻里友爱、爱情至上，往往是一个主谓或者动宾结构的短语，不涉及具体人物和角色，而是从其行动中提炼出来。而主线是贯穿微电影剧情的主要故事线索，往往是一个具体人物和角色的句子，如《动漫电影《哪吒2：魔童闹海》(2025)的主线是出身魔丸的哪吒拒绝了以无量仙翁为代表的天庭势力的招揽，领悟到出身是魔是仙并不能决定自己的命运，进而达到思想上的自由，主题是“追求自由”。其实，以追求自由为主题的影视作品非常多，如《泰坦尼克号》(1997)的主题是追求爱情自由，《飞跃疯人院》(1975)的主题是追求不受歧视和规训的自由，不同电影的主题可以一致，但是主线不能雷同。而在具体执行的过程中，制作公司会把主线称为“故事核”。

第一节　微电影创作的主题

有很多朋友上来就说“我给你讲个故事”，似乎在他们的心中，戏剧影视创作就是讲一个故事。但实际上，如果讲述时没有鲜明的主题，那么会陷入越说越多、越说越乱的情境之中，动辄千言，离题万里，到最后自己也不知道讲了一个怎样的故事。因此，提炼主题对微电影创作十分重要。

一、创作主题的来源

在文学创作中，“主题先行”是一个相对负面的词。但是在微电影创作实务中，我们也不必将其视为“洪水猛兽”，主题的确定需要分成多种情况来看。

一方面，当下很多微电影的创作是“主题创作”。也就是说，创作者是作为乙方，承担甲方委托的创作任务。此时，在甲方那里，主题实际上早就被确认，而乙方的任务是将其进行艺术化的表达。这种委托创作其实不仅仅存在于微电影领域，还广泛存在于院线电影、戏剧戏曲，甚至小说等领域。当下的文学创作已经不是简单的灵感激发动力，而在相当程度上成为一个商业化运营模式，影视创作的商业化因素更加明显，所以创作者应该适应时代的变化。

另一方面，即便是个人化的艺术创作，也会遵循一个从感性启示到理性创作的过程。因为一草一木之荣枯，一鸟一云之过往而激发的灵感只是非自觉的灵感激发阶段，到了理性创作阶段，首先就需要将灵感落实为主题，否则永远是玄之又玄的高妙之境，就永远是艺术家的自我沉浸，而不是对于观众的共情与传播。

我们从以下两个角度来讨论微电影剧本如何确定与表现主题。

1. 既有主题的故事设计

主题是一个高度提炼的理念。戏剧影视的观众不是论文的读者，他们不会接受说教式的理念灌输，而是接受故事性的表达。也就是说，微电影需要给观众讲故事而不是讲课，甚至在微电影的结尾也不需要来一个“曲终奏雅”式的“结论”来点题，观众可以读懂里面的理念，也可以读不懂。我们的微电影不是只给能“读懂”的观众看的，最重要的是每一个观众都能从片中获得自己想要的东西，或是理念，或是故事，或是人物。所以，微电影必须深入浅出，而“浅出”之“浅”，就在于这个故事的主题。

第91届奥斯卡最佳真人短片奖《肤色》(2018)的主题是反对种族歧视。这并不是一个新鲜的题材，同届的最佳影片《绿皮书》(2018)，以及《逃出绝命镇》(2017)、《底特律》(2017)、《月光男孩》(2016)、《为奴十二年》(2013)、《黑色闪电》(2016)、《被解救的姜戈》(2012)、《撞车》(2004)等或是以此为主题，或是有所涉及。因此，仅仅表面化且单线条地展现白人对于黑人的种族歧视以及压迫，并不足以使本片脱颖而出。那么，《肤色》为何会获得成功呢？

《肤色》的主角是一个10岁的白人小男孩特洛伊。他的家庭是典型的美国南方白人红脖子[①]，父亲杰弗瑞是混帮派的，平日经常带着哥们到野外开枪打靶，甚至不顾特洛伊母亲的反对，把枪交到特洛伊的手中。在众人的叫好声中，被特洛伊一枪打碎的西瓜红汁四溅，就像一个破碎的人头。

在超市里，特洛伊一家在结账的时候，对面柜台一个黑人向特洛伊微笑，杰弗瑞以为是一种挑衅，带着几个哥们狠狠地打了一顿这个黑人，完全不顾旁边车上苦苦哀求的黑人一家。

① 美国南方白人红脖子在媒体和主流文化中被定义为贫穷落后、肮脏没文化、有种族主义倾向的白人。

故事到这里，实际上还是传统的套路，展现了白人的傲慢与狭隘。那么，冲突已经产生，后续的故事该怎样发展呢？按照传统的套路，或者是产生了一个更大的危机，黑人和白人被迫共同对敌，最后握手言和；或者是黑人拿起枪支，杀尽仇家，成为一部动作或犯罪片。但这样一来，不过是新瓶装旧酒，无足可论。

而《肤色》是怎么做的呢？创作者抓住黑人和白人表面上最大的差异——肤色，进行了一场情理之中，意料之外的报复。一天晚上，杰弗瑞被人绑架，特洛伊拼尽全力在车后追赶，也没有救回自己的父亲。在一个拉下卷帘门的车库里，杰弗瑞被放在了操作台上，几个粗壮的黑人围了上来。周围一堆冒着寒光的器械让人身上一冷。

他们是要肢解杰弗瑞吗？这一段镜头故意把观众往这个方向上引导。然而，几个刺青笔特写的画面又让人觉得不是那么简单。肢解，不该用手术刀吗？

镜头一转，在杰弗瑞被绑架的第10天的深夜。一辆车停在了特洛伊家的门口，扔下了一个口袋，杰弗瑞挣扎钻出。他踉踉跄跄地走向自家，却不慎碰到了报警装置。特洛伊的母亲让特洛伊躲到床下，她拿出手枪，并且向朋友求助。当杰弗瑞进入房间的时候，我们发现在夜色中，他浑身漆黑。原来，在这10天的时间里，那几个黑人给他进行了全身刺青，他已经成为一个“黑人”(见图2-1)。

(a)　刺青前

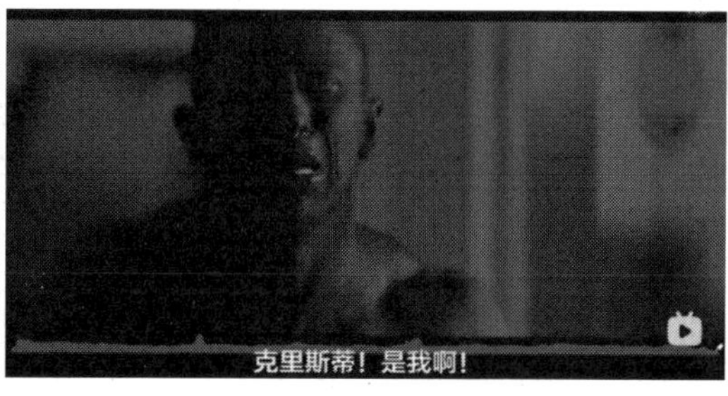

(b)　刺青后

图2-1　微电影《肤色》剧照

就在特洛伊母亲迟疑时，杰弗瑞背后中枪，倒地身亡。开枪的人是特洛伊，他从背后只看到了一个“黑人”，不知道那是自己的父亲。戏剧的是，他的枪法是父亲教的，也正是因为父亲，他才会如此仇恨黑人。最终，一个孩子亲手弑父。而这代表着种族歧视和仇恨残杀将在属于白人的特洛伊以及那个虽然没有台词却在剧中一再出现的那个黑人儿童身上延续。

由此可知，主题创作并不是简单地将主题通过人物的台词说出来，而是通过故事进行潜移默化地表达。特别是在微电影中，要按捺住复杂多元的野心，所谓“一千个读者有一千个哈姆雷特”是针对人物的评价，主题一旦多义，就容易模糊散乱，让观众不知所云，从而削弱作品的感染力。所以，故事需要鲜活生动，主题注重集中明确，两者相互呼应，如万川之月，光照水上，无处不见月也。

从《肤色》中我们看到，为呈现种族歧视这个主题，创作者巧妙地利用“换肤”这一核心故事，让观众在荒诞中深刻感受到了其想表达的主题。

2. 瞬间灵感的主题提炼

灵感像一只蝴蝶，不知何时就会出现在脑海。如果说诗歌的灵感往往是触景生情，那么影视戏剧的灵感则常常来自人生的体验，如郭宝昌执导的《大宅门》(2001)、刘静创作的《父母爱情》(2014)；或者源于新闻事件的触动，如讨论仿制药问题的《我不是药神》(2018)、反映缅北诈骗的《孤注一掷》(2023)。

但是，就算是同种类型，主题的提炼也可以千差万别，这是基于创作者不同的理念以及对于作品类型的不同认识。例如，同样是由亲密关系杀人事件新闻引发的灵感，杨德昌执导的《牯岭街少年杀人事件》(1991)和陈思诚执导的《消失的她》(2023)就提炼出了不同的主题。

作为杨德昌导演生涯中的代表作，《牯岭街少年杀人事件》获得了1991年金马奖最佳影片和最佳原创剧本两项大奖，以及东京电影节影评人奖和评委会特别奖，其原型不过是一件学生间的校园凶杀案件，但是杨德昌却从中提炼出了“零余者的孤独”的主题，展现了异乡人漂泊的孤寂和痛楚，以及紧张而迷乱的社会心理状态，最终指向了“我是谁，我从哪里来，我到哪里去”的哲学追问。

而晚于该片30多年上映的《消失的她》依然取材于真实案件。在原型事件中，王某被伤害后，认清了俞某的面目，经历了4年的艰难诉讼，最终将其绳之以法。女性复仇主题早在古希腊时期欧里庇得斯的悲剧《美狄亚》就已发轫，至于当代电影更是数不胜数，而《消失的她》引入另外一位女性角色，即被害女主的闺蜜，她通过假扮设局的方式，让杀害女主也就是自己妻子的男主自己说出妻子尸体的隐藏地。这种故事模式有《看不见的客人》(西班牙，2017)的影子。但是和母亲为女儿这种在道义上无可指摘的复仇相比，闺蜜向受害者的丈夫复仇这样一个主题，容易让观众得出“男人靠不住，闺蜜靠得住”的结论，会在观众中引起更大的争议。

当然，在性别议题越来越受关注的今天，“闺蜜复仇”的主题比传统的女性受害人复仇主题更加吸睛。作为一部商业片，主题的深度与票房紧密联系。和《牯岭街少年杀人事件》相比，可以看出，前者具有艺术片的风格，而后者是商业类型片。类型选择并没有高下之分，主题在合规的情况下，也不分高低贵贱，但是需要指出，艺术毕竟是艺术，眼下的票房并不代表长久的生命力。大浪淘沙之后，总会有真东西留下来。

能够激发创作灵感的，其实不只有新闻事件，一首歌、一个身影、一片落叶、一个符号，万事万物都有可能激发创作者的灵感。需要注意的是，电影主题是对激发灵感的原触动点进行提升，并进行艺术化，甚至哲学化的表达，否则就是对日常生活的普通记录。我们可以看到，《消失的她》是对故事原型进行艺术化的改编，以悬疑剧的形式重构故事，凸显了女性智慧的主题；而《牯岭街少年杀人事件》是对故事原型进行了哲学化的思考，成为一代人的社会心灵史，两部影片传达出来的主题都超越了新闻事件本身。

二、微电影主题的要求

进行微电影创作时，从灵感到主题，是一个感性体悟理性化的过程。在这一过程中，创作者对于世界的认识要与微电影的文体相结合，形成能够作为剧本创作基础的主题。微电影是传播的艺术，所以必须要符合社会与受众对于这一文体约定俗成的看法。

1. 要符合基本的道德法律规定，以及各个电影节的参赛要求

中外不同的电影节都有其自己的理念。例如，2023年北京大学生电影节原创影片单元(原短片单元)要求："参选作品不能含有色情、暴力因素，不得与中华人民共和国法律法规相抵触。"而国外的电影节则大多有着偏左翼的主题观，如反对种族歧视、关注弱势群体之类。如果为了某特定电影节而创作，那么需要事先了解该电影节的偏好，甚至需要在已有成片的情况下，再剪一版符合电影节主题和特殊情况的参赛版，就如电影《白日焰火》(2014)上映的时候是以桂纶镁为主视角，但是在参加第64届柏林电影节前，由于听闻日本实力女演员黑木华携带《小小家》强势参赛，竞争可能会非常激烈，就重新剪辑了一版以廖凡为视角的作品，最后如愿捧得金熊奖最佳影片和最佳男主银熊奖，而黑木华也果然斩获当届最佳女主银熊奖。

2. 在艺术上，微电影要通过故事巧妙地展现主题，而不是生硬地展现主题

微电影是要讲故事的，是有主题的。例如，在《士兵突击》(2007)中广为流传的钢七连的口号——不抛弃，不放弃。可是这样的主题是通过几十集电视剧，用故事一点点呈现出来的，我们先是被故事感动，然后才认可这句"不抛弃，不放弃"。倘若在一部几分钟的微电影中，仅仅使用人物台词，甚至花字的形式抛出所谓的"金句"去揭示主题，观众只会感觉这是一句很普通的广告词。

有不少微电影作品本身就是广告，除了"魔音贯脑"式的简单粗暴展现主题(如电视广告中的"恒源祥，羊羊羊")，拍摄微电影的广告商大多选择用一种柔性的方式去展现主题。

2008年的潘婷广告《你能型》(泰国)，讲的是一个和音乐有关的励志故事。聋哑女孩喜欢音乐，跟着街头艺人学习小提琴，却被练习钢琴的女同学排挤嘲笑。那个街头艺人一直鼓励她，因为他自己也是一名聋哑人。音乐大赛就要开始了，女同学觉得自己一定可以一举夺魁，但是在路过街头的时候，发现女孩和街头艺人的小提琴合奏引得周围人人叫好。女同学心生嫉妒，找人把街头艺人殴打入院，还把女孩的小提琴砸碎。比赛当天，女同学身穿红色礼裙，出色地完成了演奏，当主持人正要宣布比赛结束时，有人提醒他，还有一位参赛者。于是，所有人把目光集中到站在舞台中央的女孩身上。她是那样平凡普通，可是当握住琴颈，把琴弓放到琴弦上的那一刻(见图2-2)，女孩整个人就像在发光，伴随着《卡农》的音乐，她像是徜徉在自由的原野上，犹如树枝上的茧在破裂成蝶。一曲终了，观众静默，然后掌声雷动。那个出身、家世都比女孩好的女同学这才知道，总有一种

力量可以超越出身，无视家世。最后，屏幕上浮现出广告的主题：潘婷，你能型。

图2-2　泰国微电影《你能型》剧照

需要注意的是，女孩和街头艺人在剧中都是聋哑人，所以他们无法用语言表达主题，只能借助于情节。因此，一个好的艺术作品，是能够跨越语言障碍，让观众感同身受的。

2016年(猴年)百事可乐的贺岁广告《把乐带回家》，是用六小龄童的自述串联起整个影片。主题本应隐含，以剧情自然展现，但是这部微电影的表达欲实在过剩，不断使用字幕、独白，甚至以不必要的剧情来反复展现主题。

这部微电影展现了章家几代传承绍兴猴戏艺术的不懈追求和精雕细琢，以及艺术可以跨越生死、岁月的伟大特质，感人至深。可是，创作者并不满足于“含蓄”地传达，非要“明确”地露出。

影片开头，先是用“一家猴戏千家乐，四代猴王百年传”的字幕来直接表明主题。其实在影片中，完全可以将这句话作为别人送他们的楹联，挂在家门上，都比开头这样毫无铺垫、直接点题来得好。而影片的后半段，回顾完《西游记》的拍摄之后，六小龄童独白说道：

有的人一上台就下不来了
我们家就是这样
有人称我们是猴王世家
但猴戏不姓章
猴戏属于全中国

这样直接的点明主题显得非常粗糙，其后的两句台词“金箍棒交接了一代又一代，把快乐带去每一户人家”(见图2-3)更显得累赘。因为图2-3所表现的，正是一家老小聚在一起看《西游记》电视剧，以及一个老式剧院里人们看猴戏的开心场景。画面已经能说明的内容，没有必要用台词再强调一遍。

图2-3　《把乐带回家》剧照

影片中还有这样一个情节：观众们戴着VR眼镜，影片结束，六小龄童站起，原来刚才放映的就是这部微电影，大家以热烈的掌声向导演六小龄童表示祝贺。此时，一位年轻观众站起表达敬意，说："你是我们永远的美猴王！"同时现场的每一位观众举起手中的百事可乐表示认同和钦佩，而六小龄童回应："下一个时代看你们了！"然后，六小龄童继续独白：每个时代都有一个美猴王，当时代造就你的同时，你也创造了时代。"此处继续表现"传承"的主题。

我们可以看到，这些字幕、旁白、电影院的剧情都在反复表达主题，而这样不断地呈现主题会让观众感到混乱和疲劳。诚然，短时间大量集中地露出品牌，是一种有效的广告投放方式，但是将此移植到微电影创作的领域并非同样有效。而且就这部《把乐带回家》来看，甚至连品牌本身都没有反复出现，大量的镜头和台词用在了直接展现本该隐含的"传承"主题上，只能说事倍功半。因此，微电影的主题是靠影片内容呈现出来的，而非使用大量而直接的语言轰炸。

第二节　微电影的主线

一、微电影主线的确立

我们创作微电影源自某一灵感，这是打动我们内心的缘起，可是缘起并不是全部。例如，我们的灵感来自某一篇新闻报道，那么把文字内容变成镜头语言就是微电影了？不，那只是电视新闻而已！因此，微电影不能照搬现实故事，需要对故事进行再度创作。

那么，如何提炼与确定微电影主题？下面我们以2023年9月21日澎湃新闻记者邹佳雯所采写的报道《15年甚至更久，成为患病妻子最后一个忘记的人》为例。

扫码观看《15年甚至更久，成为患病妻子最后一个忘记的人》

关于这个新闻报道，我们有很多的中观主题可以选择，如关爱阿尔兹海默病患者、爱情可以超越病痛等。但是仅有中观主题没有办法展开具体创作，我们必须还要切入到微观主题进行进一步考量。

如果我们继续追问，如何关爱患有阿尔茨海默病的老人，那么这当然能成为一个微观主题，并且在新闻稿件中已经有了非常具体的细节。例如，一遍遍重复让汪奶奶记住自己的名字；拿走或者遮盖家中所有的镜子；妻子发病的时候向其他人解释；安排精确的生活时间表；参加认知症家属聚会；等等。

如果仅是重复上面的细节，那么只是文字可视化，或者充其量算是纪录片中的情景再现，并不是微电影。我们必须找到一个"情理之中，意料之外"的微观可操作层面的主题。那么，这个可操作的主题是什么呢？

我们可以先宕开一笔，讲两部电影。

第一部电影叫做《归来》(2014)，抛开整个故事的宏大时代背景，我们看到的是大时代下小人物的执着。因为时代的风波，当陈道明扮演的陆焉识回到家中，发现曾经相濡以沫的妻子冯婉瑜已经失忆。可即便认不出眼前的陆焉识，她却依然记得每个月5号要去火车站等丈夫。陆焉识无法治愈妻子的失忆，只能选择每个月5号陪她去火车站守候一个早就归来的自己。

第二部电影叫《你好，李焕英》(2021)，贾玲扮演的李焕英女儿在和母亲李焕英遭遇车祸后，穿越到母亲的青年时代，并在这个时代创造各种机会让母亲李焕英开心。如果剧情到此为止，那么该片不过是陈旧的穿越套路。但是片尾巧妙一转，原来李焕英也跟着女儿一起穿越回来了。她知道女儿想要弥补遗憾让自己快乐，就帮助女儿弥补遗憾，即便是女儿各种搞砸，她也乐呵呵地接受。因为李焕英最大的快乐并不是女儿所以为的成功，而是让女儿感到快乐。

这两部电影的核心都是"陪你去完成为我的执念"，一个陪着爱人在车站守候早已归来的自己，但是当初自己的归来是真正的归来吗？一个是陪着女儿让当年的自己开心，但最让她开心的却是女儿有让当年的自己开心的心意。这两个绕口令式的主题反而具有更加感人的力量。

我们是不是可以借鉴这个思路确立一下关于汪大爷和汪奶奶的微电影的主题呢？

如果写阿尔茨海默病患者的日常生活状态，那么更像是特殊人群报道，而非戏剧作品。戏剧影视需要打破生活的常态，去写其不应该做而做了的事情。也就是说，我们需要在"正"的基础上，去寻找"奇"的一面。

新闻中提到"崇明农场"，而崇明岛是一个独立的岛屿，在隧道和大桥没有建好的时代，往返上海只能使用渡船。那么，我们可以借鉴《归来》和《你好，李焕英》的思路，写汪奶奶什么都忘记了，却没有忘记每个月的某天是在崇明岛工作的汪大爷回家的日子，每次她都会去董家渡的码头上去守候。

但是这样一来，又写成日常了。《归来》的“归来”在时代大背景下显得艰难，才凸显出守候的可贵；《你好，李焕英》则是现实中不可能发生的穿越。不是说日常生活不是戏剧，但是从舞台小品这个艺术形式来看，需要集中冲突和矛盾，不断给观众亮点、转折和新鲜感，也就是所谓的剧情上做到“三翻四抖”。所以，我们需要设置一个具有压力的情节，推动和影响着汪奶奶，让她念念不忘。

那么，是什么压力呢？这个要看微电影的调性，如果是悲剧底色的，那么这个压力可以来自悲惨事件；如果是日常态的，做悲剧太刻意，那么这个压力可以来自事故或者意外，如崇明农场起火，汪大爷作为在家里酱油瓶子倒了都不扶的人(可以对应后面换他来照顾汪奶奶)，积极救火，受了些伤，导致汪奶奶在码头等了一天一夜都没等到。而汪大爷明知道汪奶奶等不到当年的自己，也要陪着她去等待。这不仅仅是汪奶奶对于丈夫的守候，也是汪大爷对于妻子的守候。因此，“陪着失忆的妻子守候当年的自己”可以作为微电影的主线故事。

二、微电影主线的要求

(一) 精彩有创意

一般来说，微电影的主题是命题作文的题目，而主线的确定要看编剧的艺术水准。同样的主题，为什么既会出现名垂青史的艺术名作，又会有茫茫平庸之作？根本原因就是主线的方向和深度差异。例如，展现官场腐败、上下欺瞒的作品，远的有果戈里的《钦差大臣》，近的有话剧《假如我是真的》，而话剧《驴得水》让一头驴冒名顶替，成为一名“在编教师”，当上级来检查的时候，如何去圆一头驴的谎就成了引人入胜的故事主线。

微电影的主线故事需要让人眼前一亮，不落俗套，倘若是把大电影缩短，或者按部就班地讲个传统故事，其实并不出彩。用一个足够好的故事表达传统的主题体现了创作者的实力。廖义源导演的微电影《诗的童话》(2022)就是这样的作品。

《诗的童话》是为“中国银联诗歌第二季”创作的宣传片，按照我们常规的写法，可能会去展现一个人物是多么热爱诗歌。可是这一季的物料传播方式为将大山里孩子们的诗歌印在POS机上，支付一元钱，就可以获得印在POS单上的诗。根据这一方式，创作团队确立主题为“守护”，即守护孩子的“诗”心。那么，怎么去体现“守护”的主题呢？导演讲述了这样一个故事：在一个海岛上，小男孩黑子的父母都在远方打工，他一直想走出海岛寻找父母。老师看到黑子的诗歌写得不错，劝说他继续写下去，告诉他

“诗歌是最大的财富”，而一个孩子很难懂得诗歌背后的抽象意义，老师就和他说写诗真的能当钱，可以买到他想要的任何东西(见图2-4)。如果故事到这里，那只不过是一个老师劝说学生写诗，甚至也可能理解成敷衍学生。但是其后，老师竟然说动了全岛上的人，真的让黑子体验到诗歌可以当钱，用来交学费、修车、买鱼货，甚至还在岛上举办了所有人都参加的诗会，大家在诗会上朗读了自己写的诗。这样的情景就像真正的童话一样，而故事的转折点在黑子偷偷离开海岛。乡亲们发现后，担心黑子到了外面还像岛上那样用诗歌付钱遭到冷遇，于是去追他。当黑子在乡亲们的守护下，把写满了诗歌的笔记本推向了售票员时，在那一刻，他好像明白了什么，但是这一动作却极具象征性，不是真的用笔记本里的诗歌换车票，而是象征了过往和未来的岁月里，他在海岛乡亲们的守护下，能够诗意地生活，能够在这世界上留下自己的声音。

图2-4 《诗的童话》剧照

这部微电影的主线是整个海岛的人愿意为具有诗歌天赋的小男孩子黑子守护一个“诗歌是真正财富”的童话。创意的核心在于“诗歌可以当钱用”这个看似“市侩”的创意，在加入了亲情的守护后，反而能够让观众更加理解和感动。

给白人纹黑肤(《肤色》)，用诗歌换钱(《诗的童话》)，孩子好不容易见到母亲却在背乘法口诀(《三分钟》)，这些看似反常的创意点构成了微电影富有意味的主线。没有这样的主线，只能做出中规中矩的作品，不能给观众留下深刻的印象。

(二) 集中且鲜明

要求微电影的主题集中且鲜明，是因为一部短则几分钟，长则半小时的微电影没有太大的空间去展现丰富多义的内容，其要像鲁迅的杂文，匕首投枪一般，深刻鲜明。

2009年戛纳电影节的获奖短片《黑洞》时长不到三分钟。该片的剧情非常简单：深夜办公室，一个疲惫的男人在打印材料，他把打印出的一张废品(方纸中有一个黑色圆形)放在打印机上面，无意中把手中喝空的纸杯扔到了废纸上，而纸杯竟然从黑色的圆形穿过了打印机的顶盖，掉到了打印机内部。男人一惊，拿起纸张，把手往圆形里探，竟然伸进了虚空中(见图2-5)。

图2-5　微电影《黑洞》剧照

男人再次实验，来到自动售货机前，把纸张贴到了售货机门上，他把手伸进去拿出了一包巧克力。吃着巧克力，男人终于盯上自己的终极目标——财务室。通过纸张，他伸手到门内开锁，进门来到保险柜前，他把纸张贴到保险柜上，不费吹灰之力地从里面拿出了一沓沓钱，在地上堆了一大堆。忽然，他在里面似乎摸到了什么。但是光靠一只手拿不出来，于是他把头和身子都探进了那张纸的圆形黑洞里，最后竟然全身进入。而此时，异变发生了，纸从保险柜上掉了下来，柜门光洁如新，毫无痕迹，男人被锁进了保险箱。

表现“人的贪欲”的主题并不新鲜，这部微电影是典型的“主题先行”。在两分多钟的时间里，我们不知道他是谁，干什么工作，只知道贪欲逐渐吞噬了他的心、他的身。但是透过男人的贪欲，我们也要思考：他为什么这么晚还在加班？究竟是谁给他的压力？资本、野心、糊口、同侪？这些同样是“人的贪欲”，也正是这些“贪欲”的共同作用才使得该片的主题变得更加丰富。

(三) 表达符合逻辑

艺术逻辑和生活逻辑之间有着很奇特的关系。一方面，艺术逻辑要高于生活逻辑，如前述《黑洞》里在现实中不可能出现的穿越物体的黑洞，只是贪欲的隐喻。同样，《钢的琴》(2011)中父亲为了留住女儿，找来已经下岗的钢铁厂的老兄弟们，用钢铁打造了一架钢琴，也是一种执拗又不合时宜的隐喻。另一方面，艺术逻辑必然遵循生活逻辑，而有的生活往往是没有逻辑的，如现实生活的很多凶杀案就属于“激情杀人”。但是如果在影视作品中让一个角色无理由杀人，或者被大家除之不得的反派出个门就被车撞死，观众只会感觉到荒谬。所以，微电影所遵循的是艺术逻辑，而并非全然遵循生活逻辑。

《秘密访客》(2018)的主题其实挺出彩，在其终极版预告片里的一句话：“每个家庭都有秘密，而我们的秘密，就是家庭。”表面上这是一部解密的电影，但实际上讲的是家庭的权力关系。男主聘请儿子同学的妈妈扮演女主人，收养了儿子的同学，把因为肇事造成自己儿子和同学们坠崖死亡的司机困在家中，只是为了在心理上折磨他，这样的情节很难让观众接受，感觉是在生造一个秘密。与此类似的还有《满江红》(2023)。《满江红》的故事结构非常成熟，但是为了让“英雄留声”，岳家军遗众便前赴后继地用命来让秦桧亲口把《满江红》的词给背出来，这种“留声”有点过于浮于表面。

我们可以看到，故事的原型事件与故事主题、故事主线，是可以有较大的差异的。原型事件负责提供灵感，故事主题是创作者根据灵感、自身体验以及项目要求的再提炼：情杀的故事可以改写为家国大义，锄奸的故事可以突出人性复杂。原型故事就像一盏灯，会向四周发射无数道光线，而我们只取其中一道，这就考验创作者的思维高度了。而故事主线展示了创作者的艺术能力，毕竟艺术创作不是写论文，不能按着观众的头让他们接收创作者的理念，硬性灌输反而产生反作用，要“寓教于乐”。

思考题

1. 以自身能够接触到的校园生活为对象，写出一部校园题材微电影的主题。
2. 以报刊或网络资料为对象，写出一部社会题材微电影的主题。

第三章　微电影创作的人物设计

黯淡了刀光剑影
远去了鼓角铮鸣
眼前飞扬着一个个
鲜活的面容
……
历史的天空闪烁几颗星
人间一股英雄气
在驰骋纵横。

——1994电视剧《三国演义》片尾曲

刀光剑影虽然暗淡，鼓角铮鸣虽然远去，可英雄人物豪迈的身影仍然留在观众的心中。有人说，戏剧影视看的是故事情节。可是，当提到“温酒斩华雄”的时候，人们脑海中能不浮现关羽的勇武吗？说起“悲歌五丈原”，谁又能忘掉丞相孔明的遗憾与沧桑？

文学是人学，戏剧影视亦不外此。所谓“人学”，不仅是有着人本的理念，更是从人物出发结构故事。虽然编剧的方法多种多样，但是把“典型人物置于典型情境”的传统路径永远占有一席之地。

微电影想要表达主题，必然不能像某些宣传片那样，直接用配音的形式在片中说出来，而要通过人物的故事去展现。人物的命运是理念的载体，人物的语言却不是理念的传声筒。写故事是写人，写不好人物，就无法创作出一部合格的微电影作品。

那么，微电影剧本中的人物应如何描写？

第一节　人物表和小传的撰写

剧本的开头列有简洁的人物表，而在项目的策划案与申报书中，则需要有更详细的人物小传。两者的功能并不相同，需要分列之。

一、人物表的撰写

一部叫做《相濡以沫》的微电影的人物表是这样写的：

余大爷——男，80岁，早餐摊主

余大妈——女，78岁，早餐摊主，余大爷的妻子

小泉爸——男，40岁，职员

小泉妈——女，40岁，房产中介员工

小　泉——男，14岁，中学生

小　虹——女，14岁，中学生

另有班主任、店主、保安、工人、学生若干

《相濡以沫》的片名取自《庄子·大宗师》的“泉涸，鱼相与处于陆，相呴以湿，相濡以沫，不如相忘于江湖”。从庄子的本意来看，相濡以沫虽感人肺腑，却是遭遇人生悲剧之后的无奈选择，如果能过上幸福美满的生活，那么谁还在乎那所谓的感人至深呢？不过，一个词语的意义是在后世的流传中不断地被建构着的，或减弱，或加强，或转移。“相濡以沫”这个词在传播中逐渐洗去了原意上的悲凉，反而成为对爱情的礼赞。

对“相濡以沫”这个成语比较熟悉的朋友可以发现，人物名字的设置与成语本身有相似之处。余大爷和余大妈的“余”取自成语中的“鱼”，小泉一家给他们以帮助，也就是润湿他们的水源。当然也未必所有的名字都有寓意，如“小虹”就没有。而且名字和寓意也不必呆板对应，原文中的“泉”是干涸的，是“鱼”的困境，而在这部微电影中，小泉则为余大爷、余大妈提供帮助，完成心愿，从原意中的困境转变为希望。

在人物表中，每一个角色的阐述主要由三部分组成：性别、年龄、职业。其中，性别和年龄是为了让选角导演去圈定演员范围。一般来说，院线电影和电视连续剧才有横跨年龄的情况，如电视剧《武则天》(1995)中的刘晓庆和《武媚娘传奇》(2014)中的范冰冰都是从武则天的少女时期演到老年，而电影《霸王别姬》(1993)中张丰毅扮演的杨小楼和张国荣扮演的程蝶衣亦从青年演到老年。而对于职业，就需要导演认真挑选与之气质符合的演员，同时也需要演员完美呈现角色的气质。同样是李雪健，在电视剧《渴望》中扮演的宋大成是工厂车间副主任，在电影《焦裕禄》中扮演的焦裕禄是县委书记，这两个身份完全不一样，就需要用不同的方式来展现。

人物表简洁明了，便于导演和演员快速理解角色，但是无法从中获得关于角色的完整信息，为了更好地进行微电影创作以及让投资方理解剧情，需要编剧撰写详细的人物小传。

二、人物小传的撰写

并不是所有的微电影都要撰写人物小传，如果项目时间紧迫或者甲方要求不高，那么从一个“活儿”的性价比来说，没必要撰写那么详细的人物小传。但是，如果对自己的作品要求比较高，想创作出精品，撰写人物小传就是必要的程序。

实际上，人物小传是从人物表发展而来的。如前所述，人物表里需要有三个要素：性别、年龄和职业。其实，性别和年龄只是一个人生理属性的一部分，职业则是一个人社会属性的一个部分。只看这三个要素，无法让一个人物形象在我们的眼前立起来。因此，我们需要撰写更加详细的人物小传。一个完整的人物小传包含三个部分：生理属性、社会属性和心理属性。

(一) 生理属性

如何用语言描述一个人？人物小传的书写不能像汉乐府《陌上桑》里写美女秦罗敷那样完全使用侧面描写的方法，因为运用侧面描写，只会让我们觉得秦罗敷很美，却不知道她长得怎么样，而且她的面目是模糊的。这会让导演、造型师无从下手，无法进行二度创作。

人物的生理属性要大体符合他的性格和社会地位，比如我们要写一个谨小慎微有些自卑的人物，一般来说不可能写他高大俊朗，因为高大俊朗的人物往往容易成为身边人群的中心。

这是最“顺茬”的人物设计思维，而戏剧影视创作的一个核心在于打破常规的“戏剧性”，也就是可以“逆向”思维。那么，怎么改变既有人物逻辑呢？人是具有社会阶层的，一个高大俊朗的年轻人如果是豪门的上门女婿，那么他不得不谨小慎微，处处看人眼色，就如同孙艺洲在《坚如磐石》(2023)里所扮演的角色一样。或者他身处一个专业化非常强的团队，也就是俗称的“不看脸”的地方。因为在专业领域，他的高大俊朗没有什么用，就如同唐国强在《高山下的花环》(1984)所扮演的赵蒙生，从军政治部空降到连队，虽然长得一表人才，可是一开始被认为是到前线镀金的，并没有被战友接受，直到他在战场上奋不顾身，才真正被战友们认可。可见，逆向思维可以让人物形象更加丰富。

想要写一个人物的生理属性，可以选择循序渐进的方式。例如，当描写一个女生时，具体如下。

(1) 她二十岁出头，身材不高，衣着普通。

这样一位人物在我们的眼中是没有特点的，好像大海中的一滴水，毫不起眼。

(2) 她二十岁出头，身材不高，衣着普通，但是圆圆的脸上总是挂着亲切的笑容。

在描写中加入脸型和笑容，就会让人对这个女生的形象有一个初步的印象——圆脸。按照惯性思维(虽然这样有些刻板)，圆脸的相对比较可爱，比尖脸的好相处。导演需要找一个笑起来“亲切”，而不是“高冷”的女生来饰演。但是，所谓的“普通”的衣着是怎样的呢？和她的人设有什么联系呢？

(3) 她二十岁出头，身材不高，喜欢穿一些暗色的衣服，这样在勤工俭学的时候不显脏，但是衣服洗得很干净，圆圆的脸上总是挂着亲切的笑容。

从衣着的描述里我们可以看出，她的家境一般，需要考虑衣服因为工作环境显不显脏的问题，这说明她考虑得很周到，也希望能给别人留下比较好的印象。虽然深色衣服不显脏，但是她没有将就，而是尽量把衣服洗得很干净，这说明她是一个自尊自爱的女孩子，哪怕生活艰难，她依然带着笑容，充满阳光。

(4) 她二十岁出头，身材不高，脚有些跛，那是小儿麻痹症给她留下的后遗症。她喜欢穿一些暗色的衣服，这样在勤工俭学的时候不显脏，但是衣服洗得很干净，圆圆的脸上总是挂着亲切的笑容。

“脚有些跛”，这是人物的另一特点，在表演时需要注意。“那是小儿麻痹症给她留下的后遗症”与勤工俭学形成鲜明的对照，说明她是一个自尊自爱的女孩子。

当然，这种人物画像可以逐步推进，更加精确。我们可以给人物一个口头禅，如《武林外传》(2006)里佟掌柜那句充满陕西口音的“额滴神啊”，还可以赋予人物一个关键性的道具，如《铁齿铜牙纪晓岚》(2002)中纪晓岚的大烟枪。这样的口头禅或者道具可以让人物更具有辨识度。

虽然我们需要正面描述人物的生理属性，但是需要把握一个基础的度，不能事无巨细，毕竟编剧不是小说家，也不是犯罪心理学家，需要给后面的创作者、导演和造型师，甚至是演员一些发挥的空间。同样，那些个性化特征，就如菜肴中的盐，一丝一毫可以增味儿，但是加多的话，就从浓油赤酱变成了牛饮老抽，岂不怪哉？

(二) 社会属性

社会属性从人物表中的职业发展而来。人是社会的人，任何一个人当下的存在，必然与社会环境和他的人生经历息息相关。所以，职业只是一种状态、一种结果，指向过去、现在和未来三个维度。我们可以从这三个维度来展开对于社会属性的阐述。

1. 现在

所谓“现在”，是三重状态的嵌套。第一重是社会状态，如果社会状态是当下，那么自然不用介绍，但如果和当下不同，就需要有一定的背景设定，如《爱，死亡和机器人》(2019)第一季中的《三个机器人》讲述的就是人类毁灭之后，三个长相各异的机器人(人形、玩具形、几何形)回归地球查探人类文明的故事，它们不断对人类文明产生怀疑，他们会疑惑打篮球是在干什么，为什么？(见图3-1)表面上是在吐槽，而本质上是从一个陌生化的视角来对人类既有的一切进行解构和反思。

图3-1　微电影《三个机器人》剧照

这种不同于当下的背景设定，无论是古代题材(如《大唐漠北的最后一次转账》(2019)关于藩镇之乱后唐朝势力在西域消退)，还是《三个机器人》的科幻题材，都需要在剧本开头做一个专门的背景介绍。而在人物小传中，虽不必专门再讲一遍社会状态，却需要隐含在内容中，奠定小传的基调。

第二重是小环境状态。每个角色所处的小环境不一样，比如都是在抗战时期，但《亮剑》里出身于八路的李云龙和出身于晋军的楚云飞就有着不一样的小环境。

最后一重则是个人状态。电视剧《潜伏》(2006)的大背景是解放战争，小环境是军统天津站，而个人状态是天津站里不同的身份，有潜伏的地下党余则成、情报站长吴敬中、行动队长马奎、情报队长陆桥山，以及原来潜伏在我党的国民党情报人员李涯。

除了职业，人与人之间的关系也是现在状态的体现。例如，在天津站这个小环境里，吴站长老谋深算，对党国命运和个人前途看得十分透彻，他以“副站长”的职位为诱饵，坐视下面各人争权夺利；李涯原来是潜伏在延安的国民党特务“佛龛”，被挖出后，因为国共交换情报人员，回到了国统区，本是有功人员，却遭到了同事们的联合排斥。

2. 过去

所谓“过去”，往往也被称为“前史”。因为一个人的社会身份不是凭空而来的，而是过去人生的各种因素和力量相互作用积累而成的。而过去的一切不仅决定了今天的状态，也在影响着未来的发展。因此，在人物小传里，前史的作用非常重要。我们以一部民国上海滩背景的轻喜剧类电视剧《小贼下山》为例，这部剧讲的是梁山小贼武三郎冒充高校副校长闯荡上海滩的故事。在这部剧中，作为主角的武三郎就有着这样的前史：

自小无父无母，被山东响马道上著名的悍匪黑胡子捡回了山，起了个“小三”的匪号。山上有位被强掳上山的账房吴清泉先生，擅长讲水浒故事，小三没事儿就跟在先生的后面听，时常为宋江的投降之举扼腕叹息，又极为佩服武二郎的义气与霸气。自认为是武松的后代，故自己起了个代号叫“武三郎”。

如果一切按照正常逻辑走下去的话，武三郎将会成为一名有着洋范儿的新时代悍匪头目。然而，山上宁静的生活被黑胡子无意中劫到的一趟暗镖全然改变了……

上海警备司令部蔡京生少将勾结山东地方豪强宋家盗挖山东银雀山汉墓，出土的大量珍宝，以暗镖的形式南运，被黑胡子劫走。吴先生一看珍宝，便知梁山即将大难临头，要黑胡子将其藏在隐秘之处。果不其然，黑胡子很快被宋家设计擒下，蔡京生为了独吞宝藏，打通日本人的关系，半路截走了黑胡子。

为救黑胡子，武三郎绑了宋家二少爷宋少龙，想用他到上海和蔡京生换回黑胡子。同时，又盗走假洋鬼子杰克苏的皮包，内有其身份证明和上海震亚大学副校长聘书。

武三郎和宋少龙刚到上海，即卷入青帮仇杀，为了躲避追杀，无奈之下只能冒充杰克苏的身份，却一不小心撞进了震亚大学迎接杰克苏的欢迎队伍。

《小贼下山》故事的第一集就是从震亚大学欢迎新任副校长这段开始的。而前面的这一切叙述都是在讲述一个梁山小贼如何闯入上海滩。他有自己的主要任务：拯救对他有半师之谊的老大黑胡子；他有自己的团队成员：和自己有仇的宋家二少爷宋少龙；他有自己的身份：海外留学生，大学副校长。正是带着这样的任务和秘密，民国梁山好汉闯上海的故事才拉开帷幕。

3. 未来

这个“未来”其实就是故事中要表现的剧情，也就是在影视剧集中人物的行动线，即以他的视角展开的未来故事。对于这个“未来”，如果是创作者润色，那么当然可以写得更清楚些；如果拿给甲方审议，那么可以相对模糊一点儿，可以藏拙或者藏宝，多留点儿悬念。例如，《小贼下山》在讲完武三郎的前史后，又这样书写他在故事中的行动：

莫名其妙当上震亚大学副校长的武三郎，本是一个山贼，却要与日本人支持的另一所学校竞争，担起振兴中国教育的重任。

武三郎的偶像是《水浒》中的打虎英雄武二郎，校长之女、学生领袖桑青桐却是“佐罗”的忠实粉丝，两个要替古人争一口气的家伙碰在一起是火星撞地球。桑青桐给武三郎使绊子，却总被武三郎轻轻化解，吃了闷亏不说，还留下刁蛮的名声。桑青桐对武三郎的怨念是拖到学校后门用拖把抡一百遍都不够。然而在横眉冷对之中，两人竟然渐生情愫。

武三郎这只小小的蝴蝶是怎样搅起上海滩上的大风暴的？当真正的杰克苏来到震亚大学的时候，师生们又是如何看待这个带着他们在日本人面前扬眉吐气的小山贼？

在这段剧情简述中，只写到武三郎和日本人的对抗、在上海高校冒充校长，以及和桑青桐之间的相爱相杀，并没有细节更加丰富的故事，看上去更像是人物关系的阐述。一般来说，前史是人物故事开始之前的设定，要尽可能详细。可是，当情节展开推进之后，人物就拥有了成长的逻辑，往往不是创作者在小传和大纲阶段就能控制的。因此，小传和大纲不是不能更改的，而是要根据剧情的推进去不断修改。反过来，正因为要给后面的修订留出空间，小传中属于人物“未来”的部分没有必要写得过于详细，以免束缚住自己的创作思维。

(三) 心理属性

心理属性是对一个人心理状态的描写，方便导演和演员把握人物形象塑造。一般来说，心理属性和社会属性有对应关系。被溺爱骄纵的孩子不太可能成为谦谦君子，抓捕犯人无数的老警察不太可能是懦弱胆小的性格。如果一个人的心理状态和他的社会身份差异太大，那么观众会觉得这个人物不可信。如果抗日主题电视剧中的八路军的游击队长一边“手撕鬼子”，一边和女战士谈情说爱，甚至和日军中的女特工有感情戏，那么观众只会觉得这样的人物过于“油腻”，而不是原来剧本创作时想体现的“洒脱”。但是，像《精武英雄》(1994)那样的传奇故事类电影，在世界观上就没有拘泥于对于外来列强的民族仇恨，而是显现一种中国应该具备的大国风范。影片中，陈真前往日本留学，和日本女性山田光子为同学。光子喜欢陈真，在陈真回国为师父报仇时，她也来到了上海，并帮助了陈真。虽然影片中两人的关系没有写得特别清晰，但是这种跨越国界的爱恋，也是融汇中外世界观的体现。这和电影《黄飞鸿·男儿当自强》(1992)中黄飞鸿与孙文(即孙中山)中西医结合医治病人的思想有异曲同工之妙。所以，《精武英雄》中的爱情不仅仅是爱情，又是一种哲学观的体现。

那么，我们如何书写一部微电影人物的心理属性呢？以电影《车四十四》(2001)为例，故事改编自真实事件。一辆号牌为44的长途公交车行驶在荒野上。路上有个小伙子拦住了车，上去后和女司机攀谈了几句。车辆继续向前开，又有两位乘客上车，谁知他们一上车就威逼乘客拿出钱财，而且看到女司机长得好看，就拖拽司机下车，意图强暴。此时，小伙子号召乘客下车去制止，却没有一个人敢回应，车上的人全成了缩在一边的“鹌鹑”。小伙子按捺不住，下车去救女司机，却被两个劫匪一刀捅在了腿上。片刻后，劫匪扬长而去，女司机从野地里挣扎着起来，然后回车上。除了小伙子，满车人对女司机一脸冷漠，不断催促她快点开车。女司机转脸让小伙子下车。小伙子感到不解，刚刚满车人只有自己帮助了女司机，为什么反而自己要被撵下车？可是女司机的态度很坚决，非要他下车，而刚才一声不吭的乘客们此时却帮腔女司机。小伙子只能拖着受伤的腿，艰难地走下车，女司机从窗户把他的行李扔了下来。随后，公交车扬长而去，只剩下孤零零的小伙子。小伙子在路上行走了一段时间，突然见到一辆警车从身边开过，原来刚才的那辆公交车竟然开进了悬崖，女司机带着全车的乘客开向了人生的"终点"。那一瞬间，小伙子的脸上有顿悟，也有悲凉(见图3-2)。

图3-2　微电影《车四十四》剧照

在这部微电影中，需要去写作人物小传的只有两个角色：女司机和小伙子。两个劫匪是剧情的重要推动者，但是他们更像是功能性人物[①]，并没有性格的丰富性。至于那些乘客，更是"路人"。

那么，女司机和小伙子的心理属性是怎样的呢？女司机能好心接半路的乘客上车，让他们少跑冤枉路，当然是非常善良的一个人；但是经受了罪恶的摧残后，面对人性的冷漠，她的世界观崩塌了，她憎恨冷漠的旁观者，决定带着他们共赴黄泉。可是在被复仇和极端冲昏头脑时，她的内心依然留有一丝善良，所以才会把小伙子撵下车。

因此，我们可以这样写女司机：

女司机乐于助人，性格淳朴。但是在面对人性的卑劣和冷漠时，又透露出狠厉和果决。可即便是这样，在她的内心依然存在着最后一点的善良和理智，所以才会放过曾经帮助过她的小伙子。

而这个小伙子，他首先是一个普通的人。所以，当两名劫匪进行抢劫的时候，他的第一反应是破财免灾，根本就没有阻止。但普通人也是有底线的，当两名劫匪试图强暴女司机的时候，他号召车内的乘客去救女司机，而其他乘客根本不愿意蹚这浑水。小伙子再次迟疑，当看到女司机被两名劫匪摧残，他终于下定决心，下车去阻止。

所以，我们可以这样写小伙子：

---

① 功能性人物，指的是主角之外，辅助故事推进和发展不可或缺的人物，在戏剧影视结构上有着重要的意义。

他是一个普通人，不愿意惹事，甚至可以让渡一定自己的利益，以减少麻烦。但是他也是一个有正义感的人，宁愿挨一刀也要出头，也要对得起自己的良心。

但是，对于《车四十四》这部作品，仅仅如此书写人物的心理属性并不够，我们可以追问更多关于这两个人物社会属性的问题，甚至可以进一步追问，是否有生理上的因素影响着她的心理？就像电影《搜索》(2012)中的女主角在公交车上不愿意为老人让座，就是因为刚刚确诊了癌症，她心情抑郁，根本不在状态。当然，从微电影《车四十四》中，我们看不出女司机存在这种来自社会和生理上的影响。但是在我们自己创作微电影剧本的时候，可以往这个方向去考虑，虽然未必适用，但不能不思考。

总之，人物小传的撰写可以让我们对故事中的人物有更深的了解。虽然这些设定未必都能“明显”地展现在故事剧情之中，但是可以“默默”地影响故事的逻辑和可信度。

因此，在眼中见人物，在笔下才能写人物。

第二节　微电影人物设计的要求

一、人物形象要真实可信

真实是艺术作品感染观众的基础。但是“真实”本身是有层次之分的。因为艺术作品本身是我们认识世界的媒介，这一媒介不是单纯的透镜，而是有着自我主动性的独立作品。因此，微电影所反映的社会生活的真实，是一种被媒介化了的真实。换句话说，这就是生活真实和艺术真实的区别，也是生活逻辑和艺术逻辑的差异。

好的微电影剧情要在情理之中、意料之外，艺术逻辑需要超越一定的生活逻辑，人物要具有一定的“反”现实行动。匈牙利微电影《校合唱团的秘密》(2016)讲述了一个孩子们的反抗故事。转学女孩索菲来到在合唱领域负有盛名的新学校，她兴冲冲地加入校合唱团，然而因为不够优秀被老师单独留了下来，老师交代她比赛的时候不要发声，只是对口型。结果排练的时候索菲好友丽萨发现了这一情况，问她为什么，索菲伤心地说出了原因。丽萨决定用自己的方式为索菲寻回正义。当正式比赛时，满怀信心的老师上台，开始指挥合唱，然而让她震惊的是，学生们竟然一起对口型(见图3-3)，一个音都不发出来。慌张的老师重新打拍子，学生们还是如此。羞愧难当的老师甩手离开舞台，而孩子们终于快乐地唱起了优美的歌曲。

图3-3　微电影《校合唱团的秘密》剧照

“对口型唱歌”这一核心行动看上去似乎有些儿戏，但是在《校合唱团的秘密》这一儿童微电影的语境下反而更加具有合理性，也符合孩子的人设与心性。微电影中的孩子们都是小学生，他们已经建立起了朦胧的正义观，但是并没有清晰的行动论。如果大上几岁，成为中学生，那么可能直接去找校长反映情况，以一种常人可以理解的形式去解决问题。但是对于童心未泯的小学生来说，用这种玩笑的形式去完成一种无功利意义上的反抗，反而更加符合其天性，达到了艺术上的真实。

二、人物形象要鲜明深刻

优秀微电影作品中的人物通常形象鲜明，让观众过目不忘。那么，如何才能让观众过目不忘？虽然没有一定之规，却有几个可以参考的方法，具体如下。

(一) 主动人物比被动人物更好塑造

推动故事情节发展的是主动人物，承受故事情节结果的是被动人物。戏剧影视作品有足够的时长和空间，可以较缓地进入故事，可以通过多种叙事风格，充分塑造被动型主角的形象。例如，由茅盾文学奖获奖小说改编的话剧《主角》(2021)，虽然讲述的是“秦腔名伶忆秦娥从一个11岁的放羊娃到51岁成为‘秦腔皇后’近半个世纪的奋斗命运和舞台生涯”，但实际上我们看不到“奋斗”，演出呈现的都是她在各种命运打击下的被动承受。而微电影没有充分的时间与空间，人物的塑造受限，必须集中视角，其主人公必须有强烈的主动性，所以微电影很少展现观察者视角的主人公。

爱尔兰微电影《口吃》(2016)在13分钟内向观众展示了一位患有口吃并且社交技能较弱的印刷匠的生活状态。片中的男主角格林伍德是一名孤独的印刷工人，他有着清晰活跃的思维，但口吃的毛病让他无法顺利地进行自我表达(见图3-4)，包括无法顺利地打电话给客服查询账单，无法顺利地开口帮助别人……为了避免更多尴尬，他甚至自学手语，时常装作聋哑人，但这让他的生活越来越封闭。幸运的是，他在社交软件上和一个开朗的女孩艾莉交往了半年，这让他的生活多了些许色彩。然而，当艾莉突然告诉他，她来到了他所在的伦敦旅游，想和他见面聊聊时，格林伍德陷入了内心的挣扎和恐慌……经过激烈的内心挣扎，格林伍德终于鼓起勇气，决定和艾莉相见。见面那天，当格林伍德看到街对面的艾莉时，发现她其实是一个聋哑人。故事的结局充满了温情，两个不完美的人互相接受，互相依靠让人感动。

图3-4 微电影《口吃》剧照

值得深思的是，影片最后设计一个聋哑人女网友所营造出的温情，是不是略显刻意？当然，由于微电影的篇幅有限，这个情节无法大幅展开。因为如果艾莉是正常人，那么下一步自然进入到如何互相接受的情节，这样会使“战胜自我”的主题变为“相互理解”。

而所谓的“更好塑造”，指的是在实际操作过程中对技术的要求相对不是那么高，而不是说不这样去做。其实，不管是主动人物还是被动人物，都是可以描写的。哪怕是要求人物比较集中的微电影，一样可以描写被动人物。

在法国短片《调音师》(2010)中，学习钢琴15年之久的阿德里安是一位天才钢琴家，却因为心理素质不佳，在钢琴大赛上功败垂成，人生跌落谷底。经过一段时间的休整后，阿德里安重新振作，成为了一名盲人钢琴调音师。事实上他只是戴上了隐形眼镜，以此让顾客以为他的听力很敏锐，从而招揽更多的生意。同时，他也会利用盲人的便利，在顾客家中窥探别人的秘密。然而有一天，当他进入到一个老女人的家里，赫然发现，这里刚刚发生了一场凶杀案。老女人杀掉了丈夫，手里还握着滴血的凶器。老女人怀疑阿德里安不是盲人，并且不断地试探他。而曾在心理素质上栽过跟头的阿德里安装作毫不知情地进行调音，同时不断应对老女人的试探。老女人在调音师的背后，拿着钉枪对着他的后脑，随时可以开枪杀死他(见图3-5)。在这组紧张的人物关系里，阿德里安是被动的，但是此处通过情境的危急、表演的层次、心理的复杂呈现了丰富的戏剧内容。因此，只要创作者的能力足够，就算是复杂紧张的情节也一样可以驾轻就熟，也一样能够创造出精品。

图3-5　微电影《调音师》剧照

(二) 戏要写在主角身上

不管是主动人物还是被动人物，都应该是故事情节的参与者，按照通俗的话来讲，就是“戏要写在主角身上”，否则故事脱离了人物，人物的设置就缺乏必要性。以群像电影为例，群像电影里的每一个角色都与核心情节紧密联系，推动着情节发展。也就是说，群像电影有小人物，但没有无用的人物。然而，商业电影有着诸多的诉求，很多角色的选择以及情节的倾向，没有完全遵循戏剧创作的逻辑，作品中会出现一些跟核心事件没有密切关系的人物，从而导致主题的偏移。

《莫斯科行动》(2023)这部电影就存在戏份分配的问题。电影采用了三男主的构架：张涵予扮演的刑警老崔、黄轩扮演的劫匪苗青山，以及刘德华扮演的国际倒爷瓦西里。《莫斯科行动》以1993年中俄列车大劫案为背景，讲述了刑警老崔扮演商人，深入莫斯科开展抓捕行动，最终将苗青山等绳之以法的故事。从这个背景来说，《莫斯科行动》应该把笔调放在老崔和苗青山的对决上，展现双方各出奇招，斗智斗勇，最终正义战胜邪恶的情节。可这样一来，瓦西里这个角色的看点不多，而瓦西里由刘德华扮演，如果这个角色的戏份太少，那么对于投资和宣发是不利的。

导演邱礼涛是中国香港人，执导过香港黑帮片，从而将一些黑帮片的套路和习惯带进了《莫斯科行动》，想要构架出类似于《无间道1》中刘德华与梁朝伟那样相爱相杀的结构。当初，苗青山跟着瓦西里入行，两人情同手足，苗青山还当过瓦西里的婚礼伴郎。谁知瓦西里在入狱后，为了减刑，把苗青山给供了出来。从此，两人反目为仇。出狱后，瓦西里到俄罗斯讨生活，而苗青山把瓦西里的妻子和女儿藏了起来，以此控制瓦西里。剧中，苗青山多次要挟瓦西里与老崔对抗。但瓦西里在老崔的感召下，最终选择和苗青山决裂，将其绳之以法。故事的最后，虽然瓦西里失去了双眼，但还是见到了老崔找回来的自己的女儿。

这样的故事不能说不精彩，但是总感觉将故事的重点放错了位置，我们需要把“中俄列车大劫案”这个题材拍摄成一部黑帮片吗？我们需要把老崔这个刑警做成“悬置”的主角吗？在整部电影中，对于老崔这个经验丰富的老刑警描绘得一点儿不专业，感觉他总是如同撞大运一般地探案，而关于两个黑帮成员的爱恨情仇却描写过多，导致次要人物喧宾夺主。

社会片亦是如此，关于网络暴力的电影《搜索》(2012)讲述的是高圆圆扮演的都市白领叶蓝秋由于得知自己患上癌症，心情低落，在公交车上没有给老人让座，被人拍下，在姚晨扮演的新闻记者的推动下，引发了社会的广泛关注。影片前半段的故事线本没有问题，但是后半段却急转直下。因缘际会下，由赵又廷扮演的姚晨的男朋友杨守诚一直陪伴着叶蓝秋，两个人在舆论的漩涡之外谈起了恋爱。当然，对于这样的剧情安排，我们可以强行解释为当一个媒介事件发生以后，其走向已经和原来的当事人无关了。但是，从戏剧的角度来说，这就是为了满足观众对于赵又廷和高圆圆恋爱戏的期待，而故意增加的无用情节。从商业角度来看，这也许是加分项，但是从艺术的角度来看，这却是减分项。

(三) 不要强求人物弧光

人物弧光(characrer arc)是编剧塑造人物的一种创作技巧，其含义非常丰富，或指向人物性格的变化，如《小丑》(2019)中性格内向的喜剧演员亚瑟在社会的重压下变得疯狂，成为蝙蝠侠一生的宿敌；或指向人物行动的变化，如《金陵十三钗》(2011)中的酒鬼米勒，目睹日军暴行，为了救援受困的女孩子挺身而出；或指向人物观点的变化，如《入殓师》(2008)中落魄的大提琴手从为了糊口去做入殓师到真正认识到这个职业的价值。

人物弧光也有正反两面，一般来说，正面弧光比较常见，也较为符合主流价值观。在漫威系列电影中，我们经常可以看到“人”成为“英雄”的主题，如《钢铁侠1》(2008)中的军火商托尼·史塔克从一个唯利是图的武器贩子变成致力于消灭战争和伤害的反战英雄；《蚁人》(2015)中的斯科特从一名盗窃犯成为可以随意控制身体大小的超能者；经典电影《蜘蛛侠》的主人公更是从一个普通的中学生成为拯救世界的英雄。反过来，负面弧光也依然存在，如《星球大战》的整部系列其实是天行者阿纳金背弃原力走向黑暗的堕落史；《教父》(1972)则讲述了退伍的迈克尔·柯里昂最终无法摆脱父亲的影响，继承家业成为纽约黑手党老大的故事；《蝙蝠侠·黑暗骑士》(2008)中的哥谭市检察官哈维·登特原本是蝙蝠侠的盟友，可是在情人死后被小丑引诱，陷入混乱和暴力，面部毁容后堕落成为邪恶之徒。

另外，未必只有主角才有人物弧光，配角一样可以有自己的转变。最典型的就是在韩国家庭剧中，到了结尾之处，前面对主人公百般刁难的恶人，不管是职场上还是家庭里的反派，都会表现出对主人公的友善，最终与主人公和解。《黄河绝恋》(1999)中的管家三炮胆小懦弱，出于个人恩怨向日军告密，泄露了家主帮助美军飞行员过黄河的计划，但是在日军设下的陷阱中，他看到了国家大义，于是鼓起勇气放火烧屋，提醒美军飞行员离开，最后边唱《信天游》，边被日军活埋，光荣牺牲。

正是因为人物弧光，才让电影有了更大的空间和更多的层次。需要注意的是，虽然人物弧光是一种非常好的戏剧影视创作手法，但是在微电影中要谨慎使用，因为微电影没有足够的空间去容纳变化。能在微电影中展现亮点就已经很不容易了，更遑论讲清楚转变而不突兀。因此，不要强求人物弧光。例如，印度电影《三傻大闹宝莱坞》(2009)中维鲁校长对男主兰彻从排挤到认同的转变是因为有着大量的情节铺陈才显得可信，而微电影的时长大概只能展现到兰彻三兄弟在简陋的条件下为维鲁校长的长女接生这一情节，那么在这里搞人物弧光转变就显得累赘，反而不如在有限的时间里集中表现兰彻的创新思维。

微电影《拾荒少年》(2012)的角色塑造得非常棒。《拾荒少年》讲述的是一位拾荒老人帮助一位拾荒少年凭借一张妈妈年轻时候的老照片去寻找妈妈的故事。

火车站附近游荡的拾荒者老马，时常用看报纸做掩护，偷窥车站里的扒窃事件。但是，他不是想当见义勇为的好人，而是在扒手把偷来的钱包扔掉后，拿出钱包里的名片，根据上面的电话联系失主，向他们索要感谢费。

这一天，老马看到一个男人被偷了钱包，按照惯例，他跟在扒手的后面，捡起了被扔掉的钱包，钱包里还掉出了一张照片。恰巧这张照片被一个路过的拾荒少年拾起，他趁着老马上厕所的空，抢走了钱包。老马见到手的鸭子飞走了，怒火攻心，一路追了下去，终于在一个死胡同里堵住了少年。老马威胁少年，说要找人把他的手剁掉。少年才不情愿地把钱包交了出来。老马看了眼钱包，发现女人的照片没有了，就再次向少年索要。少年不情愿地拿了出来，老马转身要走，却不料少年紧紧抱着老马的腿，不愿意放他离开。随后少年又拿出一张照片，两张照片上的人一模一样。老马问其缘故，少年依旧没有说话，而是掏出了一个本子写了四个字：“这是我妈。”原来少年是一个聋哑人，小时候和妈妈失散，被另一个拾荒老头捡到，那老头临终前给少年一张女人的照片，说这是找到少年亲生母亲的唯一线索，而这张钱包里的照片和老头给的照片一模一样。

老马记得钱包里的名片上写的身份是出版社的高层，应该是个有钱人。因此，少年在他的眼中立刻变成了一个金光闪闪的“钱包”。于是，老马带着少年回到自己的拾荒小屋，给他下面条吃，带他看电影《少林寺》。忽然，电话铃声响起，那人自称失主的助理，约他们明天在桥下见面。

老马留了一个心眼，怕少年跟他爸爸跑了，自己拿不到钱，因此没有让少年跟着去。老马到了见面地点才发现，联系他的根本不是失主的助理，而是扒手团伙，他们殴打了老马一顿，并且从老马的手机上看到了他给失主发出的短信，见老马说提供孩子的信息只需要500元，不禁嗤笑道：“这种活儿可以跟家长要两万！”

扒手们押着老马去找少年，想以此勒索失主。可谁也没想到，少年看到了早上发生的一切，于是他假装路人躲到一边，老马也看到了少年，惊讶之余迅速提醒少年快跑。到了老马的拾荒屋，扒手们进去找孩子，老马猛地把门一锁，带着少年骑上他的拾荒三轮车就跑。

逃到安全的地方后，少年问老马要妈妈的照片，脸上还在生疼的老马说照片在扒手们的手里，少年愤怒不已，气头上的老马骂少年不要脸！没想到少年立刻回了老马一句："你才不要脸呐！"原来少年不是哑巴，而是怕被人贩子盯上而装成聋哑人。

回到出租屋，屋里早就被砸了个稀烂。于是这一老一少，一个为了早日回到家乡，一个为了早点找到妈妈，开始拼命赚钱。他们使用金属探测器在大楼的废墟里寻找钢筋，终于赚足了车票钱，开启了旅程。

然而到了老马的家乡后，却发现这里早已废弃多年，而老马在异乡写的一封封家书，都放在门口的信箱里动也没动过。老马黯然神伤，转身去书店买了30本少年爱看的《故事会》，谁知道却在橱窗上看到了一个台湾女作家的宣传海报，竟和少年妈妈的照片一模一样，老马这才明白，原来那个拾荒老头是想用这种方式点燃少年生存下去的希望。

为了延续这一善意的谎言，老马找到了那个出版社的高层，想请他帮忙演一出戏，谁知道那人却以为老马是个骗子，找保安把他赶了出去。可是这一切，少年并不知情，他还沉浸在即将找到妈妈的喜悦之中，并且给老马买了一瓶白酒作为临别礼物。老马有些伤感地看着少年，终究还是不忍说出真相，他选择把这个谎圆下去。最后，一老一小两个拾荒者，背着袋子，相依为命地行走在城市的废墟里(见图3-6)，渐行渐远。

在微电影《拾荒少年》中，老马这个人的性格有弧光吗？答案是没有。他有底层人物身上大部分的特质，自私、市侩、小心眼多、嘴里还经常不干不净的，但他也有阴险下的温柔以及良善。

图3-6　微电影《拾荒老人》剧照

在这部作品中，体现在老马身上的，并不是人物弧光，而是人物的复杂性。在微电影这么短的篇幅里，既要展现出人物的复杂性，又要用力分明，这种埋细节的技巧非常考验导演的功力，如果没有这种能力还想两者兼得，那么将导致整部作品的剧情节奏变得散漫。

在设计人物的时候，也可以尝试反着写。一方面，不是那么典型的人物会让观众有一种陌生化的感觉；另一方面，也便于人物弧光或者性格的展现。例如，《金陵十三钗》中的假牧师米勒就不是一个典型的英雄，后来成为了好人；《保你平安》(2023)中的魏平安，为了帮朋友出头进了监狱，一出场就是一个黄毛痞子样，去听女儿的音乐会因为迟到不能进，从雨水管爬了上去，这样的人怎么看都不是个英雄角色，但是随着剧情的发展，他为了洗清已经去世的女孩子韩露身上的黄谣，奔波数千里，克服重重困难，又何尝不是一个英雄壮举？！当然，魏平安就是这样一个人，他就是他，从来都没有变过。这是他的复杂性，这不是弧光。

三、人物设计要善于搭配

大部分影视作品的角色不是唯一的，而因为微电影的篇幅有限，单人物设计并不少见。上节提到的《黑洞》就是以夜半办公室里的男人为唯一角色展开故事。美国、西班牙联合出品的单角色动画《恐怖玩具屋》(2009)也同样让观众感到恐惧：主角小女孩偶然看到了玩具屋里有一个跟自己非常像的玩偶，于是她走进没有人的玩具屋(见图3-7)，永远变成了不会动的玩具娃娃。

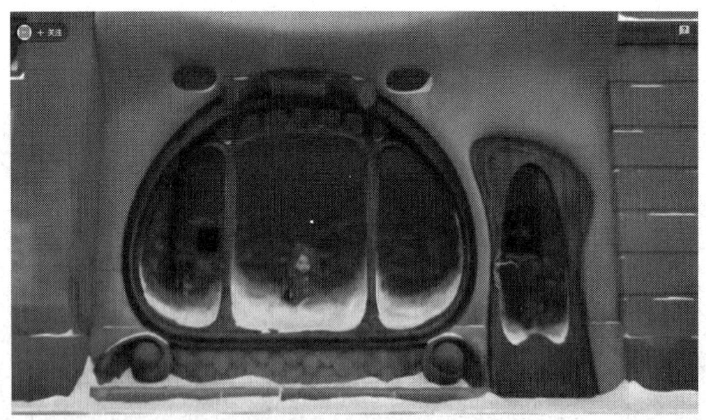

图3-7　微电影《恐怖玩具屋》剧照

《恐怖玩具屋》的故事模式有非常悠久的母题，有来自中世纪欧洲巫婆骗取小孩子炼药的传说，也有和魔鬼做交易的浮士德。而动画片《蓝精灵》中抓蓝精灵的格格巫也有这种路数。这部微电影只有短短5分钟，却集合了各种恐怖元素，将单角色小孩子被邪恶引诱吞噬的过程写得惊心动魄。

虽然《黑洞》和《恐怖玩具屋》是单人物的故事，但其主人公的表演有“支点”。这个支点是单人物可以与之发生行动关系的角色，可以说是符号化的角色。《黑洞》里主人公的表演支点是打印纸上的黑洞，以及打印机、保险柜等辅助道具；《恐怖玩具屋》里主人公的表演支点是那个会吞噬小孩子的玩具屋、玩具屋里琳琅满目的玩具娃娃。

而就大多数的影视戏剧的人物设计来说，对单人物的设计要求还是太高，只需要通过其他人物和角色形成角色搭配与人物互动，以这种社会化的结构来展现社会的样貌。因为人毕竟是社会化生物。人物搭配可以从以下三方面着手。

(一) 主角的搭配

在影视剧中，经常会有双主角或者多主角的搭配，但是一般来说，多主角之间会有人物弧光。电视剧《上海滩》(1980)中的许文强和丁力，就是从兄弟变为仇人；《投名状》(2007)虽然是三主角的结构，三弟姜午阳最后杀死了背叛兄弟情的庞青云，但是他在三主角的结构中处于一个从属地位，真正作为正反主角的是大哥庞青云和二哥赵二虎。一般来说，三主角的组合，必然会拆伙，会兄弟反目，会姐妹互撕。例如，电视剧《甄嬛传》(2011)中的安陵容与甄嬛最终反目成仇。但是也并不绝对，《三傻大闹宝莱坞》中的三个男主角就没有反目，只不过在主角兰彻身上设计了身份迷雾，以此制造从误解到开解的弧光。

主角和主角之间必须有差异化，这样才有人物性格的张力。电影《无间道1》(2002)中的刘建明和陈永仁原为一匪一警，最终相互合作；《绿皮书》(2019)中的白人司机托尼和黑人钢琴家唐获得了超越种族和肤色的友谊。

从微电影的角度来说，很难设计太多的主角，但是是可以容纳双主角的框架的。前文《拾荒少年》中的老马和少年，两人的关系也是从冲突转变为亲密。

(二) 主角和配角的搭配

戏剧影视中形形色色的人物，君臣佐使，各有职能，形成以主角为核心的环绕结构。对于配角，还可以分为重要的配角和次要角色人物。所谓重要的配角，以《夏洛特烦恼》(2015)为例，秋雅作为夏洛的梦中女神，对他日后的行动起到重要的影响，所以算是重要配角；而王老师虽势利、有爱占小便宜的毛病，但关键时刻不失正义，是次要配角；那个老忘记马冬梅叫什么名字的大爷，就属于功能性人物。

两个人物也可能一主一辅，较为典型的就是周星驰和吴孟达这对喜剧搭档。在两人的合作中，周星驰负责无厘头搞笑，而吴孟达则负责烘托气氛，如同相声中的逗哏与捧哏。电视剧《神探狄仁杰》中的狄仁杰和元芳、“福尔摩斯”系列中的福尔摩斯和华生都是这样的设置。

我们再以学生习作《夏之雪》为例进行分析，某同学想创作一部关于诗歌让人找到生活意义的微电影。首先设计了主角——语文老师李诚，然后设计了受他影响的学生——夏雪和陈可，具体信息如下。

夏雪：女，17岁，淮州一中高二(2)班学生，从当地偏远小县城考入淮州。她在高二时担任语文课代表，因为语文老师李诚的教学风格而爱上语文和文学，但在李诚离开淮州一中后不幸患上抑郁症，休学一年后参加高考，考入了杭州师范大学文学系，并立志成为一名语文老师。

陈可：女，17岁，淮州一中高二(2)班学生，夏雪的同桌。高二时，因为跟随语文老师李诚在课堂上和随思诗社里学习语文而爱上文学，高考时考入北京大学，并且不顾家人的反对选择就读文学系。

在两个学生中，夏雪是重要配角，或者说已经达到了和李诚双主角的层次，陈可则是一名次要配角。李诚作为中学老师，除了正常教学，还要和许多学生互动，因此需要对配角的角色进行合适的搭配。

从编剧写的人物小传来看，夏雪和陈可的人物设计并没有多少差异，因此要进行调整，让两个人物具有差异性。例如，夏雪热爱文学，而陈可反对读那么多文学课外书，不同的理念导致她们与李诚老师的关系不同。但是这样的“差异化”还是比较初步，我们是不是可以反过来？例如，夏雪一开始不怎么热爱文学，李诚向学生们讲述文学之美的时候，夏雪甚至有些不以为意，但是随着体验生活与学习深入，她逐渐懂得了文学的意义，从而真正爱上了文学；而陈可喜欢阅读文学名著，只不过是为了提高语文成绩，李诚一开始对她寄予厚望，谁知道后来陈可成为了一个“反对者”，如果想激化矛盾，制造进一步冲突的话，那么甚至可以让她成为一个“举报者”。

我们还要关注夏雪和陈可两个人物的关系有着怎样的变化：她们两人一开始是朋友，因为李诚的出现而产生了什么隔阂？后来复原了吗？或者两人互相反感，为什么却能够因为文学而交心？如果戏都落在两个女中学生的身上，会不会削弱对老师的描写？那么这是闺蜜戏，还是师生戏？因此，人物的搭配影响到整个故事主题的表达。

(三) 圆形人物和扁平人物的搭配

圆形人物和扁平人物是从文学引入的概念，所谓“圆形人物”，指的是性格复杂多样的人物，而“扁平人物”指的是性格单一而突出的人物，也称为类型人物，甚至是漫画人物①。

圆形人物更加富有深度，让人品味无穷。以小说为例，《射雕英雄传》中的欧阳锋虽然戏份比较多，但实际上形象相对扁平，只是作为一个恶人来呈现，而在《神雕侠

① 美国作家爱德华·摩根·福斯特在《小说面面观》一书中提出“圆形人物”和“扁平人物”的概念，亦可参见郑瀚，杨明月. 浅谈“扁平人物”和“圆形人物”概念[J]. 名作欣赏，2020(15)：176-178.

侣》中，他的戏份虽然不多，但却非常重要，是指引杨过走向江湖和独立的引路人。前文《拾荒少年》中的老马也是一位圆形人物，性格具有多样性和复杂性。

然而，在具体的剧本创作实践中会面临另一个问题：正面的圆形人物不好塑造，极易塑造成扁平人物，特别是在主旋律的创作中，主角往往是正义的化身，只能是勇敢、正直、善良的，具有单向性。例如，小说《金光大道》里高大泉的形象设计就遵循了“三突出”[①]的创作原则，然而无限突出拔高之后，高大泉成了“高大全”。所以，创作者要试图打破完美，去除脸谱化，要找寻人物的一些缺点，使其形象能够贴近我们的日常生活。例如，电视剧《士兵突击》(2006)中的许三多是一个憨厚而执拗的农村孩子，他相信“有意义就是好好活，好好活就是有意义”这样的车轱辘道理。初次与他接触的人，只会觉得他固执，不知变通，但就是这种坚持让他能在军营中一步步走下去，最终获得了很多人的支持，成长为一名优秀的特种兵。另一部电视剧《亮剑》(2005)中的李云龙也突破了传统意义上我军指挥员的形象，他狡黠滑头、胆大包天、义气深重，人物形象饱满、立体，让人印象深刻。需要注意的是，对于正面主人公的“不完美”设计要有一个限度，这一方面是由于监管尺度，另一方面是创作者的自我设限。

既然正面主人公难以塑造成圆形人物，那么从反面主人公入手如何？两部较早的犯罪题材电视剧《黑冰》(2001)和《黑洞》(2002)中的黑老大就不是纯粹的坏人，甚至“有情有义”到让观众产生共情。其实，这种人物塑造方法早在以往的美国黑帮电影中就有所体现，《教父》(1972)和《美国往事》(1984)都是典型的以黑帮人物为主角的电影，通过细腻的细节描绘和真实的人物刻画，展现了权力斗争的残酷与复杂。还有一些中国香港警匪片，如《英雄本色》(1986)、《喋血双雄》(1988)、《纵横四海》(1991)中作为主角的黑道人物，无论是小马哥、亚庄，还是砵仔糕，与其说是黑道人物，不如说是现代都市游侠。但是这样一来，正面人物就会显得相对无趣，就如同前文《莫斯科行动》中的老崔一样，人物性格单调。

时长的限制使得大多数的微电影主要表现扁平人物，但是也不乏表现人物复杂性的作品，如《口吃》，以及我们下面要讲的《宵禁》。在微电影中，如果主角是圆形人物，那么需要扁平人物来进行搭配；如果主角是扁平人物，那么一般不需要用圆形人物作为配角，以免喧宾夺主，抢占主角的空间。

(四) 性别、年龄、身份的搭配

在设计人物时，除了戏份的差异，还需要考虑很多搭配因素，如性别。电影《致青春》围绕一个宿舍的4个女生展开，但如果只写这个宿舍的女生和其他宿舍的女生的故事，未免在人物设计上显得单调，所以需要加入一些男性角色，如男朋友、有暧昧关系

---

① 所谓“三突出”，指的是在所有人物中突出正面人物，在正面人物中突出英雄人物，在英雄人物中突出主要英雄人物。

的男生、只有纯友谊的男同学，从而在性别上达到一定的平衡。一般来说，不太会出现如《士兵突进》这样全员男性没有女性的作品①。

年龄搭配也是设计人物时需要考虑的因素，如果是爱情戏，那么男女主角的年龄要基本一致，像《洛丽塔》和《这个杀手不太冷》之类的总归不被主流所认可；如果是友情或者亲情，那么超越年龄的限制，往往会让人有一种亲切感。例如，《龙爷虎孙》(1993)、《蝴蝶》(2002)、《孙子从美国来》(2012)等电影都是讲述祖辈和孙辈的冲突与和解，如此大的年龄差异使得主角之间有了思想和观念上的差异，也就造成了戏剧的张力。

短片《宵禁》(2013)的人物设定是年龄大小搭配、性别男女搭配。里奇是一名对生活失去希望的男青年，他把自己淹没在浴缸里，划开了自己的手腕，想自杀。就在血慢慢涌出的时候，电话铃声响起，原来是自己多年未见的妹妹想让里奇帮忙照顾她女儿苏菲亚5个小时。

苏菲亚是个人小鬼大的精灵，有很强的自保意识，刚与里奇见面就拿出一个写着地名的单子说："这个单子写着你可以带我去的地方，如果你把我带到上面没写的地方，那你的麻烦就大了！"虽然电影中没有交代，但我们也能猜到，里奇可能在以前做过什么不太靠谱的事情，让妹妹受到过伤害，这也是兄妹俩多年未见的一个原因。

里奇并不是什么完美主角，他带着苏菲亚的时候，还经常产生幻觉，说明他很可能是一个瘾君子。但是亲情是他坚守的底线，他并没有拿着苏菲亚的钱去买毒品，也没有带她去什么不该去的地方，只是带她到保龄球馆消磨时间。由于不善言辞的里奇打不开话匣子，苏菲亚只在那里玩手机游戏，一副生人勿近的模样。

里奇起身来到保龄球馆旁边的酒吧，闪身进去。苏菲亚虽然一副小大人的样子，但毕竟是小孩子，不敢离大人太远，也跟了进去。就在苏菲亚惴惴不安的时候，里奇出现了，并把她带了出去。原来，里奇不是去买毒品，而是去找了两本有关童年回忆的动画书。

在给苏菲亚看动画书的同时，里奇讲起他和苏菲亚的妈妈小时候一起看动画书的事，里奇和苏菲亚也慢慢从对立走向和解。

5个小时过去了，里奇准备把苏菲亚送回家。地铁上，苏菲亚把头靠在里奇的肩上(见图3-8)，里奇感到了一丝亲情的温暖。见到妹妹后，里奇回忆起小时候妹妹帮自己出头的往事，可是妹妹并不知道里奇的转变，对他的认知还停留在以前，怕他带坏索菲亚，将他赶出了家门。

里奇带着几分失望告别，他回到了寓所，再次进入开场出现的那个浴缸。当他准备再次自杀的时候，电话再次响起，原来妹妹想让他多抽时间照顾苏菲亚。里奇发现自己还是被需要的，于是重新燃起了生的希望。

---

① 在话剧领域不一样，如陈薪伊导演的全女班的《奥赛罗》、笔者编剧的全男班的《大明崇祯五年》。

图3-8　微电影《宵禁》剧照

在这个故事里，里奇和苏菲亚的关系从疏远走向亲近。两人有一定的年龄差异，一个是成人，一个是儿童，这样的感情在戏剧结构上比较纯粹，不会将爱情、亲情、友情三种因素混杂起来。

思考题

1. 人物表和人物小传有怎样的异同？
2. 什么样的微电影人物能让你印象深刻？

第四章　微电影剧本的大纲写作

故画竹，必先得成竹于胸中。

——苏轼《文与可画筼筜谷偃竹记》

如果说主题是一句话的故事，那么大纲就是一段话的故事。对于导演和编剧来说，大纲可以让他们迅速了解剧情的结构、走向，判断出剧本是否有新意，是否值得继续创作。对于投资方来说，大纲则是他们了解故事的窗口，决定着投资与否，是否将这个故事落地。参考著名的“电梯60秒法则”，当你和投资人共同乘坐一部电梯的时候，你只有60秒的时间劝服他投资，那么势必要将故事最精华的部分讲出来，吸引他的兴趣。而你在这60秒内要讲的内容，就是剧本的大纲。

第一节　从电视剧的大纲写作说起

讲微电影剧本的大纲写作，为什么要先从电视剧大纲讲起？因为电视剧的大纲形式多样，能够锻炼编剧多种大纲撰写的能力。而且，电视剧大纲和微电影大纲具有一定的相似性。微电影的导演日后也可以尝试走向院线电影以及电视剧领域。

撰写剧本大纲不仅仅是一个创作流程，也是一个商业行为。一般来说，小说家的故事大纲是写给自己的，戏剧影视的故事大纲是写给创作团队的。从最近几年电视剧的操作模式上来看，不太会有编剧原创剧作被制作公司购买的情况，更多的是制作公司有了一个大体的故事(也称为“故事核”)，或者购买了故事版权，委托编剧进行创作。而制作公司本身也需要邀请投资人或投资公司进行主投，或者参与投资。在这个过程中，需要一个大纲进行传播。从商业运作和工作流程的角度来讲，电视剧的大纲可以分成4种：第一种，项目立项时使用的数百字的总纲，即商业用途的总纲；第二种，项目筹备基础的一千五百字大纲；第三种，项目推进使用的两万字起的详细大纲；第四种，项目创作使用的每集三千字的分集大纲。

一、商业用途的总纲

电视剧的总纲有什么要求呢？

首先，要呈现故事的时间与社会背景。这个故事是在什么时候、什么地点发生的？是时装剧还是古装剧？例如，《北平无战事》(2014)发生在民国时期的北平，《贞观长歌》(2007)发生在初唐的长安，《权力的游戏》直接虚构了一个“维斯特洛大陆”。同样是民国戏，《四世同堂》(1985)和《上海滩》(1980)虽然时间差不多，但一个是以抗战时期的北平为背景，另一个则书写了民国时期上海滩的爱恨情仇。介绍故事发生的时间和社会背景，有助于读者调动自己的知识背景与其进行连接与拓展。

其次，要体现这个故事的调性。每一部戏剧影视作品都有自己的调性，是历史正剧还是家庭肥皂剧？是轻喜剧还是大悲剧？是大女主还是男人戏？调性，是一个范围很广的概念，比影视研究和创作中常用的“类型片”的概念更大，在创作初期要确定。

再次，要体现主人公的大体作为。在总纲中要体现谁是主人公，故事主线是什么？当然，在具体的操作过程中，总纲中的主人公可能在后面大纲中被调换，故事走向可能发生更改，这都是在项目实际运作中经常遇到的事情。在总纲中，我们大体可以看到主人公面临的压力和对手，以及他的命运因为什么冲突而逐步展开。

最后，内容情节既要吸引人，又不能太具象。作为一个商业项目的前导方案，这份总纲注定要在各个影视制作公司之间流传。如果写得不够吸引人，那么将很难脱颖而出；如果写得太详细，那么可能被人觊觎，偷走你的创意。

下面，我们以一部名为《华夏风云录》的电视剧总纲为例：

一九一二年，清廷瓦解，民国新成。文物学家江远鹤受国民政府征召，进行故宫文物清点录册之任。清点任务庞杂繁杂，持续至隔年，忽国家局势再显动荡。因新任大总统袁世凯意欲恢复帝制，孙中山乃发起二次革命。

江远鹤所主持的文物清点工作中辍，召开紧急会议，会中决议将一批起自皇宫藏宝库，为数惊天的黄金重宝迅速移转，秘密藏储，以避免各路军阀见财起意，引发纷争。

该批黄金重宝在江远鹤的谨慎安排下，暂时安全，藏宝所在以特殊手法分别标注于四项文物之上，以作为日后发掘之依据。

然历经二十多年，国家的灾难仍未能平息，知情觊觎之徒，已按捺不住。夺宝之争一触即发，而江远鹤的人身安全自是首当其冲，其离奇失踪。

此时，中国正处在内忧外患的严峻局势中。混乱的年代，由于外国的贪婪野心挂钩了部分国人的唯利是图，致使国宝文物的毁坏、盗卖日益猖獗。基于不忍国宝外流的民族大爱精神，亦基于追寻父亲失踪下落的初衷，江远鹤之子复旦大学教授江卧云从原先的身不由己到之后的化被动为主动，从此展开了一段出生入死的冒险之旅。过程中，他将自身能力发挥到极致，凭靠机智，他破解无数的关键密码，不断推动事件的发展；凭借坚强的意志，他多次化险为夷，向对手证明自己的强大，直到他落下最后一块拼图，真相还原，水落石出。

但当父亲获救、重宝出土之时，眼看江卧云的冒险之旅即将落幕，祖国却陷入全面性的危难关头。那是一九三七年七月七日，随着卢沟桥事件的爆发，日军充分暴露了侵华野心。

万里无晴日，英雄不得闲，属于江卧云的新使命、新挑战，又悄然开始。

本故事划分“青龙驭天”“白虎迷踪”“玄武镇阙”“朱雀讴歌”与“中道方溯”五个单元，情节连贯，高潮迭起。随着江卧云及其搭档的足迹，观众将遍览祖国河山，从江南水乡到西北大漠、从雄伟佛窟到壮阔草原……透过一波波的冒险与惊奇，领略中华文化的博大精深。

从总纲中我们可以发现，这是一部以“寻宝”为题材的民国传奇故事。“随着江卧云及其搭档的足迹，观众将遍览祖国河山，从江南水乡到西北大漠、从雄伟佛窟到壮阔草原”，这样的场景转移有公路片的特点。也就是说，这部剧的外景地选取非常多样，而五个单元的设置基本对应五个主要外景地。男主江卧云在复旦大学工作的身份，让部分场景设置为民国的上海，从而与寻宝的自然环境拉开维度。

故事情节是寻宝，由此产生了双重对抗。其一为父子之间“设谜—解密”的对抗，这是一种智慧与思维的较量，并最终走向父子重逢；其二为江卧云与恶势力的对抗，这里的恶势力包括明面上的军阀势力和暗处的日本人势力，随着寻宝不断深入，对抗也在不断加强。

值得注意的是，这篇七百多字总纲的大半篇幅都在书写江卧云父亲江远鹤的故事。而江远鹤的故事属于历史背景，是整个剧作的基础设定和前史，只起到一定的线索作用，和故事的具体展开没有关系。电视剧的第一集发生在20世纪30年代的上海，故事以江卧云的视角展开。整部电视剧书写的是江卧云“出生入死的冒险之旅”。

那么，“出生入死的冒险之旅”是怎样的出生入死？他破解了什么密码？是怎样破解的？遇到了一些什么险境？是怎样“化险为夷”的？“最后一块拼图”是什么？看戏看故事，观剧观情节，这些都是具体故事里的情节，只能制造悬念，不适合在四处发放的总纲方案里体现。

一般来说，一部电视剧的总纲，放在PPT里最多三页，太多的话，不仅介绍起来麻烦，投资方听起来也会不耐烦。

此外，在广播电视总局备案时要使用更为简略的内容提要，比如广电总局官网上的《广电总局办公厅关于2023年10月全国拍摄制作电视剧备案公示的通知》中的两例(见表4-1和表4-2)。

表4-1中的《让我在你身边》的内容提要为260字左右，表4-2中的《千里江山图》的内容提要为180字左右。可见总纲基本只起到交代题材的作用，并不包含多么完整的故事情节，只是一个故事大体发展的脉络。

表4-1　电视剧《让我在你身边》拍摄制作备案公示表

报备机构：最高人民检察院影视中心　　　　　2023年10 月

许可证号：(广媒)字第00011号

<table>
<tr><th rowspan="2">剧名</th><th rowspan="2">题材</th><th colspan="3">体裁</th><th rowspan="2">集数</th><th rowspan="2">拍摄
日期</th><th rowspan="2">制作
周期</th></tr>
<tr><th>一般</th><th>喜剧</th><th>戏曲</th></tr>
<tr><td>让我在
你身边</td><td>当代
涉案</td><td>√</td><td></td><td></td><td>36</td><td>2024.1</td><td>6个月</td></tr>
<tr><td colspan="8">内容提要：遥州市检察院12309检察服务中心接到刑满释放人员刘建辉举报，称遥州市永风区检察院未成年人检察部主任王占东在办理其案件时，曾对他进行刑讯逼供，申请对原案进行复查。市检察院受理后指派李善元等检察官成立办案组，对举报线索调查并复查原案。李善元等人经调查认定举报线索不实，对刘建辉的申诉不予支持，并根据调查中新发现的犯罪事实让刘建辉和其同伙都受到了法律的惩处。经过此案，李善元申请调入永风区检察院未成年人检察部。她和同事们一起依法处理了许多涉及未成年人案件，对误入歧途的未成年人进行精准矫治和教育帮扶，并联合社会各方力量关爱每一个受伤的未成年人</td></tr>
<tr><td>省级管理部门
备案意见</td><td colspan="4">同意备案，报请总局电视剧司公示</td><td>相关部门
意见</td><td colspan="2">已征求最高人民检察院
新闻办公室意见</td></tr>
<tr><td>备注</td><td colspan="6"></td><td></td></tr>
</table>

表4-2　电视剧《千里江山图》拍摄制作备案公示表

报备机构：新丽(上海)影视有限公司　　　　　2023年10 月

许可证号：(沪)字第04128号

<table>
<tr><th rowspan="2">剧名</th><th rowspan="2">题材</th><th colspan="3">体裁</th><th rowspan="2">集数</th><th rowspan="2">拍摄
日期</th><th rowspan="2">制作
周期</th></tr>
<tr><th>一般</th><th>喜剧</th><th>戏曲</th></tr>
<tr><td>千里江山图</td><td>近代革命</td><td>√</td><td></td><td></td><td>36</td><td>2024.4</td><td>24个月</td></tr>
<tr><td colspan="8">内容提要：1933年腊月十五，准备在上海召开的一场中共地下党员的秘密会议还未开始，12名与会者就已有一半被抓，党员们认识到他们的秘密行动走漏了风声，内部可能存在叛徒。共产党员陈千里临危受命，来到上海，他要从那12人中找出叛变者，肃清队伍，并在敌人的步步紧逼下完成另一项绝密任务。陈千里从过往的人和事中抽丝剥茧，拨开迷雾，以坚定的信仰保卫党的秘密转移行动——“千里江山图”按计划实施</td></tr>
<tr><td>省级管理部
门备案意见</td><td colspan="4">同意备案，报请总局电视剧司公示</td><td>相关部门
意见</td><td colspan="2"></td></tr>
<tr><td>备注</td><td colspan="7"></td></tr>
</table>

二、作为项目筹备基础的大纲

总纲可以说是一块敲门砖，如果投资方对这个题材感兴趣，大家就深入讨论，准备立项。可是仅使用这几百字的总纲去申报立项是不够的，要再增加1500字的大纲。这份1500字的大纲比商业立项用的总纲和用于广电总局备案的内容提要要更加丰富，基本上具有一个完整故事的大体脉络和人物设置。有了大体的故事脉络和人物设置，就可以开始洽谈导演，考虑演员，估算拍摄预算，进行项目的筹备工作了。如果说总纲和内容提要主要为了交代题材，那么大纲才是真正有意义的剧本基础。

我们以一部清代背景的反腐题材历史剧为例，讨论一下作为项目筹备基础的大纲的写法。

这部《铁骨御史》为历史剧，需要有基础的背景介绍。写御史的电视剧，就需要对御史的组织机构——“御史台”进行介绍。所以，在总纲和大纲之前需要有一个前言来讲述背景：

都察院，明清时期官署名，由汉唐的御史台发展而来，主掌监察、弹劾及建议。都察院在中央有管理机构，在地方有派驻机构，参预九卿一起议奏折；凡重大案件与刑部、大理寺共同审断；稽察各级衙门、官吏办事的优劣；检查注销文书案卷及封驳事；监察乡试、会试、殿试；巡视各营等事务，总之是监管天下一切违法乱纪之事，科举进士经翰林院学习，成庶吉士，散馆之后，都察院是他们重要的工作地点，很多我们耳熟能详的人物，如汤斌、大小于成龙、陈廷敬、孙嘉淦、郭琇、张伯行或者在中央任御史，或者在地方任按察使，都隶属于都察院系统，在这里他们开始了自己的名臣之路。

作为明清监察制度的主要实施者，都察院官员继承了魏征、海瑞等古代言官敢言能言、匡扶正义、刚直不屈的精神，和贪官污吏进行不屈不挠的斗争，在维护国家政治正常秩序和保证吏治清廉方面起到了不可忽视的作用。

在都察院任职期间，大小于成龙、陈廷敬、孙嘉淦等人倡导廉政，兼具“忠、廉、能”，且为人忠厚，而非酷吏，是贪腐官员、害民蛀虫的死对头。可以说，在一定程度上，是都察院成就了这些名臣，锻炼了他们治国理民的能力。

我们看到，“前言”一般由两个部分组成：其一为历史背景，此处没有虚构的部分，机构发展、时代背景和重要人物都有史可循，表明创作团队对于史料有基础的把握；其二为作品主题，都察院的诸位名臣“敢言能言、匡扶正义、刚直不屈，和贪官污吏进行不屈不挠的斗争，在维护国家政治正常秩序和保证吏治清廉方面起到了不可忽视的作用”。

接下来便是总纲：

清康熙初年，鳌拜授首，三藩叛乱，天下鼓荡。困局中的少年天子康熙欲以都察院监督天下吏治，塑造盛世辉煌。一代廉吏于成龙临危受命，担任左都御史。同窗好友郭琇、陈廷敬受理学名家汤斌知遇，并与中书舍人高士奇交好。高士奇和汤斌之女岫儿早有婚约。入仕后，郭琇贪腐，时任御史的陈廷敬查不到证据，只能与之割袍断义。郭琇被汤岫儿骂醒后，被汤斌推荐给了于成龙，于成龙因郭琇熟悉贪官行径而加以重用，这遭到陈廷敬的强烈反对。汤岫儿毁掉与高士奇的婚约，和郭琇成婚。在汤岫儿的支持下，郭琇参靳辅、参明珠、助张伯行，与陈廷敬泯恩仇，接任左都御史，却发现高士奇已成贪官，于是兄弟反目，战于朝堂。在郭琇的领导下，都察院为吏治清明和国家富强做出了杰出贡献。

如果说前言着重介绍了“都察院”这一政府监察机构的发展历史和重要性，那么总纲着重介绍了都察院的重要性：康熙初年，少年天子康熙意图整顿吏治，塑造盛世，需要都察院的帮助。

总纲提出了剧中的人物铁三角：郭琇、陈廷敬和高士奇。正如前文所言，铁三角的人物最后必然会拆伙，所以故事的最后，郭琇与高士奇展开了一场宿命之战。除了铁三角，还有三组人物：第一组是与铁三角中的郭琇、高士奇有感情戏的恩师汤斌之女汤岫儿；第二组是他们的师长线，作为恩师的汤斌和作为领路人的于成龙；第三组是铁三角要对付的反面人物，如靳辅、明珠等。

总纲之中，基本的人物关系已经建立，但是没有涉及故事的具体发展，关于“参靳辅、参明珠、助张伯行，与陈廷敬泯恩仇，接任左都御史，却发现高士奇已成贪官，于是兄弟反目，战于朝堂”的具体情节没有明确，而这只能留待大纲来完成。

1500字大纲如下：

清康熙初年，鳌拜授首，三藩叛乱，天下鼓荡。有“豆腐汤”之称的老清官汤斌说服困局中的少年天子康熙乱世用重典，以都察院监督天下吏治，奠定盛世基础。一代廉吏于成龙临危受命，担任左都御史，领导都察院。

郭琇、陈廷敬为同窗好友，一同被汤斌赏识，收入门下，并与中书舍人高士奇交好，郭琇机灵，陈廷敬刚直，高士奇圆滑，三人各有才能。汤斌之女岫儿有经国之奇才，可惜身为女儿，无法用世，与高士奇早有婚约。郭琇先中进士，却在任上逐渐贪腐。陈廷敬考中后入都察院，成为于成龙的得力下属，风闻郭琇贪腐，多方劝阻，却被郭琇骗得团团转，拿不到证据，只能与之割袍断义。岫儿用计拿到了郭琇贪腐的证据，不过却惊讶于郭琇哄骗贪官本事，忍俊不禁，又见郭琇原意不是为了自己的奢侈，而是将银两用于救济百姓，是善良之举。岫儿深受感动，两人历经磨难，心生爱意。陈廷敬拿到岫儿送来的证据将郭琇查办，恩师汤斌的一番劝骂，让郭琇幡然悔悟，洗心革面。汤斌称郭琇如能熬过三年流放岁月，他可以给郭琇一个重新做人的机会。谁知，汤岫儿竟然毁掉与高士奇的婚约，宁愿陪郭琇同往宁古塔，汤斌怒急吐血。

三年后，郭琇和汤岫儿重返中原，汤斌依约将他推荐给了于成龙，但是与其断绝师徒关系。于成龙因郭琇熟悉贪官行径而加以重用，陈廷敬认为郭琇大节有亏，高士奇则与郭琇有夺妻之恨，强烈反对，两人与郭琇多有摩擦。郭琇伪装成一个河工，获得了河道贪渎的证据，欲参倒河道总督靳辅，却遭到其后台户部尚书佛伦的多方阻拦。在妻子汤岫儿的谋划下，郭琇走通内廷门路，终于向朝廷上了《参河臣疏》，陈述靳辅治河不当，致使江南地区困于水患，百姓怨声载道。由此，靳辅被罢官，佛伦被降职，康熙升郭琇为佥都御史。

英武殿大学士明珠及余国柱等结党营私，排陷异己，贪污受贿，竟然设计陷害搞臭前来查案的御史。郭琇担下重任，表面上投入明珠一党，但实际上是收集证据，几番周旋之后，冒着丢官丧命的风险上书《纠大臣疏》弹劾明珠等人。康熙对明珠的猖狂也早已觉察，今见郭琇奏疏有证有据，深感不除明珠危及皇权，就下旨罢了明珠、佛伦、余国柱的官，权倾一时的明珠集团就这样倒台了。参倒明珠、余国柱一党，让郭琇在朝野之中声名鹊起。高士奇则对郭琇由嫉生恨，决意复仇。机缘巧合之下，高士奇获得康熙赏识，入南书房，参机密事。

在于成龙、郭琇和陈廷敬的努力下，都察院及其派驻各地的按察使让天下吏治为之一清。然而，贪官们也结成了同盟，意欲搞倒都察院。高士奇主动融入了这个圈子，并逐渐成为贪官们的首脑。江南科场案发，牵扯到康熙宠臣噶礼，江苏按察使张伯行欲弹劾噶礼，郭琇劝他事密再行，谁知张伯行一意孤行，反而使都察院落入高士奇的圈套，惹怒了康熙，非但噶礼无罪，都察院亦因支持张伯行被牵连，康熙在都察院大门上亲手写下了“酷吏”二字。于成龙去职，高士奇的死党王洪绪任左都御史，都察院陷入低谷，汤斌劝说康熙不成，郁郁而终。临终之际，嘱托陈廷敬与郭琇一笑泯恩仇，共同挽救危局中的都察院。郭琇助张伯行反诉噶礼，使得风雨飘摇中的都察院得以喘息。陈廷敬则顺藤摸瓜，发现了高士奇背后的谋划，却被他派出的杀手重伤，昏迷不醒。

高士奇上有康熙的偏爱，近有王洪绪的偏袒，使郭琇在都察院中成为异类。王洪绪发动御史弹劾郭琇，使其入狱。汤岫儿午门叩阙，为夫喊冤，要与高士奇打御状。偶然路过的太皇太后欣赏这个刚烈的女子，遂劝说康熙进行三堂会审，让郭琇与高士奇当堂对证，各证清白。汤岫儿拿出陈廷敬受伤之前找到的高士奇结党贪腐证据，终于扳倒了高士奇，还郭琇清白，也换了都察院一个公道。康熙亲手抹去了当初他写下的“酷吏”二字，当他想请于成龙再任左都御史之际，于成龙建言，郭琇才是专查贪官的都察院最合适的掌舵人。

在郭琇的领导下，都察院为吏治清明和国家富强做出了杰出贡献。郭琇晚年，如自己老师汤斌那样，慧眼识中了孙嘉淦，荐其执掌都察院，让其为康乾盛世保驾护航。

在这个大纲里，总纲里所缺失的“参靳辅、参明珠、助张伯行，与陈廷敬泯恩仇，接任左都御史，却发现高士奇已成贪官，于是兄弟反目，战于朝堂”等细节都有所呈现。可以说，这1500字的大纲基本上就是一部完整耐看的故事。

三、详细大纲与分集大纲

总纲、内容提要和大纲并不一定要编剧来写，可以由项目公司的文学策划来完成。那么，专业的电视剧编剧最晚什么时候介入呢？就是在详细大纲的创作阶段。详细大纲是由专业编剧创作的，文学策划基本不会涉及。

一方面，详细大纲的字数非常多，往往是数以万计。以一部40集电视剧为例，一集电视剧45分钟左右，大概有3个高潮点，每集故事可以写成400字左右，基本可以写成近两万字的详细大纲。

另一方面，详细大纲更加具有专业性，项目公司可以以此考量编剧和编剧团队的业务能力。一般来说，如果是编剧提交总纲、内容提要和大纲，那这三者在业界大多是默认不需付费的。但是到了详细大纲阶段，则需要签订合同，以及支付一定的编剧费用。能完成详细大纲的专业编剧一般不会到项目公司去当收入相对更低的文学策划。

详细大纲获得通过之后，总编剧就要组建编剧团队，分配剧集推进，也就需要更详细的分集大纲。这样可以用来指导分场的分集大纲一般有三千多字。

毕竟本书主要讨论微电影的剧本创作，电视剧的剧本创作可以作为一个参照物，但不能喧宾夺主，所以电视剧的详纲和三千字的分集大纲例证，这里就不一一列举，期待另书讨论。

电视剧的大纲写作如此复杂，一是因为电视剧剧本创作是一个商业运行的项目，需要一步步分解；二是因为电视剧的规模比较大，大纲也需要分层次，大小相配。

第二节　微电影大纲的结构

一、微电影大纲的本质

生活是一种状态，童话的结尾总是“王子与公主幸福地生活在了一起”，但是这种安宁的生活并不是微电影要展示的内容，在幸福结尾前面的动荡和纷争才是故事的落笔之处。简单来说，影视戏剧写的是一种中间状态——从稳定到冲突再到再稳定之间的状态，而微电影大纲本质上则是将这种状态的变化用主要人物的视角进行展现。

(一) 稳定与组队

一个人遵循着原来的生活状态，不起波澜地生活，就是稳定。《四世同堂》里的胡同各家，如果没有日军侵华，北平沦丧，似乎就能这么永久地过下去。这是一种“真正”的稳定，但与此同时又死气沉沉。而短片《黑洞》里，男人在遇到那张神奇的打印黑洞之前，过的也是一种“稳定”的生活，但是从影片的开头我们看到，深夜孤单地加班，嘈杂的打印机轰鸣声，燥热的工作环境，男人拉开的衬衫领口，额头上的汗珠，这些都展现了男人“烦躁”的情绪，他是在机械地、麻木地工作，这种“稳定”是走在钢丝绳上的，随时可能跌落绷断，所以当男人发现黑洞竟然有那么神奇的穿透功效后，才会变得疯狂，逐渐失去理智。

如果说“稳定”是一个人的状态，那么对于以若干主角为核心的群像故事来说，在迎接真正冲突到来前要进行的是“组队”，也就是说，主角在组建自己的团队之后，才开始真正的冲突和冒险。

我们发现，所谓的“稳定”，本质上是“打破稳定”的过程，是一种角色与力量在平衡中走向失衡的行动。剧本在这一阶段的开头和结尾，实际上已经形成了人物关系的两个极端，原本是仇人的，从这里开始共抗强敌，如《哪吒·魔童降世》(2019)；原本有嫌隙的，从这里开始走向和解，如《拾荒少年》；原本陌路的，在这里开始倾心，走向为爱而战，如《泰坦尼克号》(1997)。

以电影《2012》(2010)为例，杰克逊是一名不成功的作家，和妻子离婚后，自己只能给富豪当司机。按照计划，他要开车带自己的两个孩子去黄石公园野营。谁知道接孩子的时候，却遇见了前妻和其男友，两人十分亲密。杰克逊虽然心中不快，但是为了信守对孩子的承诺，还是开车到了黄石公园，却发现那里已经成为军事禁区。同时，他也遇见了一个住在公交上的怪人，那人对他说世界末日就要到来了。这样荒唐的说法让人难以相信，他把孩子送回了前妻家。很快，洛杉矶频繁发生地震，这让杰克逊开始怀疑是否有世界末日。恰在此时，富豪接到神秘电话后，乘机离开，而富豪的儿子在临走前讥讽杰克逊没有船票。这让杰克逊最终明确，一定有灭世级别的灾难即将发生，于是开车去接前妻和孩子，也带上了前妻的新男友。这一主角团开始了正式的逃难之旅。

这是一段非常长的组队过程，所有成员打破了在影片一开始时的稳定状态，出现了共同任务——寻找可以在灭世灾难中救赎他们的新诺亚方舟。组队前，主角团的主线任务是为了组建团队，逃离灭世之灾；组队后，主角团的主线任务是寻找出路，逃离灭世之灾。因此，组队前后的行动任务虽然看上去不同，但本质上都是服务于“逃离灭世之灾”这一根本目的。

“组队”就是从日常生活的稳定到打破稳定，再到形成新的稳定的过程。在现实生活中，我们当然期望自己遇到的团队，每一个队员都胸怀大义，可是完美的组队千篇一律，千奇百怪的家伙组成的“草台班子”才有戏剧张力。正如列夫·托尔斯泰在《安娜·卡列琳娜》的开头所说，幸福的家庭都是一样的，不幸的家庭各有各的不幸。正是“草台班子”的不专业，才给了传奇故事塑造从不可能到可能的情节的余地。

一般来说，组队的部分只占据剧情的前四分之一，因为大部分的剧情要放在后面的冒险。《复仇者联盟1》(2012)就缩短了邀请超级英雄加入复仇者联盟的剧情介绍，因为在漫威系列的其他影片中已经对他们个人的爱恨情仇有所介绍。反过来，电影《十月围城》(2009)则属于拉长组队的例子。该剧有一个非常清晰的主线任务，就是保护在1905年即将到达香港、与十三省革命代表相见的孙中山，面对清廷派出的顶级杀手，护孙行动的核心人物陈少白寻找香港三教九流，组建保护团队。整个剧情的核心其实是在寻找中呈现那个时代形形色色的父子情、师生情、爱情、友情，以至于护孙行动开始时，故事实际上已经讲完了，只是呈现一个结果罢了。因此，在这部剧里，组队反而成为最为重要的部分。

(二) 冲突、递进与再稳定

从稳定到再稳定之间的部分是剧情的高潮，需要形成一系列环环相扣的故事。这些故事需要形成相互关联的逻辑链。被逻辑链串联起来的故事就是情节。英国小说家福斯特在《小说面面观》里提出了一个经典的例子：

① 国王死了，不久王后也死了。

② 国王死了，不久王后因为伤心也死了。

在①中，陈述了两个事实："国王死了"和"王后死了"。国王也许因为年老而死，王后也许因为生病而死。这只不过是恰好发生在同一对夫妻身上的没有关联的两件事。这样的写法，只是记录流水账，不是书写情节。

而在②中，两人的死亡就具有了相关性，王后的死是因为国王的死而发生，没有国王的死，也就不会有王后的死。前为因，后为果，前者发展为后者。如果没有后者，前者即为多余情节，也就是我们通常意义上的"水戏"；如果没有后者，故事就不能发展为一系列行动。

剧情的冲突就是人物脱离了稳定的状态，进入和压力的对抗之中。当然，冲突的次数要看故事的篇幅。首先，按照一般电影的结构，主人公或者主角团需要在初出茅庐的时候取得一场相应的胜利，以此作为黏合剂，使得这个"草台班子"暂时成为一个稳固的集体。随后，简述这个"草台班子"看上去走向成功，实际上危机重重。此时，一个严重的危机爆发，使得主人公或者主角团陷入低谷，甚至到了分崩离析的边缘。但是最终，主人公或主角团战胜一切困难，取得胜利，形成了状态的再稳定。

在这部分，冲突是不断升级的，从而形成更大的悬念，吸引观众看下去。而遇到的危机也不断递进，直到让主角团陷入重大的困境。冲突的压力可以来自外部或内部。从外部讲，需要一个明确的对手来制造危机，让主角团去解决危机，这个对手可以是人，如《蝙蝠侠》中的小丑；也可以是自然现象，如《流浪地球》中的木星危机；甚至可能是虚无缥缈的命运，如《拾荒少年》的剧情设计。

而所谓的"再稳定"，可能是完成任务，实现大团圆，这是合家欢类型的超级英雄电影的模式；也可能是完成任务，但主角牺牲，如《湄公河行动》(2016)和《烈火英雄》(2019)；或者一切都归于虚无，因为意义的本身就是没有意义，如《活着》(1994)。

二、微电影大纲的构成

商业化的电影需要不断递进转折的冲突，形成一浪高过一浪的效果。但是微电影的篇幅有限，不会有太多的矛盾冲突，所以往往在一个冲突里把故事讲明白就可以。我们以微电影剧本《责无旁贷》为例来讨论微电影大纲的写法。

微电影《责无旁贷》的大纲

两位初中生刘擎和陈威在小区里面摆摊被保安抓了。

别误会，他们可不是在贩卖商品，而是在宣传环保。原来初夏的时候，正是青蛙繁殖的季节，然而小区里面的居民却把池塘里面的蝌蚪当作玩物，大肆捕捞，有的把蝌蚪做成鱼饵，有的捞回去玩，有的甚至将蝌蚪扔在地上晒着玩儿。看着让人心疼！

就在保安阻止刘擎和陈威摆摊，发生争吵的时候，居委会的王主任前来查看，她安抚劝说两人，表示社区自然认同他们的环保理念，可是阻止居民捞蝌蚪却是一件很难办的事情。毕竟不能专门安排一个保安天天在池塘边上看着，人力、物力、财力都不允许，并且捞蝌蚪也很难说得上是犯法的。

在回家的路上，有些居民看到两人，笑话他们是吃饱了闲的。垂头丧气的刘擎也劝陈威明哲保身吧！

回到家，他们正好遇见了来家访的张老师，听了两人的苦恼，张老师提议从孩子们的身上入手，先在小朋友这里宣传环保理念，然后让他们说服自己的家长。

刘擎和陈威若有所思。

很快，小区召开了夏季纳凉晚会。刘擎和陈威报了一个儿童剧的节目，他俩用戏剧的方式表演蝌蚪们被捕捞后，对环境造成的影响，并分发打印好的保护自然的倡议书，引发了小朋友们的关注。小朋友们回家都劝说自己的家长不要再去捕捞蝌蚪了。在小朋友们的感召下，很多居民认识到了看似遥远的环境问题其实和我们的生活息息相关。在环境保护这件事上，每个人都责无旁贷。于是，居民们决定不再捕捞蝌蚪，一些居民把带回家养在鱼缸里的蝌蚪送回了池塘。

不久之后，夏夜小区中的蛙声一片，野趣盎然，人们与自然和谐相处。

这样一部单线结构的微电影的大纲其实也是遵循了“稳定—冲突—再稳定”的结构模式。只不过篇幅受限，微电影一开头就把冲突亮了出来。

(一) 冲突

首先，刘擎和陈威因为在小区里摆摊被抓了。那么，这两位初中生为什么要在小区里摆摊？原来小区居民在池塘里捕捞蝌蚪，已经达到了摧残虐杀的地步。在剧情具体展开的时候，一边是保安抓了宣传环保的两个孩子，另一边是大肆捕捞蝌蚪的居民，两边形成了黑色幽默式的对比。从一开始就给观众一个较为强烈的观感。

其次，王主任的到来制止了这一冲突。因为如果延续上面较为激烈的黑色幽默式的对比，那么会让整个微电影的调性显得过于暗黑。实际上我们可以看出，这部微电影的主题是人人应参与环保，而非官僚主义之类比较沉重的话题。因此，王主任的出场就是给所有人一个“台阶”。

王主任当然是和稀泥，一方面在政策上肯定了环保的重要性，另一方面在执行层面上强调了禁止捕捞蝌蚪的难度。刘擎和陈威两人黯然回去代表着事情陷入了困局。这件事情很难依靠他们自己的力量实现转折，必须引进外来因素。

(二) 转折

张老师就是被引入的外来因素。如何说服刘擎和陈威重燃信心的情节是剧情重点，而建议怎样做并不需要过多展开，也许镜头转向某一个物品就可以传达出剧情，然后进行转场。当然，说服的戏最难写，如何让观众觉得可信，而不是说教，是非常重要的问题。如果仅仅付诸语言，那是话剧，而视频作品可以借助场景的转换：在语言之外，使用蒙太奇的方式剪辑蝌蚪被晒死的惨烈景象，引发人物思考，就像《金陵十三钗》里假神父看到被日军逼死的中国少女而发生态度转变一样。

(三) 解决

解决同样是说服的戏，但需要跟张老师说服刘擎和陈威的戏有所差异。张老师的说服是在两人有主动性但是缺乏信心的基础上展开的，而两人要说服居民，应该寻找一个“情理之中，意料之外”的理由，于是两人就借助于社区演出，使用戏剧的方式让孩子们认同保护环境的理念，继而影响大人。

值得注意的是，说服类的剧情只能做到尽可能合理，不能吹毛求疵，否则剧情没法延续，因为实际上无法找到一个完全让所有人都信服的理由。例如，《辩护人》(2013)、《奥本海默》(2023)都有最后庭审的发言，但是这些慷慨激昂或言之凿凿的发言就一定能战胜对手、达到目的吗？因此，我们在戏剧节奏上烘托到一定的氛围就默认为可以达到这样的结果了，否则整个剧情根本无法结束。戏剧再长，终有落幕之时；而生活，本就是一笔糊涂账。虽然说戏剧逻辑高于生活逻辑，但是生活比戏剧更加不讲逻辑。

另外，刘擎和陈威都是男初中生，在设计人物的时候，要考虑性格的差异，不能过于雷同，否则，设计两个人物的意义就不存在了。

上述例子是一个单线结构的故事，微电影一样可以采用双线结构去展现。2014年12月19日《华商日报》曾经报道过《老伴寒冬街头猝死，大爷街头紧抱遗体2小时》的新闻，这是一个单线的故事，故事很感人，但本质上并不构成戏剧动作，因为仅仅是一个“抱”的行动，怎么能形成一部微电影的主体呢？就算用再多的镜头和画面去展现“抱”的行动，也一样会显得单调，所以必然加入别的故事因素。我们在讲人物设计的那一章曾经提到过“人设”，新加入的故事要能够加强原本较为简单的两位老人家的人设。例如，加入《30多年不涨价，南昌“一毛钱奶奶”的故事》(扫描二维码查看)。

扫码观看《老伴寒冬街头猝死，大爷街头紧抱遗体2小时》

扫码观看《30多年不涨价，南昌“一毛钱奶奶”的故事》

将“一毛钱奶奶”的故事加入老夫妻的故事中，会增强人物的厚度以及故事的悲剧性：如此善良的一对老夫妻，却有着这样悲剧性的命运，让我们看到了命运的无常。

需要注意的是，戏剧不同于新闻报道，如果仅仅照实描绘生活，或者整合几个新闻报道的话，那么并不能很好地展现剧作的主题，甚至还会带给观众沉重的虚无感。诚然，艺术的主题是多样的，未必所有的作品都要“曲终奏雅”，实现最后的救赎，悲剧一样有其价值，但是我们需要考虑在戏剧结构上形成张力和平衡。正如列夫·托尔斯泰的小说《安娜·卡列尼娜》一样，有安娜的悲剧线，也有基蒂的美好线，双线结合，才使小说有了厚度。所以，在两个新闻故事结合后，编剧又加入了新的线索——小泉一家，形成了微电影《相濡以沫》。微电影《相濡以沫》大纲如下：

微电影《相濡以沫》大纲

余大爷、余大妈两位孤寡老人相守几十年，在一中门口卖早餐，三十年没有涨价，学生五毛钱就可以吃饱。老两口图的不是赚钱，而是有个事儿做，每天看看学生，能让学生吃饱便是最大的安慰。小泉是初一的学生，从一中附小的时候就吃余大爷做的早餐，他的父母、老师，也是吃着两位老人家的早餐长大的。余大爷有心脏病，余大妈想卖房给他治病。

那天是情人节，也是小泉爸妈的结婚纪念日。小泉爸前阵子受伤了，坐上了轮椅，小泉妈做好早饭，就着急上班去了。小泉爸自己操纵轮椅出去给小泉妈买玫瑰花，想晚上给她一个惊喜。

小泉在早餐摊上吃早饭，发现没有辣酱了。看到别人都在谈论情人节的礼物，余大妈笑余大爷一辈子都没送东西给自己。说者无心，听者有意，可余大爷不知道该买什么好，就请小泉和同学们帮自己买一下礼物。

余大妈说要回去拿辣酱，其实是到房产中介那里委托小泉妈卖房子。小泉和同学们决定凑钱帮余大爷买束玫瑰送给余大妈。下了第二节课，他们偷偷跑出去买玫瑰花，可是全城玫瑰花脱销。他们回到早餐摊的时候，却找不到余大爷。只见街角有一群人，小泉他们走过去才发现余大爷正坐在地上，怀中抱着的余大妈早已没了气息，警察已经拉上警戒线。原来余大妈回去的路上突发心脏病去世，殡仪馆的车还要好久才能过来，余大爷怕去世的大妈在地上冷，就坐在地上抱着她。小泉妈给他几块硬纸板，让他垫在身下。

就在这时，捧着玫瑰的小泉爸也过来了。小泉把爸爸手中的玫瑰拿过来送给余大爷，余大爷放在了余大妈的身边。殡仪馆的车来了，余大爷颤颤巍巍地站起来，向周围的人们鞠躬致谢。而此时，情人节的烟花秀就要开始了，全城的爱人们喊着倒计时，相互拥抱，殡仪馆的车在倒计时中，在大雪里远去。

由大纲可知，余大爷和余大妈在学校门口摆摊卖早餐几十年，小泉爸妈当年都是这里的学生，也都像儿子那样是吃着大爷大妈的早餐长大的，于是，通过早餐摊这条线把两个家庭联系在了一起。这两对夫妻(一对中年、一对老年)在经历和情感上也形成映射：小泉爸受伤了，映射余大爷有疾病；小泉爸偷偷给小泉妈准备情人节的玫瑰，映射余大爷想给余大妈送上一份礼物。而小泉和那束由小泉爸让给余大爷的玫瑰，形成两段映射的连接。此外，这部微电影把故事发生的时间由原来的一个普通冬日改为情人节，更是烘托了爱情的主题。

三、微电影大纲的修改

在编剧领域常常把修改大纲的过程称为“磨大纲”。而磨大纲有两个作用。其一，对于编剧自己来说，如果仅仅写了一个简单的大纲，不加打磨，就直接开始写作，那么往往容易钻进一个死胡同，形成一种创作中的“鬼打墙”。所以磨好大纲，清楚自己所要写的是什么人物、什么情节，如何结构连缀情节，才不会在真正动笔的时候进退失据。其二，跟项目甲方确认大纲的过程就是保护自我权益的过程。如果是委托创作的项目，那么每一段的项目进度都涉及打款问题，“磨”是过程，不是目的。在磨完后，需要获得甲方的书面认可，也就是进度确认书/函。这样在法律意义上，编剧就完成了对自我权益的保护。

那么，如何磨大纲呢？不同的编剧有不同的做法，有的编剧喜欢请其他编剧或者评论人给出意见，但这样有丧失自我创作风格的风险；有的编剧喜欢一条路走到黑，不管好与坏，先把剧本写出来，然后再修改；还有的编剧不管自己认为如何，只要甲方同意，那就算完成了。其中的考量涉及编剧对自我、对项目、对创作的认知。我们没有办法找出一个放之四海而皆准的道理，只能依靠编剧自我的评估和把握。此外，在一定阶段可以尝试换一种做法，因为人往往愿意待在自己的舒适区，但是必要的突破还是需要有的。因此，换一个眼光看世界，也许会有不一样的收获。

具体来说，可以思考下面4个问题。

(一) 故事主线是否集中丰富

“集中”和“丰富”是两个相对的概念，前者指的是故事的线索、视角、动力一定要集中，不能加入无关的情节，否则会冲淡主线；后者指的是讲述主线故事一定要有层次感，不能一览无余，要增加转折和意外，从而形成“三翻四抖”的效果。线索太多的大纲会让人觉得“散”，而缺乏递进和转折的大纲则会让人觉得“平”，这些都需要在修改中加以避免。

(二) 剧情是否有符合逻辑的亮点

微电影的剧情需要在“情理之中，意料之外”。所谓“情理之中”，指的是符合逻辑，不能为了转折而转折，为了表现而表现；而“意料之外”则是故事需要有吸引观众的创意点，这是微电影得以成立的根本。没有逻辑，不能让观众信服；没有亮点，则是平庸之作。

(三) 大纲是否有冗余信息

大纲是用于叙事的，不是用来解释的，所以很多关于故事背景、人物性格的介绍，要放到专门的背景设定或人物小传里。大纲的开始就是故事的开始。一个过度复杂的大纲容易让读者搞不清楚叙事的重点。

(四) 是否词藻华丽

文学剧本虽然带了“文学”两个字，但并不是文学创作，而是功能性文体。微电影大纲不是展现编剧文采的地方，编剧要以最简洁的文字让读者把握微电影的剧情走向。语言过于华丽的大纲不一定是个好大纲。

思考题

1. 尝试创作一部电视剧大纲和微电影大纲，然后观察其异同。
2. 在报刊或者网络上寻找资料，写成一部微电影大纲。

第五章　微电影剧本的格式规范

文之必有法，出乎自然而不可易者，则不容异也。且夫不能有法，而何以议于无法？

——【明】唐顺之《董仲峰侍郎文集序》

微电影的剧本与电影的剧本是一致的，基本都分为文学剧本和分镜头剧本。当大纲完成后，就会进入文学剧本的写作阶段。大纲像是一篇短篇小说，基本没有特殊的格式化要求，而文学剧本和分镜头剧本则有着具体的写作格式要求。简单来说，两者分别围绕“场”(scene)和“镜”(shot)这两个核心概念展开。

所谓的“场”是一段特定的空间与时间因素的组合。不管哪个因素发生变化，都是新的场景。例如，“在清晨的篮球场，一个男孩子在练习投篮”是一场戏，“在傍晚的篮球场，一个男孩子在练习投篮”又是另一场戏。文学剧本是按照一场一场来写的，除了特殊的拍摄方法(如一镜到底)，拍摄过程就是转场过程，由此产生的场景组合以及转场预算，都是在创作剧本的时候需要考虑的。

所谓的“镜”可理解为摄像机的一次开关。在拍摄现场，摄像机拍摄按钮开关一次属于一镜的某条，一个镜头可以拍摄很多条，但是最终只有一条能在后期剪辑的时候，成为成片中的一“镜”。但是在进入成片的时候，这被选中的一镜也要经过剪辑包装。

在文学剧本中，编剧不需要考虑镜头运用的问题。导演、摄影以及摄影指导以编剧所撰写的文学剧本为基础，来完成分镜头剧本的拍摄。但是因为本书主要讲的是编剧写作，所以在讨论中还是以文学剧本为对象。

第一节　文学剧本的基本格式

编剧领域的初学者往往不清楚剧本的格式。很少有教材会涉及如此细节的问题，导致很多初学者只能自己观察模仿，在不需要走弯路的地方反而耗费了较多的精力。下面我们从最简单的格式入手，教初学者如何快速写出一篇格式像样的剧本。

为什么要谈剧本格式的问题？法国著名导演吕克·贝松并不是科班出身，一开始他连剧本怎么写都不知道。当他走进法国国家电影中心(centre national de la cinématographique，CNC)一个部门一个部门去问的时候，没有人愿意搭理他这个门外汉。最终一个热心的年轻人看不下去，告诉他可以去后院看看，那里的垃圾桶里堆满了没人要的剧本。于是，这个未来的大导演跑到CNC的后院，在垃圾桶里挑拣出二十几本剧本，以此作为自己初学编剧的教材。也就是从这些被CNC看作“垃圾”的剧本中，年轻的吕克·贝松知道了“倒序”“省略”“闪回”这些格式在剧本中应怎样体现。

讨论剧本的写作，当然要以人物、主题、情节这些形而上的内容为主，但是具体落笔就牵扯到了字体、字号、行距、段间距，以及什么样的内容要缩进、什么样的内容不缩进、用什么样的括号、空多少格的问题。

虽然这些是一点就通，一说就悟的问题，但对于初学者来说却是晦涩难懂的，不仅是阅读的门槛也是写作的门槛，所以了解这些很有必要。

下面我们分别讨论舞台小品和微电影的剧本格式，以深入地理解舞台与镜头作为展现空间对于创作不同的影响。

一、舞台小品剧本的基本格式

戏剧剧本以“幕/场”作为基本的结构框架。为什么要有这样的框架呢？因为当演员在舞台上表演的时候，需要有一定的舞美与道具进行配合，以构成一定的舞台环境氛围。然而演员不可能永远处在同一个时空之中，就像话剧《雷雨》的第二场是周朴园家，第三场则转到了鲁贵家。周家和鲁家的环境是不同的，需要在演出的间隙更换舞美和搬动道具。此时，需要拉开舞台前面的大幔子进行遮挡，这个大幔子就是所谓的“幕”。换几次幕，也就是戏剧的第几幕。

戏剧发展初期，舞台幕布的开合是依靠人力的，拉换之间，声势浩大，所以在舞台上尽量不换幕，尽可能把故事浓缩，如《雷雨》有四幕、《茶馆》有三幕。随着舞台技术的进步，厚重的幕布已经消失，换场间隙使用的灯光和复杂的舞美也逐渐被简单干净的舞美取代，电子屏幕、旋转舞台等技术的使用，使得场景更换成为一件较为简单的事情。暗灯换场(在剧本的舞台提示中称之为“灯转”)取代了换幕，戏剧的场次也多了起来。

舞台小品是戏剧的一种，戏剧学院表演专业通常将其作为表演训练的一种手段。一般来说，一个晚会性质的舞台小品的时间长度在8到10分钟，不进行换场，所有的人都集中在一个场景之中，剧本字数为两千到三千字。但是不换场不代表没有舞台区域分割，一道门、屋里屋外，都是可以作为表演区分割的方式。甚至有的舞台小品会采用模糊化场景，比如潘长江、金玉婷在2007年春晚上表演的舞台小品《将爱情进行到底》就是将生活场景和赛博空间通过一个舞台上的调度进行转场。但是不管有没有转场，舞台小品的写作一定要凝练集中，特别忌讳写成不同时间、不同地点的多幕次。因为一个舞台小品根本没有那么大的空间去展现多时空的故事。

很多初学者分不清楚舞台剧的剧本和影视剧本的差别，我们就直接在这里用实例的方式展示一篇舞台剧剧本和微电影剧本。两部作品的主题和人物我们已经在上面几章分析过了，此处直接展示剧本。

扫码查看舞台小品《好！八连》剧本

舞台小品之于戏剧之“小”，正如微电影之于电影之“微”。从具体的文本写作来说，编剧提交的文本，采用下面的格式较为适宜。

(一) 文本格式

1. 电子文件使用docx格式

为何使用docx格式的Word，不使用pdf格式的PDF？这是因为早期的PDF有保密功能，旁人较难复制，而编剧作品注定是要修改多轮的。虽然PDF格式也可以批注，但是没有Word用起来方便，如果剧本没有特殊的字体，又不想麻烦对方预装字库的情况下，还是用Word更为合适。与人方便，于己方便。

2. 文件命名要规范统一

由于会有多次修改，规范统一的文件名有助于查询版次，快速定位文件。建议提交的剧本文件按照这样的格式命名：

编剧名+《剧本名》+时间+版次

在修改的过程中，要使用Word或者WPS的“修订”按钮，这样可以在文件中显示每次修改的内容。当然，如果可以的话，最好发两个文件，一个是使用“修订”显示修订内容的，这样有利于进行对比；另一个是不使用“修订”，看不到修订过程的，避免页面繁杂。

3. 字体字号等格式

如无特殊要求，字体一般使用最常见的宋体。字号以小四为宜，字间距以1.5倍为宜。尽可能减少一些类似于下划线、着重点、方框等冗杂信息的出现。

(二) 内容组成

1. 标题

最好与文件名一样把版本号标上，按照个人习惯写成第X版/稿或者X.0，方便在电脑上同时打开多个版本页面的时候区分辨认。

2. 人物表

这里的人物表不是人物小传，就是简单的几个人物的名字，甚至只是一个代号，其作用是让导演知道这个人物的身份。而详细的人物小传主要出现在写作剧本之前的策划文本中，不出现在排练本和最后的演出本中。

3. 舞台提示

舞台提示位于左方括号“[”后面。一般来说，舞台提示不会像普通文本那样首行缩进两格，而是与台词内容对齐。舞台提示主要是以整体舞台为视角进行行动调度。可以在“[”后全部写完，也可以每人的行动列一段。但只有左方括号“[”，没有右方括号“]”。

很多初学者分不清剧本中方括号和括号的区别。一般来说，方括号里面的是舞台提示，用的是英文模式下的“[”，而不是中文下的“【”。因为后者排版会占据半个字符，不方便文本对齐，也不美观。而括号里面是人物的行动提示，左括号“(”和右括号“)”成对出现，夹杂在台词之中，指的是一个人的近景或特写下的动作。一般来说，括号里面的动作不出现主语，默认主语是说这段台词的人物。当然，括号里也可以加入同时发生的其他人物的动作，甚至台词，但两者一般有着密切的关联。

4. 台词

台词由角色、台词内容和包含在台词里的动作提示组成。角色的后面不用冒号，而是用空两格的方式，也是因为冒号占半个字符，排版起来不够方便美观。台词内容不要加引号。台词排版如下：

田大壮　我刚才去南京路了，看看为民服务站！自从82年咱们连队离开南京路后，每个月两次去为民服务。我在八连十几年，每 次都不落下。这次回来一看，还有些当年的老街坊在呢！(低头看了看围裙)满眼全是活，没忍住，就干了起来！

台词内容要形成一个整体，Word中的“左缩进”要设置在与台词第一字对齐的位置，无“首行缩进”，这样可以突出角色，便于阅读者寻找角色和相应的台词。一般来说，人物姓名都是两字或者三字的，可以在两字中间加入两个空格，方便对齐。

有的初学者会把角色名称设置一个字体，台词设置一个字体，甚至将台词居中。但这些操作都影响了阅读的观感。切记，“少就是多”。我们要用剧本的内容去打动读者，而不是通过花哨的形式。

编剧没必要对调度、效果、音乐做太多的规定。编剧可以提出一些建议，但是如果把文学剧本写得太固定了，一方面，限制了导演的自由，影响二度三度的创作空间；另一方面，文学剧本毕竟不是演出调度本，导演不采纳的话，也是一种浪费，所以简洁一些，反而更好。

二、微电影剧本的基本格式

从观众和作品的观览关系来说，戏剧是自由的艺术，观众可以任意选择观看的焦点，导演和演员只能影响观众观看的焦点，却不能替他们决定观看的焦点，即便用了多种戏剧手段吸引观众的注意力，观众一样可以把焦点投射到另一个演员，甚至另一处舞台内容里。反过来说，也正是由于观览的自由，非表现焦点的戏剧演员有时会有意或无意地强行把观众焦点拉到自己身上，这也就是所谓的“抢戏”。

影视剧则是一种限制的艺术。也就是说，导演通过镜头来决定观众观看的焦点。可以说，在影视剧中，只存在演技的差异，不存在抢戏的现象。也就是说，“镜头”是导演工作和创意的核心。每一个镜头如何设计，焦点、运动、景深、布光，这些都体现了导演的美学追求和艺术水准，所以这不是编剧在创作文学剧本的时候可以越俎代庖的。

在文学剧本的创作阶段，编剧的思维不是以“镜”，而是以“场”为核心，并由此建构了微电影剧本的基本格式。下面以微电影《相濡以沫》的剧本(剧本见本书附录一)为例进行微电影剧本基本格式的分析。

(一) 文本格式

1. 文件格式

微电影的文件格式可以选择Word的docx格式，或者PDF的pdf格式。一般来说，谈项目的时候，会给出PDF文件，而后面沟通比较多的时候，可以使用较为方便修订的Word文件。但是，在向合同规定邮箱提交时应使用PDF文件。

2. 文件命名

微电影剧本的文件命名和舞台小品剧本是一样的，要以下的格式命名：

编剧名+《剧本名》+时间+版次

如果项目是以编剧团队或者公司名义签订的，就在这个名称前冠以团队名或者公司名，从而形成统一的出口。

3. 字体字号等格式

微电影剧本的字体字号和舞台小品剧本一致。

4. 缩进格式

影视和戏剧的台词缩进格式并不一样。当然这是约定俗成，但是也体现了人们对两者的艺术特点的不同认知。西方戏剧源起于古希腊戏剧，那个时代的剧场缺少舞台技术，主要还是依靠人的表演来展现，这种观念影响流传至今。所以，戏剧剧本的缩进是为了把人物突出，重视人的作用。而影视则是以“场”的概念为核心，如《相濡以沫》的第26场戏：

26. 日 外 街道

孩子们奔跑，小虹的眼中还有泪。

小泉摔倒，手中的花飞了出去，一辆辆车撵过。

在这场戏中，没有任何台词，都是关于场景的描述。影视主要用镜头语言来进行表达，每一组景物、每一个行动都具有重要的意义，在多元技术的加持下，角色和台词的作用被极大地削弱了。而从历史上说，电影是从默片时代走向有声片，早期的剧本也不是要突出人物的台词，更多是对画面的描述。所以，影视剧本的缩进和我们正常写文章一致，都是首行两字的缩进。

(二) 作为基本结构的“场”

影视剧的剧本都以“场”作为基本结构。出于不同体制的规模和对美学的不同追求，微电影、电影和电视剧的场次数量很难有一个定性。像21世纪的前10年，一集电视剧30场戏，14 000字左右的剧本就足够了；而在第二个10年里，一集电视剧则逐渐增加到了将近60场戏，剧本字数将近2万字。场次的增加体现出观众对于快节奏的要求。而微电影本身的长度弹性非常大，从几十秒到半小时左右，从“一镜到底”到“快速剪辑”，因此，真的很难规定场次的数量，需要编剧依靠自己的经验来把握。

1. 场标

首先，每场戏有每场戏的场标。例如，《相濡以沫》的三场戏的场标如下：

22. 日 外 街道

23. 日 内 房屋中介所

24. 日 外 校门口

其中，22、23、24是不同的场次。场次的后面有三个信息：时间、内外景和地点。

1) 时间

一般来说，时间可以简单分为“日”和“夜”。在白天拍摄，可以使用灯光进行补光，所以拍摄的时间是上午、下午还是中午的关系不大，如果不拍具有特殊意义的景象，如日出或日落，那么清晨和黄昏也没有多大差别。

2) 内外景

如果外景戏需要接触自然光，就只能白天拍摄。如果内景戏没有窗户等会穿帮的信息，就可以白天拍摄晚上的戏或晚上拍摄白天的戏。一个剧组连轴转是非常正常的事情。但是这也不是绝对的，如果外景是搭建在棚里，如一条街道的街景、一个小楼的阳台，只要光打得合适，那么一样也可以在晚上拍摄日景，但是拍摄成本会相应增加。不过，如果计算演员的档期成本，那么可能又是一种节约，需要导演和制片人通盘考虑。

外景有实景和拍摄基地之别，比如86版《西游记》电视剧在全国各处取景，张艺谋的《英雄》(2002)在九寨沟取景，《黄河绝恋》(2005)在壶口瀑布取景，这些景点都是没办法搭景的。而现在，影视基地越来越多。例如，为了拍摄《妖猫传》(2017)，襄阳建起了唐城影视基地；为了拍摄《大宋宫词》(2021)，横店影视城建起了宋代皇宫；很多展现老上海的戏都是在上海的车墩影视基地拍摄的。当然，当下的影视剧也不都是在拍摄基地摄制的，也需要实景拍摄，比如电视剧《三体》(2023)中的亚洲防御理事会作战中心就是取景于宁波博物馆。

影视剧的内景通常都是在摄影棚内拍摄的。古装片自然需要专业的摄影棚，而对于时装剧来说，普通家庭的内景不太适合拍摄工作的景深和机位布置。此外，拍摄会有强光照射要求，普通家庭的电力不够。

3) 地点

地点则是对于内外景的进一步细化。有的地点会比较具体，如《相濡以沫》第23场戏的“房屋中介所”，这种在城市里随处可见的中介所的门脸不大，里面的空间也有限。而第22场戏的“街道”则取景较为广泛。第22场戏的拍摄地点是街道，第26场戏的拍摄地点也是街道，两场戏是在同一条街上拍摄，还是为了追求场景的多样性而选取不同的街道？要不要选择当地富有特色的街道？这都需要导演从艺术理念、堪景结果、场地申请和成本预算等角度进行综合考量。

当然，随着技术的发展，有些场景没必要实景拍摄，借助于动作捕捉和面部捕捉(motion capture)、虚拟现实技术等技术一样可以实现，这些技术在奇幻题材和科幻题材上应用较广。但是，当前的虚拟现实技术也有逼真度不足、缺少生活与历史感的问题，比如《传说》(2024)中用AI复原的27岁的成龙就有面部表情僵硬、对不上戏等问题，所以不能过于依赖技术。

我们在剧本中看到的场次序号是编剧讲述故事的序号，但是在实际拍摄的过程中却不是按照这个顺序拍摄的，而是把一个场景中的所有戏都拍完，再转场去拍摄另一个场景的戏。拍摄的顺序也不是剧本的顺序，而是综合演员档期、气候条件、政策法规等各种因素来排序。很有可能演员来拍摄的第一场戏，反而是全剧的最后一场戏。上文所说的《三体》电视剧在宁波博物馆的场景就是集中在两天的时间里全部拍完的。而所谓的“亚洲防御理事会作战中心”给汪淼配置的办公室，其实根本不在宁波博物馆中，而是在另一个摄影棚中。这也说明在影视剧中，好像在一个大场景中拍摄的内容，其实是分地、分期拍摄后，通过剪辑组合而成的。因此，导演必须脑子非常清醒，知道角色在某一场中的情绪程度和故事进程，才好跟演员说戏。

有的剧本在场标中还会注明这一场所需要的演员。在编剧创作剧本阶段，不需要这样严格。但是在统筹拍摄阶段，就必须细化到每一场的演员有哪些，群众演员有哪些。否则拍摄的时候临时找演员，就会降低工作效率，增加拍摄成本。

2. 每场的具体内容

场标之下，就是每场的剧本了。

17. 日 内 余家

出摊的车已经备好，余大爷看了下墙上的挂钟，时间已经不早，等不到余大妈回来，只好一个人推着车子去出摊。

影视剧本不需要使用“[”来表示舞台提示，因为作为镜头语言，人物的行动和场景本身是一体的，不需要单独拿出来。但是在每一个人物的台词中，因为要体现出人物动作与台词的区别，所以动作描述加圆括号，如第16场剧本所示：

余大妈：(放下一本房产证)我想卖房子。

和话剧小品剧本在人物的后面加两个空格引出台词不同，影视剧本在人物后面用冒号来引出台词内容。

影视剧或者微电影没有台词一样可以表达剧情，这与话剧明显不同。例如，《相濡以沫》第17场：余大爷一个人在家，如果他说“现在呐！家里就我一人！”这句话是没有对象感的，而且会给人一种莫名其妙的感觉。

在第15场中，开头是两段行动描写：

校门口保卫室里面保安低头看手机。

小泉偷偷接近校门口，咳嗽一声，然后反向冲着外面跑去。

这两段分别是两个人物——保安和小泉发出的行动。我们可以看到，这两段关于行动的描述非常简单，这是因为影视剧本不是小说，不需要详尽的内心描写。就拿“小泉偷偷接近校门口”这一句来说，如果扩展成一大段的描写：“谁都知道，学校的管理非常严格，而保卫室里的保安大叔更是号称“眼里不揉沙子”。这一次，小泉跑是跑出来了，可他怎么回去呢？小泉是一个喜欢冒险的人，大家给他起了一个“皮猴子”的外号。而现在，这个皮猴子就要闹一闹天宫了！”那么导演看到这段描述，可能会双手一摊，让你另请高明。这是因为整段文字只有介绍性的描写，而没有情节性的文字，很难用画面展现出来，导演没法拍。

我们采用比较简洁的语言表述，也可能存在一个问题——语言本身是我们对于世界的提炼和简化，并不是全貌。例如，单看“小泉偷偷接近校门口”这句话，小泉怎么偷偷接近？是蹑手蹑脚，还是装成满不在乎？镜头语言是全景展现他故意地吊儿郎当，还是特写他额头上沁出的汗珠？但这些具体的镜头语言不需要编剧来思考，编剧要给导演二度创作和演员三度创作的空间。

(三) 人物语言与特殊符号

在一些剧本中会出现O.S.和V.O.两种缩写，这是什么意思呢？

O.S. (off screen) 指的是画外音，即角色在现场但不在摄影机视图中，观众只能听到声音而看不到角色。例如，在电影中，如果一个角色在观众看不到的地方发声，如厕所内或房间里，那么这个角色的声音就可以用O.S.来表示。O.S.强调的是角色虽然在场，但因为画面限制，观众看不到他们，只能听到声音。是否使用O.S.不是编剧可以决定的，就如第16场戏中：

余大妈：(放下一本房产证)我想卖房子。

这场戏可以采用全景的方式，以整个房屋中介所为背景展现；可以给余大妈半身的近景，展现她拿起房产证放下的过程；当然也可以使用O.S.的方式，直接给放下的房产证一个特写，同时配上余大妈的台词。

相对来说，V.O.(voice over)应用的场景更加固定一些，它指的是脱离现场之外的声音，大致可以分成以下几种情况。

(1) 无角色的叙述声。例如，纪录片的配音、电影开场时的背景介绍。

(2) 有角色的叙述声。这种叙述不是出于角色当下的场景，而是跳出当下场景而展开的。例如，电视剧《大明宫词》中贯穿全剧的老年太平公主的回忆，以及电影《阿甘正传》里阿甘对自己一生的讲述。

(3) 人物在现场，但是闭着嘴，以V.O.的形式说出其内心的想法。

(4) 人物在现场之外，但是现场可以接收到的声音。例如，接电话中对方的声音，以及高音喇叭、科幻片中的外星信号、奇幻片中魔鬼在主人公脑海中响起的呓语。

第二节　文学剧本的场间结构

如上所述，每一场都有自己的场标，能够提供时间、内外景和场景的信息。那么，插叙的叙事必然和这一场所发生的时间与内外景不同，该使用怎样的格式？在影视剧中常用的蒙太奇的手法，怎样在剧本中标注？打电话的戏与当前的场景不是同一个，在格式上怎么书写？

这些看上去在小说写作中不会遇到的问题，放在影视剧本中就成为亟待解决的格式规范。因为上述的各种叙述方式是跨场展开的，我们称之为“场间结构”。

一、插叙、补叙

1. 插叙

插叙，也称为闪回，是在事件进行过程中，插入一段叙事。因为事件本身并没有达到高潮，这段被插入的叙事对事件本身的发展有一定的推动作用。例如，电影《三大队》(2023)中，多年追凶无果的程兵来到师父坟前祭拜，师娘告诉他，师父其实不是被崔二勇撞伤导致脑出血的，而是自己年纪大了，剧烈奔跑导致的。在师娘的叙述中，插入了师父奔跑追逐的画面。师娘之所以告诉程兵，就是想让他放下执念。当程兵在小区里看到万家和乐的场面后，当场崩溃，因为这本是自己可以享受到的。也就是说，师娘对于师父追崔二勇的叙述，已经影响了程兵后来在片中的行为走向，我们称之为“插叙”。

2. 补叙

补叙是在主线故事结束之后，插入一段对剧情中故意隐藏部分的解释与展开。因为在剧中的事件高潮已经结束，这段插入的情节对事件本身并没有什么影响。例如，在电影《风声》(2009)的最后，张涵予扮演的地下党吴志国告诉李冰冰扮演的李宁玉，让她把周迅扮演的顾晓梦所缝制的旗袍拿出来，旗袍上缝制的针脚是摩斯密码，是顾晓梦想告诉李宁玉，却无法说出的话。在这段戏中，有顾晓梦缝补旗袍的镜头，并且加入了顾晓梦的画外音。也许李宁玉会受到顾晓梦的感召而参加革命，但这都是剧情之外的故事了。本片的剧情已经结束，吴志国告不告诉李宁玉旗袍的秘密，都不会影响片中剧情的走向，因此这一段就是补叙。

虽然插叙和补叙在故事结构上的意义不同，但是在剧本的写作格式上并没有区别，我们以电视剧《猛龙过海》的剧本为例，在剧本的第二集中有这样两场戏，作为我党特工的林少涵在卧底的时候受伤，住在金门岛的医院里，其间他回忆起另一位地下工作者暴露被害的情景。

场10　景：绿城医院病房　时：日

林少涵正在输液，他一脸嫌弃地看着病房，床上也是铺了自己的外套才肯躺下。

林少涵：叫你们长官过来！就是给我开船的那个！告诉他，老子住不惯这里！

士兵：田长官亲自带人去抓凶手了！特派员您别着急，好好休息！

林少涵：好啊，不管老子安危，这要是被别人声东击西，老子就死在这里了！给我把他找来，都给我去！

士兵们无奈，只得出去。

林少涵：给我换房间！我住不下去！

林少涵扯着嗓子喊了一会儿，确认附近没人，他的脸上突然严肃起来。

场11　蒙太奇场景　闪回

台北。国民党政权伪国防部。身着军装的林少涵正在跟几个同事聊天，一个军官神色凝重地穿过众人，径直走向部长办公室。

林少涵注意到，他的手上有一份印有绝密的档案袋。

同事：什么玩意儿？居然不经过我们处？

林少涵皱了皱眉头。

深夜，林少涵竖着风衣领子匆匆走过街道。

远处是一个酒店，林少涵站立片刻，看着三层某房间的灯光。

手表的秒针转了一圈，林少涵动身前往，突然一声枪响，林少涵立刻躲进了黑暗中。

数声枪响，一个人影紧紧靠着窗户向他的对面射击，很快，子弹击穿了他的身体，玻璃被打碎，这个人被乱枪打死，摔下三楼。

林少涵的手紧紧地握住腰间的手枪，他的双眼隐藏在街角的黑暗中，街道上行驶的汽车灯将他的脸颊照亮，隐约可见几滴泪水。

(闪回结束)

黑暗中，一个戴着口罩的医生把一小瓶液体通过输液瓶。随后他打开林少涵病房的房间，给林少涵换了输液瓶。

床上的林少涵，似乎在想什么事情。

医生离开林少涵病房后，开始准备一瓶新的试剂。

林少涵意识开始模糊。

在上面的“场10”中，林少涵在病房里从输液到故意向士兵找茬，这都是顺叙，为了承接前几场的剧情。接下来进入第11场戏，他回忆了两件事：其一，在台北的时候，他看到了有人向国民党军方高层递送关于中共地下党的情报，虽然林少涵没有资格看到情报详情，但是已经有了不好的预感；其二，林少涵前往地下工作者同志的住处想去救援，但是还没来得及施加援手，那位同志就牺牲了。这两件事情，都是在林少涵进入医院之前发生的，也就是说，这里插入的是一段回忆。按照影视剧本的格式，就要在这里做一个明确的标志——“闪回”和“闪回结束”。

而在“闪回结束”后的剧情，又重新回到了医院的病房中，和第10场戏进行了衔接。不过，在这个剧本中，“闪回结束”和回到病房里的内容都放在第11场。一般来说，回到病房中的内容可以放在第12场，不必和闪回的内容合一。而在这个剧本中如此处理，应该是因为回到病房里的戏过于简单，只是一个过场，所以就合在了第11场。不过在拍摄中，第10场和第11场闪回结束的部分都是在一起拍摄的，不会分开。

二、加速结构

在同一个场景中，会存在时间的跨越。例如，在一个城市的广场中，便衣警察在蹲守犯罪嫌疑人，他来的时候是上午九点，直到下午五点才等到了自己的目标。那么，这样的情节有两种加速处理的方法。

一种处理方式是“换场”：上一场戏广场中的钟楼显示是上午九点，下一场戏跳出去，演绎别的角色、别的场景和别的情节，然后回到广场上的情节，用钟楼上的指针位置来表示时间过去了很久。另一种处理方式是“快进”：在场景不变没有跳出的基础上，通过标志性的时间符号和转场方式来表现时间的流逝。例如，电视剧《大宋宫词》(2021)第6集的第6场戏[①]：苏义简照料太宗三子襄王赵元侃。这里就是用场景“叠化”的方式将“日景”“夜景”加速推进，表示他衣不解带地照顾了很久。

6. 汴京城苏义简府 元侃寝房 白天 内景

太医给元侃搭过脉之后，满脸担忧。

太医：能用的药已经都用上了，殿下能否醒过来，就得看他自己的造化了。

苏义简挥了挥手，让太医退下。

[叠化：日景、夜景]

苏义简在房里照料元侃，喂药喂水，元侃始终一动不动。苏义简在元侃的床边瘫坐下来，几乎绝望。

[早晨]

元侃终于睁开了眼，以微弱的声音说要喝水。虽然声音很弱，守在一旁的苏义简还是一下子就听到了，他手忙脚乱地取了水，给元侃喂下。

苏义简：殿下，你终于挺过来了。殿下染病，不能进宫面见圣上，从滑州回来之后，我将殿下安置到这里养病，你已经一连昏迷了三日。

---

① 张永琛，等. 大宋宫词[M]. 北京：人民文学出版社，2021：77-78.

叠化的内容其实较为简单，只是苏义简喂药、喂水，并没有其他治疗的信息。所以这里展现的是一个抽象的行动、两人的关系和一种艰难的情绪。配合加速的剧情推进，这段叠化的内容不需要台词，而是使用音乐加以烘托。

一般来说，剧本的加速结构需要特地标明一下，而减速结构(即慢镜头)正常描述就好，不需要使用特殊符号。

三、蒙太奇

1925年，苏联电影《战舰波将金号》中的那段“敖德萨阶梯”震惊了影院的观众。导演爱森斯坦在6分钟的时间里切换了一百多个镜头，展现了沙俄军队的残暴，民众的无辜、恐慌和愤怒，以及水兵的英勇和正义。在以往的电影里，虽然也有场间的跳跃、闪回，但是做到如此规模的多场景快速切换，形成一种万花筒的感觉，这还是第一次。

早在1923年，爱森斯坦就已经在《左翼文艺战线》上发表文章《吸引力蒙太奇》。当然，这是新译，旧译为《杂耍蒙太奇》，虽然“杂耍”两个字不是那么严肃，但是却体现出了“蒙太奇”艺术的炫技感。

“蒙太奇”一词译自法语montage，原意为结构、装配，在电影发明后，被引申为“剪辑”。其实，剪辑本是影视作品后期处理的常态行为，可以说“无剪辑，不电影”。但是蒙太奇的剪辑不仅在镜头和场景的数量这种技术层面上有了突破，更是在叙事理论层面上成为一种复调性的多元叙事，本质上成为一种对时空的压缩。

从剧情结构上来说，蒙太奇一般用在剧情高潮部分，前期关于事件铺叙的部分已经完成，此时的重心不在于描述具体的情节，而是情绪的渲染和烘托。从起源来说，蒙太奇是一种剪辑技术，但是在近百年来的电影发展历程中，蒙太奇早已成为一种基础的影视创作手法，并非只需要导演考虑，编剧在剧本创作过程中也需要将蒙太奇的段落考虑进来。由于本章只讨论微电影文本格式，对于蒙太奇只说明文本格式，而不涉及习作技巧。

一般来说，蒙太奇是多种场景和镜头组合的技术，具体数量没有一定之规，但不能太少。虽然《猛龙过海》剧本的“场11”中标注了一个“蒙太奇场景”，但实际上此处只有两个场景，未免太少。倘若这两个场景是同时发生的，能快速剪辑切换，且能同时推进，可勉强称之为“蒙太奇”，但实际上两个场景是前后发生的，无法同时剪辑，所以称之为“蒙太奇”并不合适。

正因为蒙太奇是多场景组合的镜头，而且每个场景的戏份相对不多，所以没有必要把每一个设想的场景都列出来，把每个场景写成一场。而是这一段所有的蒙太奇场景，不管是拥有多少个场景，在剧本格式上都算作一场，如郑小亮的电影剧本《西部往事》①：

客厅，日，内

看着摆在桌子上的一堆信件，李艳霞感到很意外。

吴鹏：您女儿去孙得年家拾棉花，您知道吗?

李艳霞：我不知道，她就说她要出去拾棉花，没告诉我去哪儿拾，她可能怕我不同意她去孙得年家。

吴鹏：后来你才知道的?

李艳霞：后来她一直没回来，我就到处打听，打听到孙得年那里，他说确实去他那里拾棉花了，但是给了工资，人就走了，他也没见过。

吴鹏：您见过这些信吗?

李艳霞(摇摇头)：没见过。

吴鹏：您知道您女儿和孙得年谈恋爱吗?

李艳霞：我知道孙得年喜欢我女儿，但是我不知道他俩一直在谈恋爱。

吴鹏：我看最早的一封是2000年11月的，他们是怎么认识的?

李艳霞(叹了口气)：说来话长，那年9月份，我带着我女儿去89团给孙得年家拾棉花，我女儿那年刚刚18岁，孙得年那年23岁……

(闪回，一组音乐蒙太奇)

李艳霞带着女儿来到89团，住进拾棉花工集体宿舍，孙得年跑前跑后，把母女俩照顾得非常好。

篝火晚会，众人载歌载舞，杨虹也身在其中，孙得年偷偷地在旁边观望着她。

白天在棉田里，孙得年会把自己拾的棉花全部倒在杨虹的围裙里，杨虹又惊又喜。

二人在水塔下卿卿我我。

有一天，李艳霞身体不舒服，躺在宿舍休息，杨虹和孙得年一起出去玩了一天。

傍晚，孙得年骑着自行车带着杨虹，从林中走过，二人身影逆光成剪影。

其中，“客厅，日，内”是场标，也就是说刑警吴鹏和李艳霞的对话都是发生在这样一个客厅中，然后通过“(闪回，一组音乐蒙太奇)”展开，这一段蒙太奇没有对话，只有画面，并以音乐的方式进行串联。导演可以选择全音乐，也可以把音乐作为背景音，在拍摄的时候加入一定的对话。但是在“闪回”之下，是各个不同场景的组合。另外，由于这段蒙太奇的最后一句是这场戏的结尾，就不用加入“(闪回结束)”，如果后面又转回了吴鹏和李艳霞对话的空间，就需要标注闪回的终结。

① 肖军. 刑侦剧研究(第四卷)[M]. 北京：群众出版社，2021：168-169.

当然，经过了百年的发展，蒙太奇技术在电影中的应用也越来越多样化。刚才一直在说蒙太奇的多场景性，但是并非单场景就不能使用蒙太奇的手法。例如，在上文中所举的便衣警察在广场蹲守犯罪嫌疑人的例子中，就可以采用他不动、广场不动，而人群加速来来往往的蒙太奇形式。

此外，随着电影特效技术的发展，蒙太奇有了更大的用武之地。电影《唐人街探案2》(2018)中，由刘昊然饰演的天才侦探秦风使用“记忆宫殿”的独门绝招将整个纽约都转化为3D模型植入自己的脑海中，以快速寻找犯罪嫌疑人。整个场景因使用电影特效而具有绚丽的视觉冲击力。但是对于微电影来说，由于没有太高的预算，很难使用像院线电影那样的特效。

第三节　分镜头剧本的基本格式

分镜头剧本中涉及摄像、导演、灯光、音乐等一系列的内容，是一个团队合作的结果，不是编剧一个人思想的体现。下面以老电影《红旗谱》(1960)和《小城春秋》(1981)的部分分镜头剧本(见表5-1和表5-2)为例，来介绍分镜头剧本的写法。

表5-1　《红旗谱》电影分镜头剧本

镜号	镜位	摄法	内容	音乐	音效	长度
		特	**片头技巧说明** 在黑片上用淡出、淡入的技巧出现片头及职演员表。 片名《红旗谱》三字要大，充满画面。片名淡出，淡入技巧用三尺。一般演职员表淡出、淡入技巧用一尺半。 字体用木刻古宋体。 字的颜色用朱红色。 最后一张片头字幕淡出后，在黑色的衬底上淡入楔子的题诗。 三声缓慢深沉的古钟声与片名同时出现。 钟声渐隐时，引出古老的歌声(歌词见楔子)，作为职演员表播放时的音乐。 **字幕** (淡入——5尺) 楔子 (一九O一年) 舍命护钟，朱老巩流名千古。 险遭暗算，小虎子背井离乡。 (淡出——5尺) **艺术处理**　用古笺形式，以毛笔淡墨画千里堤的全景。字体用木刻老宋字，黑色。纸色，古旧的黄色	三声低沉的古钟声		35

续表

镜号	镜位	摄法	内容	音乐	音效	长度
1	近		**1/序 千里堤河神庙前　　日、外** (淡入——8尺)滹沱河水，像巨人跃起，激起惊天动地的咆哮，猛烈地朝镜头冲击，水花飞溅		河水声	15
2	特		又一阵浪花冲过。(化出——5 尺)			13
3	全/远	摇	(化入——5尺)河神庙前，立着一口古钟。朱虎子和严志和迎着飒飒秋风，蹲在钟前守护着。忽然，他们发现了什么，猛然站起身来，朝远方看去…… (摇) 远远地，一伙人赶着一辆大车，朝长堤走来	音乐以低沉的钟声为主，衬以急促不安的伴奏		40
4	中		虎子虎眼圆睁，定了定神，对身旁的严志和说：“志和！砸钟的来啦！快给我爹报信去！” 志和应声，转身出画面。 虎子向前一步(成近景)心情焦急地看着远方…… **艺术处理**　志和从虎子身前冲出画面，画面虚滑一下，虎子再朝前走一步，成为近景。人物的背景是古钟，占画面三分之一			21
5	近	摇上	**2/序 朱老巩院里　　日，场地** 两只手猛力地磨着一口大铡刀		磨刀声	20

表5-2　《小城春秋》电影分镜头剧本

镜号	画面大小	摄法	内容	音乐	音效	录音	有效长度
			《福建电影制片厂》厂标	片头音乐			30
1	大远	俯摇	**一、厦门岛鸟瞰　外，日** 瑰丽多姿的厦门市，阴霾低垂，郁郁沉沉。推出片名《小城春秋》。 (片名隐去后，出演职员表)				35
2	大远	俯推	**二、鼓浪屿　外，日** 幽静秀美的鼓浪屿(缓推)，红瓦绿树，龙头耸立				26
3	大全	降移	**三、南普陀广场　外，日** 南普陀广场，摆满各种摊贩，卖小食的，卜卦的、卖膏药的，演布袋戏的行人，香客熙熙攘攘(镜头降下，移过各摊贩)，广场一角，人群中，一个学生站在高处，情绪激昂地在宣传抗日救亡。忽然，几个学生把传单撒向天空，传单像雪片似的撒落广场上				48

(续表)

镜号	画面大小	摄法	内容	音乐	音效	录音	有效长度
4	特—全	拉	**四、标语小巷 外，日** 一张标语(致抗日民众书)贴在墙上(拉)，小巷中，一群人围着看墙上的传单				22
5	特—全	拉	**五、监狱 外，日** 监狱岗楼，虎视眈眈的机枪口(拉)，阴森恐怖的监狱庭院，狱警在走廊中往返巡逻				29
6	全	仰	**六、监狱大门 外，日** 一辆囚车从监狱大门开出，鸣着警笛，呼啸着越过镜头				18
7	全	推移	**七、厦门市区街道 外，日** 厦门的商业区，各式各样商号的招牌林立，商店门口高悬“大削价”“卖一送一大牺牲”的横幅布条，行人冷落，一派萧条景象。 (演职员表完)				25
8	全—近	拉	**八、电影院 外，夜** 霓虹灯闪烁的电影院门口，“有声电影”四个大字及“渔光曲”的电影广告十分醒目(拉)，老爷太太们坐着黄包车招摇过市。旗楼的柱子上，一张扯破的公安局告示随风摇曳，一双手扯去旧布告，迅速贴上条“收复东三省”“打倒日本帝国主义”的标语。(抗日救亡进行曲起)	《救亡进行曲》旋律			28

(1) 镜号，即镜头的编号。在拍摄现场有专门负责打板的场记。场记板上需要写的信息有卷号、场次、镜号、条次。卷号是使用的胶卷或者储存卡的号码；场次是第几场；镜号就是这里提到的镜头编号；条次则是被拍摄的第几条。打板子实际上是为了后期剪辑时声音和画面的同步。如果声画已经同步，那么也建议打板，因为这样便于查找素材。

(2) 镜位“现在一般称为景别”，指的是镜头所拍摄的范围的大小，大体上分为远景(宏大的场面)、全景(展现出人物的全身)、中景(人物膝盖以上)、近景(人物胸部以上)和特写(人物颈部以上、被拍摄的细部，或者微小的物品)。景别和摄法(现在称为运镜)的技巧属于导演和摄像的领域，编剧只要大体知道镜头分类，并能够在编剧的时候形成画面思维就可以了。

(3) 音乐和音效是作曲和音效师的工作，编剧在文本中可以对音乐运用进行提示，但是最终还是要看导演如何确定。构思音效的时候，编剧需要在头脑中想象展示效果。因为一段情节，加不加音乐只是在感染力上有差异，而音效却决定了故事的情节。例如，在夜深人静时，推开门清晰的音效和悄无声息地打开门的音效对于下面的剧情影响非常大，决定了屋内人是被惊醒还是毫无察觉。反过来说，开门声音很响而屋内人毫无反应，或者开门悄无声息但屋内人早已察觉，就需要在情节中对这种反常做出解释。

(4) 长度是导演对于成片中每个镜头时长的初步估计。在具体的后期剪辑过程中，镜头长度需要根据实际的拍摄效果而确定。

(5) 内容是编剧所写作的文学剧本。

总之，分镜头剧本相对来说是集体性的工作，是在导演的总领下将拍摄前的各个创作部门的工作集合起来。编剧只是这一系列工作中的一环，虽然剧本是一剧之本，地位重要，是其他工作得以进行的龙骨，但还是要和其他部门紧密地配合。因此，编剧在写作文学剧本的时候，在脑海里需要一定分镜头的意识。眼中能见画面，下笔方有神。

本章主要讨论微电影剧本最为基础的写作格式。初学者往往不清楚不同体式剧本之间的差异，所以特地提供了电影分镜头剧本、舞台小品剧本来作格式上的对比。编剧既是一种行为，也是一个职业。剧作家编剧和导演编剧同样是创作文学剧本，但有着不同的思维方式。一般来说，剧作家进行编剧是一度创作，要给导演的二度创作足够的自由空间，而且即便是规定得太细，导演也未必愿意遵守。而导演进行编剧，则是把一度、二度创作结合在一起，所以在编剧的阶段就已经把各种细节考虑进去，各种效果、细节写得详细一些也未尝不可。

本书进行到这里，读者已经基本知道一部微电影剧本如何去写了。但是正如张打油写的是诗，李太白写的也是诗，诗与诗之间的差异，除了格式是差距最小的，内容的水准往往是天堑。剧本也是一样的，会写格式不等于会写剧本，所以我们将在下一章进行文本写作的讨论。

思考题

1. 找出一部你喜欢的电影，尝试把其中的高潮部分用“蒙太奇”的形式进行改写。

2. 请将舞台小品《守候》剧本改写成微电影剧本。

扫码查看舞台小品《守候》剧本

第六章　微电影剧本的文本写作

乔吉博学多能，以乐府称，尝云："作乐府亦有法，曰凤头、猪肚、豹尾六字是也。"

——【元】陶宗仪《南村辍耕录》

写文章，有"凤头豹尾猪肚"之说。所谓"凤头"，是要有一个精彩的开篇，即"文似看山不喜平"；所谓"豹尾"，则是一个精彩的结尾，让人感觉"情理之中，意料之外"；而"猪肚"自然是内容丰富，实在有料了。对于戏剧影视，我们在讨论大纲的章节整理出一个以"稳定—冲突—再稳定"为核心的大纲模式，但是戏剧影视的创作就是"水无常形"的，无法用一种框架来限制编剧的艺术灵感。在艺术史上，有很多刚刚问世即遭遇失败，但是经过时间的沉淀，又重新成为经典的作品，就如法国作曲家比才创作的歌剧《卡门》在1874年刚问世时遭遇了很多的批评，使比才心情抑郁，以至于深夜里在巴黎的街头奔走，在一定程度上导致了他的去世，但是今天《卡门》早已成为世界歌剧史上的经典。此外，如梵高的画作、贝聿铭的卢浮宫玻璃金字塔皆如是。

写剧本，格式是死的，而内容是活的。实际上，并不存在一种写作法门，像是武侠小说里的某种绝世秘籍，能够让编剧看了就写出好的剧本来。我们只能努力让读者知道前人为写好剧本总结出的一些规律。但是创作规律不是物理定律，其必然是要被打破的。只是，究竟是满口柴胡，还是别开生面，这就要看一个编剧的艺术修养了。

第一节　如何写好剧本的开场

写作剧本开场的方法千变万化，很难以一法定之。写剧本开场简单，但是写好却难。什么叫"开场"呢？

开场有狭义和广义之分，所谓的狭义开场，指的是全片的开始的第一场戏；而广义的开场则是奠定故事情节的一整个段落，可能由多场戏组成，是主情节开始前的一系列铺垫。有一个好的开场，主情节推动起来才有力量。比如在短片《调音师》中，钢琴家在参加比赛的时候因为心理素质不佳而失败，然而转到了餐厅中，他和商业伙伴谈自己冒充盲人去做调音师获得更多的拿单机会(穿插了很多他在客户家调音，客户因为他是盲人，所以很多私密的事情都没有回避他)，随后他拿到了去老夫妇家调音的委托。这一段就是开场，而来到老夫妇家的故事则是短片的主干。再如《宵禁》中，男青年在浴缸中想要自杀，接到妹妹打来的电话，请他帮忙看下自己的女儿，然后来到妹妹家，发现这个小女孩并不好相处，这一段情节就是开场。而后面他如何与小女孩相处的情节则是短片的主干。

一、狭义开场的分类

我们先从狭义的开场说起，作为剧本的第一场戏，从写作方式上讲，可以分成空镜开场、情节开场以及画外音开场三种。

(一) 空镜开场

空镜是“空镜头”的简称，所谓的“空”并不是没有对象，也不是没有内容，而是没有一个具体的被拍摄主体。空镜可以从一个较为宏观的视角交代故事发生的背景，让观众迅速掌握其后出场的主人公是在怎样的环境和氛围中开始行动的。空镜看上去好像展现一些宏大的场面，但是导演往往喜欢在空镜中隐藏一些线索。

比如在《恐怖玩具屋》(2009)的开场，图6-1(a)~图6-1(d)是一个自上而下摇下来的镜头，从宏观到微观，从全局到细节，勾勒了故事所发生的环境。开始是对整个小镇俯瞰的空镜头，告诉观众这是一个下雪的小镇，而圣诞风格的配乐，则帮助观众确定故事发生的时间。随着镜头摇下，辽阔的天空变成了逼仄的街道，墙壁上的海报看不清内容，但是有好几幅是肖像，让观众在回看的时候会联想到这是不是以往失踪小孩的寻人启事？从空旷到逼仄，给观众以较为强烈的心理暗示，逐渐将观众引入压抑恐怖的氛围之中。

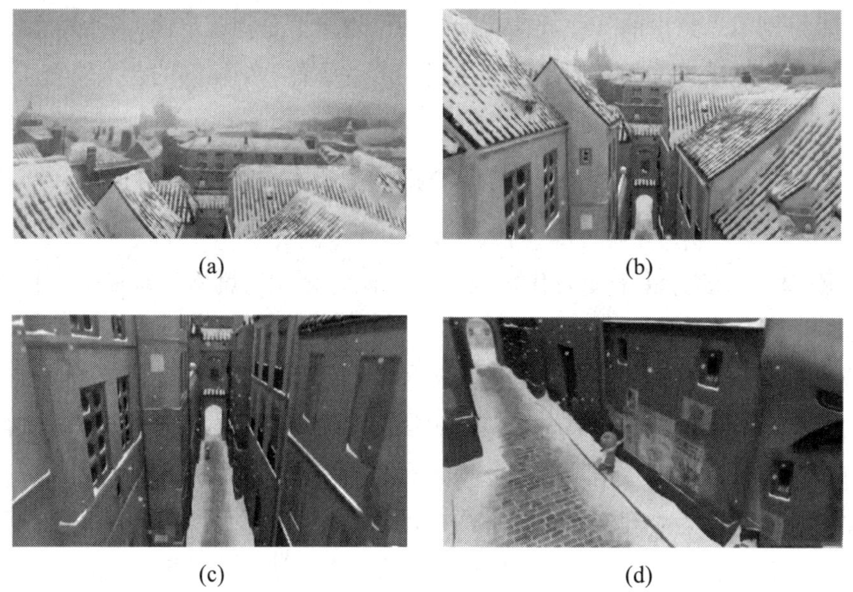

(a) (b) (c) (d)

图6-1 微电影《恐怖玩具屋》剧照

镜头摇下来之后，聚焦在一个欢快的小女孩身上，观众将从她的视角走进恐怖玩具屋。然而，在小镇全景的空镜之中，我们没有发现任何一个人影。也就是说，很可能这个小镇里只有小女孩子一个人。那么，她进入的是怎样的一个小镇呢？人都到哪里去了？所谓的“细思恐极”就是隐藏在这种不经意的细节之中。

(二) 情节开场

空镜头开场会有一种从宏观进入微观的叙事之感，但是相对来说，其进入节奏会比较慢。所以也可以反过来，先从具体的情节入手，然后展开背后的故事。陈凯歌导演的微电影《百花深处》(2002)就是这样的作品。

微电影开场，高耸遮天的商品房下是喧闹的乔迁仪式，鞭炮声中，搬家工人们从皮卡车上往下搬家具，热闹且轻浮。冯先生凑到搬家公司工头的车边，隔着车窗往里问“搬家吗？”工头回答：“给钱就搬。”随即，工头叫工人们上车，也叫上了冯先生，前往他所说的百花胡同了。

如果仅仅按照这个开篇第一场来看，会觉得这部微电影有些嘈杂，没有意境，推进得似乎有点儿快。但是随着剧情的发展，如图6-2所示，当冯先生坐上车以后，这辆小皮卡穿行在北京的高架上，他从车窗探出身子向外张望，前面的一切都有了深意。

图6-2　微电影《百花深处》剧照1

从冯先生的视角看去，一组高楼大厦的空镜头扑面而来，让人感觉传统在现代面前的断裂，以及人在急速变化的社会中的迷茫。等到了百花胡同，一片废墟，再次进入细节叙事，让一些行动具有寓意。所以《百花深处》的开篇从微观入手，上升到宏观再返回微观。看完全片，再回想开头那个直接切入的搬家戏，就会发现，直接进入肌理的导演手法，其实象征了一种无根的处境。

(三) 画外音开场

画外音开场，指的是在全剧的第一场戏使用介绍性的文字或语言来提供背景或者世界观。看上去，文字或者语言似乎是同样的，但实际上是两种不同的视角。

一般来说，文字是客观的，展现一种全知视角，没有叙述者。比如《烈火金刚》(1991)改编自刘流同的同名长篇小说，电影开头的文字介绍使得电影有了一种史诗的感觉(见图6-3)。

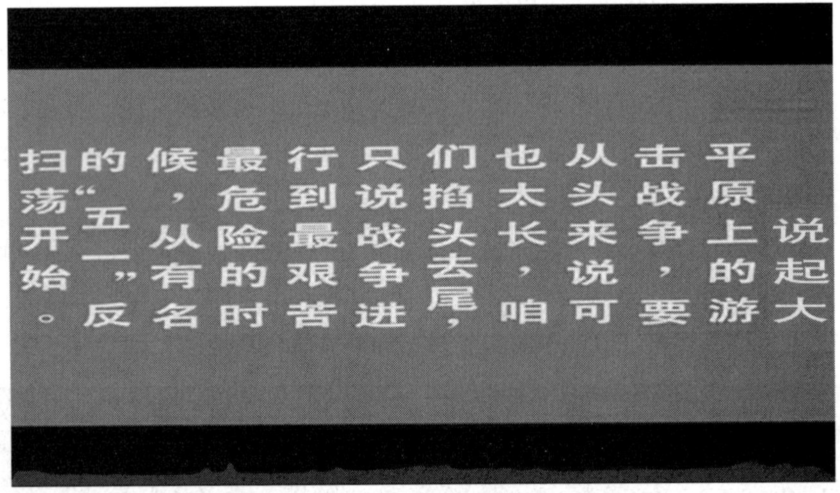

图6-3　电影《烈火金刚》剧照

开场字幕非常宏观地介绍了故事发生的历史背景，以及所面临的危险环境，为第一场戏日军扫荡，八路军和老百姓英勇抵抗做好了铺垫。

1977年的《星球大战·新希望》开启了星战系列电影，而影片开场如图6-4所示。那像凌空飞渡的舰队一样不断延伸的介绍字幕也成为电影史上的经典，翻译为：

很久以前
在一个遥远的星系

正值内战激烈
反抗军之舰队
自秘密基地出击

初战即胜邪恶之银河帝国
义军间谍夺取帝国终极武器
“死星”的机密设计图纸

死星为一太空轨道武器
威力巨大，可毁灭星球

冒着帝国特工的疯狂追捕
莱娅公主乘坐飞船携带设计图
赶回家乡，试图以此拯救子民
以及整个银河系的自由

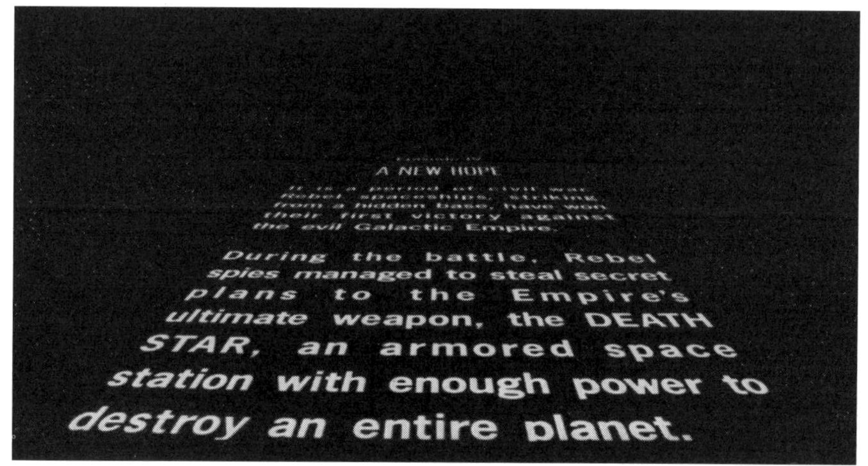

图6-4　电影《星球大战·新希望》剧照

这一段开场字幕将星球大战的时空(遥远星系)、对抗双方(银河帝国和义军)以及事件起因(关于“死星”设计图的争夺)展现了出来，接下来就是上演紧张激烈的星际追逐战。

在微电影《季札挂剑》的第一场中，前半场采用季信的画外音加爷爷老季修整盆景的画面组合展现了故事的背景以及人物关系与性格：

1. 日 外 季家小院

盆景特写，一把剪刀入画修剪盆中的矮松。随着剪刀剪动，一些细小的松枝落下。

季信：(V.O.)我是常州人，常州人爱盆景那是出了名的。我爷爷教了一辈子的书，退休以后，就喜欢捯饬盆景，每天不修剪几下他的宝贝，饭都吃不香。

老季：好了。

戴着套袖，身穿蓝大褂的老季站起了身子，绕着这尊盆景看了看，满意地笑了。而随着他的起身，整个院子也都展现了出来，青石搭的台子上，摆了各色的盆景，院中有棵大树，而树下则摆着两把老竹椅。

季信背着书包走了过来，手上拿着一个啃了一口的包子，看见盆景，想摸一下。

老季：别动。

季信：(委屈地)爷爷！我就想看一下。

老季：看就站得远远儿的，一手包子油，别给我蹭盆景上。这可是爷爷的宝贝，要拿去参加比赛的！

季信：真的？就是那个全市盆景大赛？

老季：(得意)嗯！

季信：爷爷最厉害！对了，这个盆景有名字吗？

老季：当然有了！你看，这盆景上的松树遒劲挺拔，质朴有力，像一把宝剑斜插入天空，爷爷给它起的名字叫“剑气凌霄”！

季信：好名字！就凭这名字，爷爷也能得第一。

老季：好了！就你嘴甜，赶紧去上学吧！以后早点起来，别在路上吃饭。

季信：(一扬手中的包子)知道啦！要是您给我买PSP的话，我天天早上早起。

老季：就知道玩游戏，快去吧！

当然这部微电影考虑了成本预算的因素才如此设计。其实这一场戏可以拆成两场。第一场季信走在常州的街头，使用画外音介绍常州人爱盆景，此时街头上的人家有的端出盆景，有的在修建盆景，有工人在挂盆景大赛的横幅，甚至季信自己在闪回老季以往在全市盆景大赛取得好成绩的片段，然而季信再走进小院，开始剧本中第一场后半段祖孙俩的戏。但是这样一来，所需要的演员费用、经费、封路成本都更多。

不过，影视艺术的发展往往表现为突破一定之规。比如电影《阿凡达》(2009)开场伤残士兵杰克使用摄像机自拍的形式介绍阿凡达计划，就是以角色的形式介绍宏大背景。而《流浪地球》(2020)开场使用无角色画外音的形式介绍太阳氦闪以及流浪地球计划，便是模仿了纪录片的叙事。

二、广义开场的分类

(一) 悬念开场

悬疑片是类型片的重要组成部分。在剧情开场部分设置悬念可吸引观众更好地进入剧情。在文学中，设置悬念的手法随处可见，比如童话《睡美人》，当国王女儿降生，没有被邀请到的第13位女巫对公主施加诅咒，称其将因为纺织针而死。此时，第12位女巫连忙施加援手，称公主不会死亡，只会陷入沉睡。国王为了保证女儿的安全，就把全国的纺织机都藏了起来。那么由此读者就会产生悬念，防护措施都已经做到这样了，公主是沉睡还是死亡？如果沉睡或者死亡了，又由谁来解决这个困局呢？

微电影的悬念开场以快速进入主题为特征。因为微电影并没有足够的时间进行铺垫。不过，悬念本身的设置有强弱之分。强者如约瑟夫·科辛斯基导演的《挖掘》(2017)。该片讲述了一个男清洁工帮助误杀保安的女清洁工抛尸的故事。他并不清楚这个女清洁工实际上是一个商业间谍，杀死保安后早就计划把自己也除掉。短片的开场镜头是城市CBD高楼大厦的特写，直接转到了男清洁工在洗脸台清洗自己手上的鲜血，让观众产生悬念：杀了谁？为何而杀？杀了之后如何处理？然后转到他登上一个女孩的跑车，两人飞驰出城市。此时，故事马上穿插进前情，那个女孩竟然穿着清洁工的服装。观众产生悬念：一个清洁工为何能开得起跑车？一转眼，女孩和一个黑衣保安撞破玻璃，厮打在一起。女清洁工误杀了保安。回到主线，两人到了郊外的沙漠，开始挖坑，准备埋尸，可女孩柔柔弱弱，只能依靠男清洁工。此时，再回到前情，女孩竟然是商业间谍，在窃取机密。观众再次产生悬念：这么看上去城府颇深的女孩会随随便便信任清洁工？难道因为昨晚的相助，他们产生了感情？可如此这般，故事如何结尾呢？画面中，坑很快挖好了，当男清洁工回头看女孩的时候，女孩正抡起铁锨，削向男清洁工的脖颈。整个故事完全以悬念来推动。从开场时候的洗手到最后一个情节，都充满着悬念。可见，导演是结构故事的高手，在把握节奏上非常老道。

而《百花深处》是弱悬念的代表。影片开始冯先生找搬家队来搬家，这其实是一件非常正常的事情。但是如图6-5所示，冯先生神游天外的表情，浓重的黑眼圈预示着此行并不简单，在冯先生的身上似乎存在着非常诡异的事情，而这样的悬念会引起细心观众的好奇。

图6-5　微电影《百花深处》剧照2

就算这一部分悬念被某些观众忽略，等到短片中段，剧情转折：当大家来到已经成为废墟的百花胡同时，观众就会想起开场时被忽略的悬念信息，恍然大悟。

(二) 常态开场

戏剧影视往往以打破日常生活状态而引入矛盾来激化冲突，呈现日常状态和冲突状态的转换。那么，展现日常状态的开场便为常态开场。例如，话剧《玩偶之家》在书写娜拉觉醒之前，浓墨重彩地展现了娜拉与海尔茂的爱情，直到柯洛克斯泰前来要债才发生转变。

相对来说，常态开场是一种入戏比较慢的开场，一般会用在艺术片而非商业片中。在中国的新媒体观影环境中，常态开场更加难得。21世纪前十年，风行过一时的网络大电影，基本是一个小时的体量，其实是可以进行常态开场的，但是由于特殊的付费观影体制，观众可以免费观看网络大电影的前6分钟，然后决定是否交费，这就要求导演必须在前6分钟内制造强烈的冲突，引导观众付费。院线电影相对好一些，像《2012》《变形金刚》之类的商业片一样有耐心把前情铺垫完成。

微电影中的常态开场就像一个组合的人物小传，将主人公的日常状态用影像的方式展现出来。在《肤色》的开场，我们看到一系列情节将主人公典型美国南方红脖子的形象展现出来：父亲给儿子理发，一身的文身，呼朋唤友去户外趴，一路上大呼小叫，危险驾驶，满口俚语问候，在户外玩枪，甚至教小学低年级的儿子开枪射击。这一组情节让我们看到了他们粗俗、暴躁、动手能力强的一面。紧接着，他们在超市殴打黑人，引入矛盾，引发情节快进。

如果说《肤色》是群像性质的常态开场，那么《口吃》则是单人性质的常态开场。其开场基本占据三分之一的剧情，包含四段情节：①因为口吃，男主人公无法回答电话公司客服的来电，导致电话被挂掉，展现他在现实世界中的无奈；②在线聊天，展现男主人公丰富的内心和被隐藏的善于交流的品质与口吃形成对比；③在街头观察路人，展现男主人公细腻的情感与深刻的洞察力；④男主人公在与父亲下围棋的时候，尝试交流，但却依然无法成功，展现了其改变的艰难，也为后面女主人公要到来的消息引发的改变作了铺垫。

其实，任何一部戏剧影视作品都是从日常状态的改变开启的，其差异性在于日常状态篇幅的长短。当娓娓道来之际，势必有节奏缓慢的缺点。在短平快的刺激成功夺取观众注意力的时代，这考验的不仅仅是导演讲故事的能力，也考验着观众的耐心。

(三) 转折开场

如果压缩常态开场，快速推进情节，把故事转折提前，就会形成转折开场。转折开场一般使用在人设不那么复杂的故事中。比如《黑洞》开场只用很少的篇幅介绍人物的日常状态：深夜犹自加班的男人，满头大汗，卷着袖子，衬衫起皱，领带歪斜，心情烦躁，从事着复印这样机械且无创造性的工作，如图6-6所示。这是一个被压榨的上班族的典型形象，但短片不是为了展现人物的复杂性，并不需要全面书写他的个性。随后情节发生转折，打印机打印出了带有黑洞的A4纸，命运的齿轮开始转动。

图6-6　微电影《黑洞》剧照

如果说《黑洞》还算是对人物的情况有一定的介绍，那么《曲面》(2016)则直接连最基础的介绍也省略了。

短片开场是一片灰黑色的翻滚的海面，天空阴沉。恢复意识的女主角惊恐地发现自己躺在一个光滑的水泥曲面上，脚下是万丈深渊，只要乱动一下，就会跌入其中，万劫不复，如图6-7。而她的双手满是鲜血，所穿的平板鞋又不防滑。短片一开场就把一个极端危险窘迫的场景展现出来，后面的影片主题则是她绝望而徒劳的挣扎。

图6-7　微电影《曲面》剧照

微电影《9.5层电梯》是彩虹糖Skittles的恐怖系列微电影中的一部，在短短两分半钟的时间里讲述一个类似于中国传统“替死鬼”的故事。

虽然从时间比例上看，这部短片的开场并不短，但是情节相对比较简单，所以也可以看成迅速进入转折讲述故事。短片一开场，一个加班的女子，拿着包走进了电梯，按下楼层按钮，想从15楼下到1楼，但是电梯却在10楼与9楼之间发生故障(预示着不存在的空间)。电梯故障代表了转折的发生，其后女子走出电梯，在空旷的神秘空间里见到了一个背对她的神秘男子(见图6-8)，故事进一步展开。

图6-8　微电影《9.5层电梯》剧照

总之，转折开场非常重视发生转折的“转折点”，这个点的设计一定要醒目且集中，让命运产生足够的激荡，甚至可以采用一些象征性的手法，无论是有着象征着人性贪婪的黑洞打印纸，还是湿润光滑的曲面，或是加班工具人循环往复的9.5层电梯，都是对于人生某种经历的象征性表达。

(四) 对比开场

所谓的对比开场，是在开场的时候渲染幸福和美好，但是进入剧情正文部分却变成了悲剧；或者开场发生极端的虐待与挫折，而后向好的方向发展。因为有着强烈的对比，所以显得剧情较为激烈，冲突非常鲜明。在院线电影中，这两种对比经常使用，不过因为院线电影容量大，所以乐极生悲的剧情往往还会有反转。比如《缝纫机乐队》(2017)中的男主角胡亮生活在小城集安，而承载他梦想的丰碑——大吉他雕塑要被拆除了。这一段属于前奏，是乐极生悲。而影片的主体是他重组乐队、守护家乡摇滚公园的情节。在影片的最后，“缝纫机乐队”成功举办了他们的演唱会，否极泰来。又如，漫威科幻电影《奇异博士》(2016)中的史蒂芬原为世界顶级的外科医生，性格高傲孤僻，不食人间烟火，可是因为出了车祸，毁了双手，只能四处流浪，看尽世间冷暖。接着发生反转：史蒂芬在尼泊尔遇到了一位名叫安西里姆的魔法师，他向史蒂芬揭示了一种全新的领域——多元宇宙。史蒂芬开始学习魔法，并逐渐成为一名拥有神秘力量的超级英雄。悲剧开端的手法一般用在复仇故事里，像韩国电影《金福南杀人事件始末》(2010)。女主角金福南作为小岛上的被压迫者，承受了来自性别、阶层、婚姻等多方面的压迫，而当她觉醒反抗的时候，剧情才真正进入到酣畅淋漓的部分。与此类似，还有《杀死比尔》(2004)、《何种谋杀》(2015)等。

微电影《慢跑》(2019)是一个典型的对比开场案例。

作为一名黑人，男主在清晨接到了警局打来的电话，说他通过了面试，下午三点到警局报到，警局会专门为他举办一个欢迎会。男主非常开心，亲吻怀孕的妻子，接着他出门开始了自己早间的慢跑活动。在跑步过程中，他突然发现一名白人男人在追逐一女人，并企图施暴。正义的他在报警后赶了过去，在制服男子后，拿出了白人腰间的枪。此时警笛大响，警车到来，警察看到拿着枪的黑人，倒在地上的白人，赶紧向男主射击，男主中弹，双手满是血迹，最后倒在地上，在地上艰难地爬了几步就不动了。而此时真正的加害者——一名白人男子，被警察客气地搀扶起来，故事唯一的见证者，却是语言不通的外籍女人。开场获得工作后的欣喜、对美好生活的向往与悲剧结尾形成鲜明对比，增强了故事的荒诞性和讽刺性。

(五) 集合开场

如果参与事件的主人公或部分主人公本身不在事件发生的主现场，而是通过某种方式抵达现场，那么可以称之为集合开场。在电影中，这种开场往往是为了完成某种任务，如《世界末日》(1998)。在《世界末日》中，两颗庞大的陨石即将撞上地球，人类派出太空总署的太空人和顶尖油矿钻油工人联合的小队，使用太空梭迫降在一颗陨石上，钻到陨石中心埋下核武器，通过爆炸让此陨石与另一颗撞击，改变轨道，从而保住地球。那么，在登上太空梭之前的部分，其实都是小队集合到场的开场阶段。

微电影《车四十四》就是以集合作为短片开场的案例。在这辆行驶在城郊公路上的长途公交车上，除了司机，每一个乘客，包括见义勇为的男主，都是暂时来到这里的过客。他们的社会身份和关系各异，只有登上这辆公交车，才在剧情中产生意义。同样，两名劫匪如果不选择这辆公交车，那么也不会产生后面的剧情。当然，这不属于完成任务的集合开场，而是偶然因素人生邂逅的巧遇。

(六) 闯入者开场

闯入者开场有两种形式。第一种闯入者是推动情节发展的动力。在《金福南杀人事件始末》中，如果没有郑海媛的回岛——闯入，金福南也许还是会延续以往的生活轨迹。这部电影是韩国著名导演金基德的助理张哲洙执导的第一部长篇。如果是常规思路，往往会将闯入者塑造成善良纾困的角色，如《千与千寻》(2001)中的千寻、《龙猫》(1988)中的姐妹，或者塑造成奇遇的体验者，如《倩女幽魂》(1987)中的宁采臣。但是在《金福南杀人事件始末》中，作为闯入者的郑海媛并不是一个好人，恰恰是她的冷漠、自私与怯懦导致了金福南更加凄惨的悲剧，最终金福南性格巨变，开始了杀人之路。这种设计体现了导演的功力。

第二种闯入者只是回顾展现事件，并不对事件本身的走向产生任何的影响。作为《爱，死亡和机器人》系列第一季和第三季中具有上下关系的两集，第三季《三个机器人》讲述的是三个人工智能机器人来到人类刚刚灭绝的地球来旅行，他们见到了满地人类尸骨的世界，有体育场、人类豪宅、海上避难基地、餐厅、地下避难所以及作为最后希望的火箭发射基地。因为三个机器人作为闯入者并不推动情节发展，所以其意义在于“展示”。

(七) 背景开场

当主线故事的剧情和我们当下生活有一定距离的情况下，就需要在开场的时候对场景进行说明或者展开背景设定。一般来说，这种开场主要运用在历史、玄幻以及科幻的题材中。其中，历史题材对背景的介绍弹性较大，因为有的历史观众比较熟悉，不用特别解说。比如《罗曼蒂克消亡史》(2015)仅对时间和地点以字幕条的形式做了一下定位——“1937年 上海 淞沪会战前夕”(见图6-9)。

图6-9　电影《罗曼蒂克消亡史》剧照1

这个定位并不算本节一开始提到的第一场开场，因为在《罗曼蒂克消亡史》出现第一个背景字幕条的时候，已经是全剧的第三场戏了。就连字幕解说都不是第一条，在此前已经有了暗红色的字幕(见图6-10)，介绍了这个日本特务如何学习扮演一个上海本地人。

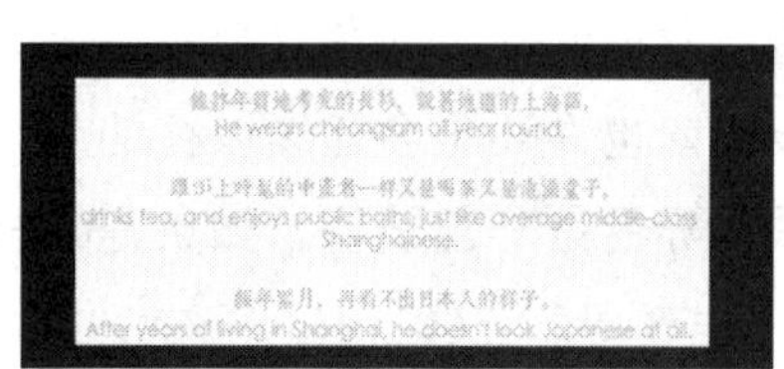

图6-10　电影《罗曼蒂克消亡史》剧照2

他终年质地考究的长衫，说着地道的上海话。

跟沪上时髦的中产者一样又是喝茶又是泡澡堂子。

经年累月，再看不出日本人的样子。

这是人物小背景和时代大背景结合的开场，因为时代背景观众都比较熟悉，仅仅是一句话，而这个日本特务的人物小背景则需要在保持神秘感的基础上，略多作介绍。

而在2021年的《悬崖之上》由于是东北抗联题材，观众对故事背景相对陌生，于是导演在背景介绍上进行一定的加强，如图6-11所示。

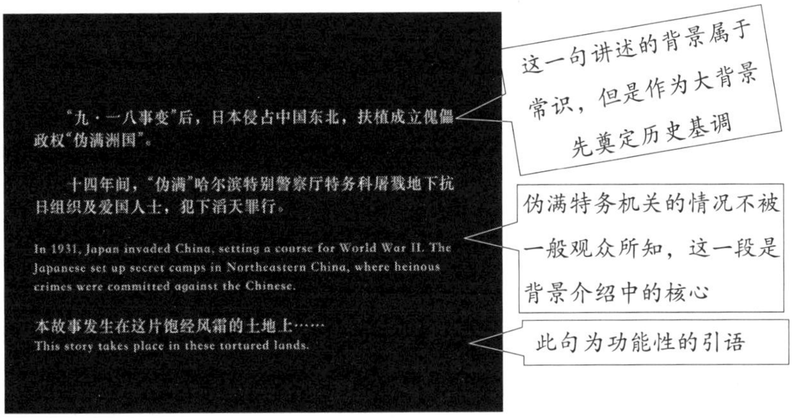

图6-11　电影《悬崖之上》剧照

有的国外历史电影也会在开始的时候进行背景介绍，如《天国王朝》(2005)开场便介绍：“欧洲基督徒军队，占领耶路撒冷已近一百年。当时欧洲人民穷困，政治专制。农民与地主逃去圣地，有的求发财，有的求神赦。一名骑士回乡寻子。法国，1184年。”该片以欧洲中世纪史上著名的十字军东征为历史背景，但是由于历史上的十字军东征前后九次，长达两百年，所以需要进行进一步的历史定位，同时也体现了导演的历史观：这是一场战争的胜利，还是欧洲宗教与社会矛盾的转移？

科幻是基于现实的基础以科学的思维另设一整套世界观，所以《流浪地球》会连续出版两套设定集。而在电影之中，对于第一部中的“流浪地球计划”和第二部中的“数字生命计划”有着一整场戏的开场描述，让观众了解到影片中的势力分布以及主要矛盾。

三、微电影开场的要求

但是对于一部作品来说，形式永远是第二位的，内容才最重要。类型学的最大问题在于区隔，若没有区隔，分类则没有意义。然而，在现实中，区隔往往是要被打破的。单独一场的开场和一组情节的开场究竟有多大的区别？编剧撰写的文学本和导演的分镜本，以及最后的剪辑成片又有怎样的不同？剪辑之后所看到的电影是否和文学本一致？我们只能在大体上确定一个规范，但也要明白，规范不是决定一个剧本水准的根本因素。一部好的微电影开场有以下几个要求。

(一) 充分而到位地传达整个故事的调性

调性这个词，源自音乐，指的是以一个中心音为主，其他的音顺着与中心音的关系次序排列成音阶。后来“调性”被引申到了营销领域，作为基于品牌的外在表现而形成的市场印象。在微电影中，调性指的是微电影戏剧影视作品在类型化的大概念与细节化表现的统一。也就是说，当观众看到一个微电影作品的时候，能知道这是悲剧还是喜剧，其细节化的表现手法能否和主题统一融汇。比如《唐人街探案3》(2020)中的开场戏，秦风和唐仁从机场走出的时候，有无数的日本黑帮都在追杀两人，但是两人步伐不停，所有追杀他们的杀手都被邀请者日本侦探野田昊派来的帮手给应对了，形成一种“我静敌动”的反差感，由此奠定了本剧喜剧的调性。调性更多是一种整体感觉，就是当观众在没有对影片的类型进行预了解的时候，通过开场的几个镜头就迅速把握影片的氛围，形成对表现手法、人物命运的期待。由于微电影的故事空间有限，其调性一般不可转换，是确定而鲜明的。

(二) 清晰而明确地引入故事的主人公

故事是人物的故事，就像《流浪地球2》里那句名言“没有人的文明，毫无意义”。但是这个“人物”也不能狭义地理解成纯粹的人类，特别在动画故事中，往往不必一定是人类出现，《中国奇谭》(2023)中《小妖怪的夏天》就是以猪妖作为主角的(见图6-12)。

图6-12 微电影《小妖怪的夏天》剧照

我们可以把主人公理解成故事中的主角。一个好的短片开场要顺利引入主人公，并且通过几场戏，甚至是一场戏将主人公的性格特色清晰地展现出来。

(三) 精准而丰富地铺陈事件发生的环境

故事以场景作为表现角色的空间，典型人物需要在典型空间之中完成自己的行动，展现自己的典型性。虽然编剧在创作文学剧本时不需要完成场景的搭建，但是需要根据环境的调性来架构故事，展现冲突。《拾荒少年》的故事只能发生在火车站或者长途车站，如果编剧将故事场景安排在飞机场，那么故事的环境和剧本的情节就无法搭上。动画版《三体》就有这个问题，在罗辑初逢三体问题的时候，地球根本没有受到末世思潮的影响，画面上那突兀的废土风和末日建筑是表现什么的？编剧的剧本中有没有描述这些环境？《战斗天使阿丽塔》(2019)中废土气息浓重的城市暗示后面将发生主角为登上撒冷而奋斗的故事。

总体来说，一个好的电影开场有以上三个评判标准。当然，这些标准如何体现，编剧和导演都有自己的艺术判断，但是也要考虑到观众的接受。很多微电影，特别是动漫作品，其实很难明确切分开场和主要情节，如动画短片《超支》。

全片大部分在描写一只蚂蚁在一组奇幻的光影环境中爬来爬去，甚至遭遇了陨石降落，天崩地裂，但最后却从一个在战争中死亡的战士眼睛中爬了出来(见图6-13)。原来，它前面所爬的一切神秘的隧道，绚烂的光影，竟然只是一个即将战死士兵的身体，而天降的陨石其实也不过是战士所中的子弹而已。在这部微电影中，除了最后的反转，前面开场和主题有区别吗？那些从天而降的陨石(也许寓意着射入战士身体的子弹)只是构成了故事的高潮，并不是情节主体。所以，开场如何写作，还要看编剧的自我认识与独特构思。

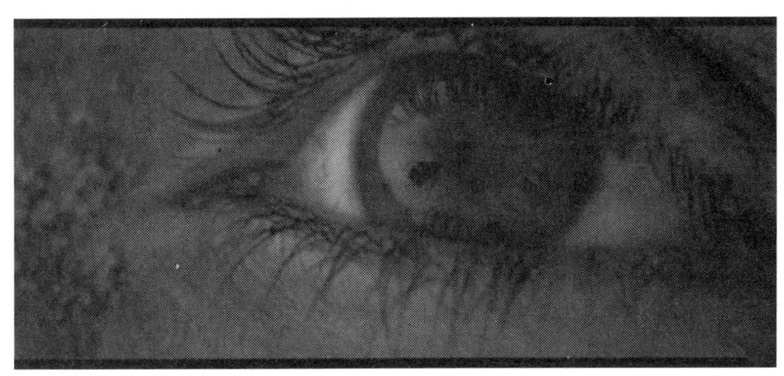

图6-13　微电影《超支》剧照

第二节　如何写作丰富的情节

写文章讲究的是起承转合，说相声论的是三翻四抖，各有各的情节结构。编剧要在微电影中写出丰富而吸引人的情节，需要上到结构、冲突等宏观领域，下到场景、台词等微观层面都呈现细致丰富的创作。

一、电影结构

有读者可能会问，在大纲那一章已经谈过结构了，为什么在这里还要再提一遍？从理论上讲，这虽然有重复之处，但是按照笔者多年的实践经验，这两者还是有一定差别的，所以在这里单独拿出来讨论。

大纲中的结构其实是主线故事的结构，指的是主人公的一个行动发展脉络。大纲的作用是让演员、投资人明白这个故事大体讲的是什么，没有故弄玄虚的成分(像《2046》那样，演员也不清楚自己拍的是什么故事的除外)。大纲的结构非常单纯，就是一个线性的结构。

此外，从商业的角度来考量，这份大纲要给不同的投资人以及投资人所邀请的智囊团看，为了知识产权不被侵害，在大纲中还是不要谈及太多细节。

而落实到具体情节来说，微电影的结构本身有着诸多细节的变化，涉及整个剧情的情感铺排与叙事节奏。所以，在写作微电影剧本文本的时候，结构是影响主情节展开的重要因素。我们下面将对微电影结构进行具体的阐述与分析。

(一) 单线结构

单线结构是较常见的故事叙事题材，不管是单主人公视角还是群像视角，单线结构都按照事件发生、发展、结束的过程展开叙事。单线结构虽然好掌握，但是对于初学者来说，有一个控制量的问题。我们到底写一个怎样长度的故事呢？

在笔者的教学中，经常遇到一个问题，学生们在写作剧本故事的时候，往往容易写一个长时间段的单线故事：曾经的往事如何，这些往事如何影响主人公现在的生活。但是这种“过去——现在”的结构，一般来说更加适合有足够容量的院线电影，对于只有几分钟、十几分钟的微电影来说，会显得分散、不集中。例如《宵禁》中的剧情是从男主准备自杀这一高潮开始，随后迎来转折，并没有介绍男主人公当初和妹妹究竟发生了什么，也没有介绍男主人公为什么割腕自杀。微电影就像是文体中的杂文、现实的横切面，在有限的空间内只能展现主故事线。

但是，并非所有的微电影都书写时空的横切面，有的微电影也沿历史纵轴书写时空纵切面。微电影《邻居的窗》(2020)写的是一对中年夫妻通过对面楼年轻夫妻没有拉窗帘的窗子来窥探他们的生活，如图6-14所示。他们在窥探别人的同时，也在经历着自己的生活。开始时，中年夫妻俩有两个孩子，妻子正怀着孕，看着看着，第三个孩子出生了。他们夫妻俩经历了亲密与争吵，直到对面的邻居丈夫去世，妻子才第一次和女邻居相见。整个剧情前后相距数年的时间，但是通过一个窥探的动作，剧情依然紧凑，并不分散。

图6-14 微电影《邻居的窗》剧照

对于某类题材，既可以采用沿空间横轴进行时空横切面的分析，也可以沿历史纵轴进行时空纵切面的分析。比如《狐仙记》(2011)和《爱，死亡和机器人》第一季《狩猎愉快》(2019)都是狐仙与人的故事，但采用了不同的剧情时间：一为片刻的生死相斗，一为长达数十年的情感纠葛。

在《狐仙记》中，一对矮胖和瘦高的猎魔人组合被化成人的狐仙所魅惑，两人大打出手，上天入地，引动风云变幻(见图6-15)，最终同归于尽，而那狐仙重新化为狐形，飘然而去。如果排除那些魔幻化仙术对抗的成分，其实就是两个猎人的对打，最多不过片刻的时间，因此是横切面的故事讲述。

图6-15　微电影《狐仙记》剧照

而《狩猎愉快》的人类男主本是一名猎鬼人，某日与父亲追杀狐妖时，意外救下了狐妖的女儿。后来男主父亲去世，蒸汽机开始统治这个世界，狐女告诉男主自己正在被机械夺去魔力，只能以人形存在。男主来到了香港，成为非常富有天赋的机械师，偶然救下被几个外国人调戏的狐女。狐女告诉他自己已经完全无法变身回去了。随着时代的发展，机械越来越进步，甚至可以完成很多匪夷所思的效果。一天夜里，狐女来找男主，说自己被变态富豪灌醉，然后把身体换成了机械。这代表了她身上的魔力已经全部消失了。可此时男主用机械重新给她设计了一套身体，这套身体竟然可以变形为狐，如图6-17所示。重新获得新生的狐女依靠机械狐身，在蒸汽朋克的城市中救助着其他受侮辱的女性。

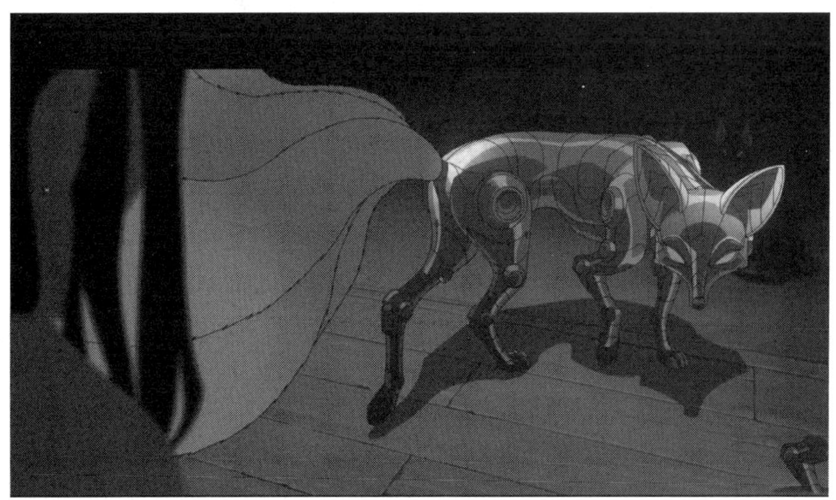

图6-16　微电影《狩猎愉快》剧照

(二) 复线结构

采用复线结构的微电影比较少，因为复线结构信息量大、情节复杂，多见于小说和电影中。作为小说的创作，曾获得茅盾文学奖的《穆斯林的葬礼》(1988)就是以韩子奇和其女儿韩新月两个不同时代的视角展开情节。作为电影的创作，《比利林恩的中场战事》(2016)一条线是男主参加美国对伊拉克战争勇救战友的回忆，另一条是他因为这一功绩被邀请参加橄榄球年度大赛中场表演的现实。但是，复线结构需要两条线大体平衡，如《泰坦尼克号》(1997)中老年萝丝的回忆只起到一个线索的作用，其回忆本身并没有剧情含量，因此《泰坦尼克号》并没有采用双线结构。

微电影《玩具岛》(2009)是一部非常成功的双线结构影片。故事发生在第二次世界大战前，纳粹德国对犹太人屠杀的早期阶段。日耳曼孩童海因里希和犹太孩童大卫是好朋友，他们一起演奏钢琴，亲密无间。然而希特勒对犹太人的残害越来越严重，大卫一家据说很可能会被送去集中营。海因里希并不知道大卫一家要去哪里，于是便问妈妈。可妈妈又不能对孩子说出这么残酷的真相，于是就欺骗他说大卫一家要去玩具岛。结果，在大卫一家被强迫送上开往集中营火车的那一天，妈妈发现海因里希竟然偷偷跑掉了，他一定是为了去玩具岛谎称自己是犹太人登上了火车。妈妈着急赶到了火车站，说服集中营的押送人员上火车去找自己的儿子，然而当闷罐火车大门打开之后，她并没有发现自己的儿子，却发现了大卫和他的父母。这时候，也许海因里希是去了别的车厢，可妈妈看到和自己儿子是好友的大卫就在这辆要开往地狱的火车上，她无法让自己视而不见，于是就对着大卫喊“海因里希”，而押送人员把大卫抱了下来，递给了妈妈。其实，海因里希早就被别的押运人员发现了，并送回了家。两个好朋友重新聚在一起，不再因为战争和种族而分离。整部电影就停留在了两个重逢好友共同演奏钢琴，随着键盘上的两双手逐渐衰老，影片结束。

这部微电影只有14分钟，一条线是妈妈早上发现海因里希不见了，疯狂去找儿子；另一条线是追忆了海因里希一家和大卫一家的美好友谊、大卫一家不得不去集中营的背景以及海因里希以为这是去玩具岛的误会。一条线紧张，一条线忧伤，两条线在妈妈来到火车站重合起来，共同推进情节发展。当然，《玩具岛》的结构本身也具有发展为大电影的潜力，实际上其和李安导演的《断背山》(2005)有着类似的故事结构。只能说，结构不是问题，要看创作者是否能驾驭这样的结构。

顾晓刚执导的第十四届北京电影节主题短片《故都春晓图》(2024)就采用了复线结构。《故都春晓图》在画面审美上非常高级，其场景变化不大，都集中在颐和园中(见图6-17)。整部短片充满诗意和哲思，延续了顾晓刚“山水电影”影像美学风格，以时空变换将过去和未来紧密连接，一对男女青年时代和中年时代的故事借助于山势的变化而推进，两条线穿插交融在一起。9分钟的篇幅，讲明了关系的变化、人物的情感，生命中难舍的忧伤与遗憾，虽没有具体的故事，却能让观众通过自己的人生经历脑补出无数的故事来。

图6-17　微电影《故都春晓图》剧照

(三) 说理结构

实际上，随着短视频的勃兴，微电影不仅仅是剧情片，也增加了很多新的形式，比如宣传片往往以说理的形式来结构故事。

2021年，人民日报与腾讯影业推出庆祝建党一百周年微电影《在场》，影片分为两个部分。在影片前半段，一个似乎与周围格格不入的老人走进当代的胡同里，看着当下幸福的生活，人们骑车、行走，忙忙碌碌，充满希望。此时，一群小孩子跑来，鞭炮响起，老人下意识地以为这是枪声，想去把孩子扑倒在地躲避枪弹，倒在地上的他发现是自己神经过于紧张。紧接着他走进一个小卖部想买棉衣，听到里面的人们说已经和平了几十年再也没打过仗。走出胡同，他看到了更多和平的景象，无论是繁华的街景、富有朝气的人们、幸福的孩子，甚至是更为宏观的经济、科技、社会的成就，他看着眼前富足的一切，倚着一棵树，缓缓坐下，眼中闪出了泪光。

而影片的后半段，则是回到那篇讲述长征过雪山故事的著名小学课文《丰碑》，原来这个老人就是那位把棉衣留给战友而自己穿单衣冻死的军需处长。无数的读者在读过这篇文章的时候，都在想如果这位英烈能看到现在美好的生活就好了。而《在场》就是用想象的形式弥补了这个遗憾。所以在漫天的风雪中，军需处长虽然逝去，但留下了满足的笑容，他已经穿越到了今天，知道自己的奋斗和牺牲会带来光明的未来。

如图6-18所示，穿越到现在的军需处长和革命年代牺牲的军需处长以相似的倚靠动作形成了互文对比，以今天幸福的可贵衬托出往日牺牲的伟大，从而彰显了革命先烈牺牲的意义。如果从剧情片的角度来说，这样的创作当然是显得有些单薄，但是作为一部宣传性质的微电影，却能够很好地展现主题，打动观众的内心。

图6-18　微电影《在场》剧照

随着创作者对于微电影结构的探索，很多非标结构也被探索出来。《不一样的历史》(2019)是《爱，死亡和机器人》第一部中非常有特色的作品，就采用了说理结构。影片使用恶搞的画风去探讨了希特勒的6种命运轨迹，可不管他走进哪一条支流，都摆脱不了死亡的结局。这部微电影堪称对“个人英雄主义”进行批判的作品，通过历史唯物主义的视角来揭示历史上单独的变量并不能影响大势的发展，总归会回到历史的正轨上的道理。6种命运并列的结构打破了传统剧情片的多线结构必然会合一的形式，而是以纯粹并列的形式来阐述论点主题。如果仅仅是为了说理，这样的结构很难有戏剧性，但是恶搞画风与单篇叙事的趣味冲淡了说理的单调与沉闷，从而形成了独特的观影体验。

二、冲突表现

戏剧影视作品使用情节推进故事，解决冲突。可以说，无冲突，不成戏。如前所述，冲突可以形成不同的主题。爱情、抱负、阶层、种族、社群，林林总总，都可以形成冲突。冲突的主题可以高远，但是表现冲突却需要从小处入手，从细节和故事出发。很多作品注重提供情绪价值，却忽视了故事的表达，与其说是戏剧影视，不如说是演讲来得贴切。那么，如何表现冲突呢？我们可以尝试从以下五种情节模式入手。

(一) 冲突与和解

两方产生冲突，最后走向和解是重要的剧情模式。《爱，死亡和机器人》系列中的《梅森的老鼠》(2022)就是这样一个传统模式的构架。梅森是一个农夫，某天他发现自己的谷仓中有一窝老鼠，而依靠他自己的力量无法驱逐老鼠，于是他便拨打了除鼠机器人公司的电话。结果公司派来了装备了致命武器的机器TT15，向着老鼠发起灭绝性攻击。但是老鼠竟然也在不断进化，使用各种科技武器，打坏了一台台的机器，而新的机器则发展出更加匪夷所思的武器，对捉到的老鼠进行更加残酷的虐杀。目睹这一切的梅森出于对生命的敬畏与尊重，最终和老鼠站在了一起，共同对抗机器。这部作品当然有其寓言性质，小小的谷仓预示着地球，老鼠与人，其实是抽象化的，或者说是西方中心主义式的种族之间的冲突，而最后的和解则是人类面对科技发展时候的共同忧虑。所以，这样一个宏大的主题却通过人鼠谷仓大战以及人鼠与机器大战展现出来，显得生动而富有想象力。

冲突未必都是对立或对抗性质的，也可以是不同理念、不同态度的展现。这种冲突相对温和，但一样可以深入。《自杀救助热线》(2015)的故事发生在热线办公室女接线员和一个经受丧妻之痛决定服药自杀的老人之间。大部分的剧情发生在电话对话中(见图6-19)，老人自始至终从未露面。老人服药之后，不想孤独死去，所以打了这个电话，但是不愿意透露姓名和住址，和女接线员说“你如果试图找到我，那我就挂断电话”；而女接线员则在避免老人挂断电话的前提下寻找营救的线索。这样的冲突并不宏大，却是生与死的较量。

图6-19　微电影《自杀救助热线》剧照

这部微电影并非以女接线员成功找到老人的团圆为结局，女接线员陪着老人度过了人生中最后一段时光，他们聊着各自的兴趣，袒露彼此对爱的见解。短片的最后，女接线员在老人的启发之下鼓起勇气，不再纠结，与自己和解，对自己暗恋的同事敞开心扉。老人的爱与勇气以一种奇妙的方式在年轻人身上得到传承。

(二) 犹疑与行动

冲突未必走向和解。作为个体来说，在制度化之下，走向突破成见，也是一种故事模式。这是一种勇敢者叙事，主角经常是小人物，漫威的超级英雄电影中如美国队长、蜘蛛侠、蚁人都是此类形象。但是作为漫画改编电影的主人公，他们的力量不仅仅来自内心，更有异能的加持。而在现实中，让平庸者走向行动需要一定的原因，有的是出于人设，一直被伤害却初心不改，如《保你平安》(2022)中买墓地的男主执意追查黄谣的根源，就是出于“签了合同就要对客户负责”的“轴”。但是这种“轴”是常人做不出来的，因此这个人物带有一些传奇性。而《第二十条》(2024)中的检察官一开始只是一个小人物，但是后来为什么敢于在重重压力下站出来，推进见义勇为案的审判，一方面是他自己作为检察官的良知和同事女检察官的坚持；另一方面是受他所经手的公交车司机见义勇为案与自己孩子制止校园霸凌反被污蔑故意伤人的触动。观众在他的身上看了到更多的犹疑与无奈，这也凸显了他最后站出来激活沉睡法条的不易与难得。

微电影《氦》(2014)同样是一个突破成见的故事。一个印度裔的医院护工给得了重型白血病的孩子打扫病房。他有一个夭折的弟弟，看到孩子对未来感到迷茫和恐惧，受孩子手上的氦气飞艇玩具的启发，给孩子讲了一个去氦气天堂的美丽童话。如图6-20所示，氦气天堂里到处都是美丽的小岛，而朋友们则乘坐氦气飞艇相互拜访。如此美丽的景象，让孩子减弱了很多对未来乃至死亡的惧怕。

图6-20 微电影《氦》剧照

后来，孩子愈加病重，被转到了临终病房，管床的女医生告诉护工，按照医院的规定，像护工这样的身份是无法进入临终病房的，可故事还没有讲完，于是他偷偷潜入临终病房，给孩子继续讲童话。刚讲完一部分，他就被保安带走了。不过，受到护工的感染，女医生决定帮助他进入病房讲完故事。影片的最后，当孩子离开的时候，他穿着礼服，眼前看着好像真的有一艘硕大的氦气飞艇接他去氦气天堂过幸福的生活。这样的临终关怀是美好的，然而护工却因为现实中的身份一再被阻拦，需要他打破规则和僵化的体制。这种行动对于那个需要关心的孩子来说，是一种珍重的勇气与英雄主义。

但行动未必一定会成功。《沉默的孩子》(2018)是一部关心聋哑儿童的作品。聋哑女孩莉比的母亲苏珊期望莉比学会读唇语，进正常人的学校。苏珊在莉比入学之前为她请了一位社工乔安娜来帮助莉比，希望她更容易适应马上就要面临的学校生活。乔安娜用手语和唇语结合，耐心与莉比沟通，教会莉比手语，带莉比出去玩耍，使原本内向、孤僻的莉比逐渐变得开朗，敞开心扉与人交流。可是，苏珊父母认为手语并不是人人都懂的语言，他们希望莉比能和其他孩子一样不通过手语就能与人交流，希望她能精通唇语，于是停止了她的手语学习。之后，莉比被送往普通的学校，因为交流障碍，她根本无法融入学校。乔安娜骑着自行车赶了很远的路，看到校园中孤独的莉比，痛心不已。影片到此结束，并没有说明乔安娜后来是否再次努力解决这个问题。整部影片的结构如上文所说的“说理结构”那样，是直观地呈现了聋哑人使用手语以及享有特殊教育与否的不同结果，意在特殊儿童应享有特殊教育。

所谓的“反制度化”，可以进行更加广泛的理解。作为社会结构化的存在，未必是体制那样具象的制度，也可能是较为抽象和宽泛的社会偏见，如《热辣滚烫》(2024)的故事就建立在社会对肥胖女性的偏见之上。需要注意的是，反制度化往往能给观众一种打破禁忌的快感，但不能只从自己的喜好出发，而不关注他人的感受，把所有人都放在自己对立面。这样的反制度化反而是一种幼稚。

(三) 极致与反转

极致与反转是一种冲突的表达方式，也就是在前期做好铺垫，在恰当时发生反转。

上文所述《热辣滚烫》就浓墨重彩描绘了社会周遭对于女主的排挤，在女主跳楼的那一刻，然后剧情进行反转——女主开始觉醒。这样的冲突是对比性的，两个极端拉开足够的张力才能让观众有着足够的情绪感染。

微电影具有短小精悍的特点，做起反转来会更加明显。例如，同样是被欺辱者反转的类型，《你能型》整体节奏紧凑，而《热辣滚烫》整体节奏比较缓慢。值得一提的是，《你能型》虽然短小，但是在女主被欺侮之外，一样有学习小提琴过程的艰难，教她拉琴的流浪汉被殴打住院，她的小提琴被砸碎，最后只能用透明胶粘起来去比赛的情节；而《热辣滚烫》作为一部长片，但是在女主立志之后，竟然只通过一段蒙太奇就完成了蜕变的过程，根本没有展现这个过程的艰难和复杂，这只能说导演的选择各有倾向吧！

又如，《在场》通过当下生活的“乐”与革命时代的“苦”对比，形成张力。但是这里的苦乐又不是毫不相干的两种状态，而是因为革命时代的“苦”，才有了今天的“乐”，从而彰显了“苦”的意义和两者的共通处。需要注意的是，反转需要顺理成章，在反转之前要埋下足够的伏笔。虽然《在场》的“穿越”只是一种美好的期望，但是军需处长来到现代的反应是真实的，对于现代生活的陌生、听到鞭炮以为是枪声、不敢相信战争已经结束、最后流下满足的泪水，这些伏笔都在故事的结尾有了答案。

微电影《盲目的爱》则是其他类型的反转：喜剧性反转和多重反转。影片开始，一个女人，带着一个男人来到家中，脱下衣服。反转开始，女人的丈夫回来了，女人赶紧让男人躲在床下。丈夫是个聋哑人，一直比划着向妻子道歉以往可能忽视了她的感受，要好好弥补。女人欺负丈夫听不到，一边敷衍他，一边指挥男人赶紧跑。这里，女人的掩饰与指挥形成了第一重笑料。男人找不到衣服，只能穿女人的裙子，下楼的时候磕磕绊绊，又打不开门，只能尝试从二楼的窗户上跳下来，形成了第二重笑料。但是，如果只是这两重笑料的话，这不过是一个普通的闹剧罢了。接下来是第二次反转，丈夫说今天是妻子的生日，前次因故没能帮她庆祝，这次一定要好好弥补，于是他推开了一扇门，门里竟然是一群两人的朋友，拿着全套庆祝生日的彩炮、气球、生日帽，兀然站立。更加重要的是，这些人都不是聋哑人，也就是说，刚才女人背着聋哑的丈夫喊的一切都被这些人听到了。然后是第三次反转，偷情的男人正穿着女装从二楼往下爬，正好经过这个房间的大窗户，和女人站在一起的丈夫虽然听不到，但是看得清清楚楚。众人面面相觑。影片结束。

需要注意的是，反转的次数要有度，不能为了反转而反转，当反转变成套路，就没有意义了。而且作为短片，也没有那么大的空间容纳多次反转，所以反转需要适度。

(四) 自我的考问

微电影可以尝试多种表达方式，以及探讨一些哲学的问题。在戏剧影视中，寻找自我是一个重要的主题。古希腊的悲剧《俄狄浦斯王》就是在自我的成长与迷失中展开剧情。而电影《剪刀手爱德华》(1990)从一个机器人的角度来讨论什么是人，什么是人性的问题。对于长剧或者长片来说，这些表达不能直接讨论，否则就变成了喋喋不休的说教。但是微电影因为长度有限，反而可以容忍一定程度的自我表达。

《恰是那台机器脉冲的颤跳》(2022)讲述的是女宇航员玛莎和同伴伯顿在木卫一遭遇到了车祸，伯顿死去，而玛莎的氧气设备坏掉，只能把自己的呼吸面罩接到伯顿的供氧设备上，所以她必须拖着伯顿的尸体去寻找最近的飞船。为了增加精力，玛莎给自己打了一针兴奋剂。在孤寂的木卫一上，玛莎眼中只有单调的黄色。然而伯顿尸体和星球表面的硫磺大地摩擦产生了电流，电流连通了星球的磁场，在玛莎的通信设备中响起了星球的声音和伯顿生前最喜欢的华兹华斯的诗句“恰是那台机器脉冲的颤跳”。

玛莎逐渐感觉到这个星球是活的，她通过电磁波的形式见到了木卫一绚烂的胜景。玛莎怀疑这是打了兴奋剂过后的副作用幻觉，两者在行进的过程中持续交流着。直到她的体力和氧气再也无法支撑走到飞船那里，于是按照星球的邀请，纵身一跃进入悬崖下的硫磺湖中，是死亡还是融入，她并不知道。而下一刻，整个木卫一爆发出了灿烂的光芒，并且向地球轨道站发出了信号：“我是玛莎！”这个故事依然在追问“我是谁”，推动情节发展的是人类对于自我的考问：什么是智慧，什么是表达，什么是生命，生命可以跨越有机无机、碳基硅基进行融合吗？

当然，单纯的考问可能会显得单调无聊，而戏剧影视是一门综合性的艺术，可以用其他艺术形式来弥补和协调。就比如在《恰是那台机器脉冲的颤跳》中，壮阔的木卫一景象以及动人的背景音乐都消解了哲学探讨与科学名词的晦涩，从而持续吸引着观众的注意力。

(五) 文化与文明

文化与文明间的冲突，既可以表现得很大，如《天国王朝》(2005)是基督教与伊斯兰世界的矛盾，《斯巴达300勇士》(2006)是古希腊人和波斯人的战争；也可以从很小的细节去展现，如《刮痧》(2001)体现了中西不同医学理念的碰撞，《孙子从美国来》以祖孙俩不同的文化习惯切入对皮影戏的保护。当然，发生冲突的不一定是异文化，也可能传统与现代，比如讲传统功夫的《神鞭》(1986)和唢呐技艺的《百鸟朝凤》(2016)都体现了传统文化在新时代中的不适与艰难、选择与转变。

冲突也可以是对话。微电影《吉巴罗》(2022)是《爱，死亡和机器人》第三季中制作最精良的一集。影片取材于古希腊塞壬海妖的传说。这种瑰丽而危险的生物会在月光之下浮出水面，用充满诱惑的歌喉吸引船上的人们发疯跌落水中而死。故事中，茂密的森林里，行进着一支穿着鲜艳华美铠甲的掠夺军队。士兵们满载而行，随军牧师面露贪婪，还有一位聋哑的骑士。他们在一个心形的湖边休息的时候，聋哑骑士无意中在水中摸出一枚金币，想要占为己有，却唤醒了一名浑身是黄金和珠宝的海妖。海妖将她的愤怒发泄到骑士的战友身上，所有的人都在海妖的尖叫声中发疯然后自相残杀，偷金子的骑士却因为耳聋没有被引诱，海妖认为他是特别的，爱上了他。但骑士只看到了海妖身上如鳞片一样的金币与宝石，甚至不惜活剥其鳞。骑士扛着剥下来的金币鳞片逃走了，当他喝了混着海妖鲜血的湖水时，竟然听见声音了。但是这对他来说却是一个不幸的。他听到了女妖的哀号，于是精神错乱，最终淹死在湖里。

《吉巴罗》的故事里充满着各种各样的冲突与对立：动了凡心的女妖，自私贪婪的骑士；阳光充足的美丽森林，波光粼粼的瀑布；癫狂的人们与暴力血腥的场景……这一切都使得影片最终呈现诡异与美感并存的奇特观感。

三、场景设计

不管如何设计结构、表现冲突，戏还是要一场一场地写的。所以，我们下面将在技术环节讲解场景设计。按照情节长度，我们可以把场景分为单一场景、系列场景两种。

(一) 单一场景

所谓的单一场景，指的是在一场里基本完成一段剧情，表现出一定的人物关系和性格特色。我们以前面提到的学生习作《夏之雪》为例，说一下单一场景的写法。

1. 教室 日 内

2017年7月中旬，夏天还未开始，已经开学将近两周。这天是公布开学考的日子，夏雪坐在座位上，心里有些紧张，笔头在纸上胡乱地画着，力度大到要划破纸张。这时，上课铃声响起，班主任李诚拿着成绩单走进教室。

李诚：(将手里的成绩单放在桌上)班长和副班长过来帮忙发一下成绩单。

夏雪双手交握，紧张地掐自己手心，拿到成绩单后，她扫了一眼就塞进了书桌里。

李诚：(撸起两边的袖子，摊开课本，拿起一支白粉笔)大家不要过分在意这次成绩，看完成绩单就收起来吧！把课本翻到第一单元，我们开始上课。

夏雪翻开课本，来回压了两下书轴，抬头望着黑板，目光却有些空洞无神。

1. 开场情境

前文已经谈到，剧本的场景描述最忌散文化，应该写出清晰的镜头语言，这样才能让导演知道该如何拍摄。这场戏开篇三个信息就让导演很难处理。

(1) 2017年7月中旬，夏天还未开始

(2) 已经开学将近两周

(3) 这天是公布开学考的日子

这三个信息都是时间。“2017年7月中旬”怎么表现？用字幕吗？一般来说，使用

字幕的影片大多是历史片的，一个校园生活的剧使用字幕就有些沉重了。我们可以通过教室中的日历、黑板报等方式把时间展现出来。推荐使用黑板报，因为黑板报除了展现时间，还可以提供更多的信息。比如黑板报上写一些“励志”的话语，展现高中生活的紧张。但是一开场就亮出黑板报在节奏上有些着急，所以，可以用一个镜头消解一下。比如一开始是一个夏天绿树蝉鸣的特写，然后转到教室里，这样就可以用镜头化的语言显示时间。当然，剧本中说“夏天尚未开始”，此时的蝉鸣可以不那么高昂，显示出还是初夏的样子。但是光靠声音，观众是无法意会的，所以可以加入荷塘的镜头，含苞待放的荷花可以让观众明白这就是初夏。

“已经开学将近两周”和“这天是公布开学考的日子”就无法使用道具来表现了，建议使用人物对话的形式来表现。比如班级里非常热闹，大家在一起聊天，有两位同学对话：

甲：不想上高中，以前初中的时候，每个暑假，我爸妈都带我出国玩！

乙：呦！还出国呢！上了高中，你就别想有假期啦！

甲：别人放假两周，咱们开学两周。(抱怨)这是人过的日子吗?

乙：我跟你说个鬼故事！

甲：(立刻起来兴趣)啥?

夏雪没有参与任何人的谈话，笔头在纸上胡乱地画着，力度大到要划破纸张。

乙：今天公布开学考成绩！

甲：(哀嚎)这日子没法过了！

通过两位同学的对话，把上述的信息表达出来，并且甲、乙两人的性格不一样：甲喜欢咋咋呼呼，而乙讲着冷笑话，至于夏雪则显得遗世独立。

2. 李诚的出场

如上所示，夏雪是一位相对来说比较内向的女孩子，这部微电影所展现的人物弧光就是她如何通过诗歌建立起了自信。而李诚是她在诗歌道路上的引路人。李诚的开场需要热烈，有激情，有诗意，这样才会在夏雪的心里种下一颗种子。原剧本中李诚的这段台词“大家不要过分在意这次成绩，看完成绩单就收起来吧！把课本翻开第一单元，我们开始上课”，是没有什么信息量的过场台词，每一个老师都这样说，却不能展现李诚博豪放洒脱、才华横溢的性格特点。他的第一次亮相一定要吸引人，他可以做一些出人意料的举动。比如他一开始背了张继的《枫桥夜泊》，告诉学生们，大唐的状元有很多，但是没有一个人的诗歌比张继这个中了进士却在吏部铨选中落榜的失意者流传得更久。又如他在黑板上写下“高适”两个字，说这位诗人在50岁前穷困潦倒，却成为唐代唯一一位封侯的诗人。

3. 夏雪的潜质

人物的弧光不是无源之水，夏雪应该有一种对诗、对艺术的渴望，例如夏雪的桌上摆着一本诗集。这本诗集引起了李诚的注意，从而使得他邀请夏雪参加诗社的活动。这本诗集要比较小众，如果是中国的，可以是清代黄仲则的《两当轩集》，或者是王国维的《人间词话》；如果是国外的，可以是济慈或者里尔克的诗选。作为道具的诗集，要有一定的做旧处理，甚至里面可以有笔迹。

此外，这场戏是在教室中发生的，如果缺乏其他同学的戏份，就显得教室过于沉静，有割裂感。所以，编剧需要把一些其他同学的反应写进去：当拿到试卷，看到成绩之后，其他同学们是怎样表现的？也许李诚原来有其他的教学安排，但是看到同学们的反应，才合上书，换为朗诵诗歌来鼓励同学们。

(二) 系列场景

所谓的系列场景，指的是一组情节用几场戏来表现。在场景选择上，影视剧和舞台剧有很大不同。舞台剧由于舞台空间有限，尽可能缩减场景数量，把几场戏的故事凑在一场里表现，一般不会多设计场景；而拍摄影视剧要尽可能保证场景的多元化。

在创作校园题材剧作的时候，很多同学喜欢把戏写在两个场景里——教室和宿舍。当然，这两个地方的确是学生最常出现的地方，但是教室戏一般来说是群像的，调动起来拍摄比较复杂，而宿舍戏的宿舍转个身都困难，更不用说架机位了，除非是专门设计的棚，那样的话拍摄成本增加。对于院线电影是小钱的拍摄成本，对于微电影就是大投入，这样没有性价比。

编剧要有更加丰富的场景想象力，校园里除了有教室和宿舍，还有走廊、花园、食堂、操场、校门、舞蹈房、室内体育馆，这些地方都能拍摄校园场景。还有一点，写场景不能太泛泛，很多在一个大景中的戏份，我们可以尝试拆成一系列的场景来表现。如果这部古装剧发生在皇宫，要写明是上朝的地方还是皇帝和重臣较为私密谈事的御书房，是室外的御花园还是皇后的寝宫。以上面的学生习作《夏之雪》的第2场为例：

2. 街道 日 外

当天下午下课后，李诚看到了夏雪心不在焉地低头走路，她差点撞上了一辆车。

李诚(扯着夏雪袖子，拉回快碰上车的夏雪)：哎，看路！

夏雪刚反应过来，站定低头不说话。

李诚：怎么回事啊，小姑娘今天下课好像不开心嘛，一直坐在座位上也不动，刚刚走路也不注意看路。

夏雪依然低着头，抬起手擦起了眼泪。

李诚：就为开学考呀，就一次考试嘛，我都说算不得什么的。

夏雪(声音哽咽)：我真的没想到我会考这么差。

李诚：那伤心一天也够了，明天就不要伤心了。明天有诗社的活动，好好放松一下。

如果这场戏完全使用“街道”这个场景，就太泛泛了。需要指出的是，“当天下午下课后”这个信息没法表现，也没必要表现。“李诚看到了夏雪心不在焉地低头走路，她差点撞上了一辆车。”这个信息作为文学表述是可以的，但是作为剧本，我们就要考虑两人是什么时候遇见的？李诚怎么发现夏雪这样的？观察了多久确定的？他救了夏雪之后，是在原地说的这些话吗？“夏雪依然低着头，抬起手擦起了眼泪。”夏雪就是抹了一下眼角，李诚就确定她流泪了？两个人都是站着的场景会不会有一些单调？把这些内容都塞进一场戏里，会显得创作不够细腻。我们可以把场景进行拆分。

首先，夏雪的出场不在街道，而在校门口。同学们鱼贯而出，说说笑笑，她则心事重重，魂不守舍。这样通过对比，展现她对自己成绩的失望和心情的沉重。然后，夏雪可以走过几条街道，甚至同学骑车经过，同学叫了她几声，她也没反应。把夏雪这样的状态塑造充分，为李诚的出场创造机会。

李诚可以单独有一个场景，比如在咖啡馆的户外打电话，安排诗社的活动，这也为他后面邀请夏雪参加做铺垫，然后他看到了夏雪过来，发现夏雪状态不对，走近询问。此时，再次转换场景，夏雪险些发生车祸，李诚救了夏雪。李诚询问夏雪，夏雪抹起了眼泪，此时转场。转场是因为夏雪流泪的原因观众已经知晓，并没有额外的信息，不如用转场略过台词，直接而用李诚的询问结尾。之后可以回到李诚刚才的咖啡馆的户外，也可以回到咖啡馆的室内。转场到咖啡馆的好处是前面的戏都是站立的，行进中的，而在这个场景中人物是坐着的，相对静态，有了一个节奏的变化。画面依然可以是夏雪抹眼泪，但是需要用镜头交代下她流泪的原因，展示斜斜拉开的书包里的卷子或者刚才一路被她攥在手里的卷子。毕竟，卷子可以等同于成绩，而夏雪拿卷子的方式则代表着她的心情。

李诚邀请夏雪参加诗社活动最好还有一个契机。比如，李诚看到了夏雪书包里的诗集，或者又接了一个电话，那边说诗社活动的场地解决了，他忽然想起在教室里看到夏雪课桌上的诗集，顺理成章地邀请夏雪参加诗社活动。

我们进行剧本创作，不是为了推进情节而推进情节，人物的每一句话应该是在合适的场景中顺理成章地说出，这样才不会显得突兀。而一些需要镜头交代的信息，不能全扔给导演去设计，也需要编剧在创作阶段考虑到。

四、台词撰写

撰写台词是一个编剧的基本功。甚至可以说，能否写好台词是决定剧本质量的重要标准。好的台词有以下几个要求。

(一) 精简而到位

1895年，当卢米埃兄弟的《火车进站》首次将电影这门艺术带到世界的时候，进行叙事的就是画面而不是语言。电影不是话剧，后者需要用大段的台词来推进情节，而推进电影情节的是画面，不是语言。比如《第二十条》(2024)关注到了《中华人民共和国刑法》中“见义勇为”法条如何从沉睡到被激活，这样的视角非常好，但是最后依靠男主在听证会上一段大独白来展示，就显得过于理想化了。另外，在影片的前半部分，男主、妻子和大舅哥三者之间如春晚小品一般的拌嘴和争吵，看上去热闹而搞笑，其实对剧情并没有推进作用，反而消解了主题的严肃性。当然，这样处理跟此剧在春节档上映有关系。只是，从商业的角度讲，影片也许需要适应档期；但从艺术的角度讲，电影需要有自己的独立性。

(二) 体现出性格

语言是塑造人物的重要手段。在进行人物设计的时候，甚至需要把其可能会说怎样的口头禅考虑进去。台词要体现人物的性格，编剧在创作时要思考：讲什么？怎样讲？在哪讲？谁在讲？

1. 讲什么

什么职业、阶层、教育水平的人说什么样的话。当老师的总喜欢苦口婆心，当小领导的可能摆摆官威，军人讲话阳刚有力，法律工作者往往会较真。创作剧本时，要以词见人。

2. 怎样讲

人物讲话时情绪怎么样？是慢条斯理、低声下气，还是慷慨激昂、容易激动？人物是什么口音，说何种方言？讲话的时候，喜欢使用表情、肢体等非语言配合吗？

3. 在哪讲

人物讲话的场合是哪儿？跟谁讲的？在有的场合，人物会不会说不出话来？在有的场合，他更敢说？顺境和逆境对人物的表达有怎样的影响？

不过人物台词写作未必一定要符合人物的职业，形成一种差异或者对比更有戏剧效果，比如《恰是那台机器脉冲的颤跳》中的女主是一位宇航员，在木卫一上艰难行走的时候，在幻觉中听到了华兹华斯的诗句“恰是那台机器脉冲的颤跳”。表面上看这个工作和诗歌没什么关系，但是女主行走在壮丽的宇宙中，这当然是一种更加广阔的诗意。于是，宇航和诗歌在此处相逢，从而有了一种更加贴切的共振。

4. 谁在讲

当微电影不只是单人主角的时候，就需要将不同人的台词进行差异化，这样才会在人物上有辨识度。我们在人物设计的时候，需要进行不同角色的搭配，他们的台词也就需要有所差异。微电影《爱尔兰式告别》(2022)中，哥哥本来在伦敦打拼，但是因在母亲去世，回到爱尔兰的农场，准备把患有唐氏综合征的弟弟交给姑姑照料，然后把农场卖掉。弟弟却想留在农场，假意说从神父那里拿到了母亲早年没有完成的心愿清单，兄弟俩必须完成任务以后，弟弟才愿意离开农场。

兄弟俩开始了一系列的心愿完成行动，直到最后哥哥发现真相，那些所谓的“妈妈的心愿”其实都是弟弟自己编的。但是在难得的兄弟相处中，哥哥理解了弟弟，决定不再卖掉农场。在这个微电影中，向往远方又爱着家人的哥哥坚忍、成熟，却总是带着一种对弟弟的溺爱，弟弟虽然是唐氏儿，但是在装作任性的时候也有一定的狡黠和对哥哥的依恋，而神父则动不动就高歌一曲，或喷涌诗化的句子。多种不同的语言风格结合在一起，形成了非常特别的台词景观。

第三节　如何写出精彩的结尾

影视剧的结尾，并不仅仅是最后一个镜头，而是具有故事情节意义的一段情节。精彩的影视剧结尾如同绝句的最后一声喟叹、辞赋终章时候的奏雅，体现了创作者的美学追求、哲学思考以及人文关怀。

一、微电影结尾类型

结尾的种类样式繁多，可以说一个好的创作者，终其艺术生涯，都在努力打破旧有的舒适区，尝试新的方向。我们可以把微电影剧本的结尾简单地分成八类，而这八类远远不能涵盖所有类型。

(一) 转折式

我们把微电影比喻成文学中的绝句，绝句结构“起承转合”中“合”是最重要的，即承接前面剧情的铺垫，再形成一种剧情的大逆转。正是这种反差所形成的张力，让观众的观影心理产生巨大的激荡，从而获得独特的观影体验。

科幻电影《强殖入侵》(2001)讲述了一个类似于“俄狄浦斯”的故事。地球人和外星人的战争已经持续了好久。为了赢得胜利，外星人制造了很多地球人的复制人做肉体炸弹。而地球人也开始自己的捉虫行动。男主是一位正直忠诚的武器专家，希望以他的发明改变人类在外星人面前节节失利战局，然而这一天他却被地球安保局追捕，说他是外星人派来的复制人。男主想尽一切办法自证清白，观众也逐渐相信他是被冤枉的，甚至期待传统的沉冤得雪式的大团圆结局。然而，当男主来到当初和妻子的宿营地，冤情即将得雪时，画面上竟然出现了科学家和妻子的尸体。原来，一直致力于证明自己的科学家实际上是复制人，是外星人的间谍，这就是他的命运！那一瞬间的命运苍凉感让观众震撼而无奈，这种感觉长久激荡在观众的心中。

当然，转折未必都是这样沉重，一样可以轻松幽默。《飞驰人生》(2024)中的彩蛋属于广义上的结尾。张弛车队里导航员是个没有考过驾照的菜鸟，但是刚刚在巴音布鲁克赛道上一鸣惊人，和车手合作勇夺亚军。本以为有着这样的大场面经历，再来考驾照肯定手到擒来，谁知道考科目三的时候，上车就习惯性地坐到了副驾驶的位置，结果当然是再一次失利。上得了巴音布鲁克的山，却过不了科目三，形成了极为幽默的喜剧效果。

而《三个机器人：退场策略》(2022)中，三个机器人看到了人类中富豪、政要、避难者和底层逃跑者历经一切努力都走向灭亡之后，发现还有一艘火箭飞船胜利升空了。那么，真的有人类逃出生天了吗？镜头一转，那个在月球上享受着鸡尾酒和美景的宇航服里的生物竟然是一只猫咪。人类灭绝，猫咪永生，不啻为一种黑色幽默。

(二) 余韵式

转折式往往是转折过后，剧情已经走向了既定的结果，成为一种稳定的状态。但是还有一种结尾形式，就是在结尾留下一种可能或延伸，让观众在戏外继续展开对故事的暇想，如电影《盗梦空间》(2009)中，男主柯布把斋藤营救出梦境后，那个作为“图腾”的标志物陀螺还在旋转。观众不禁思考：他究竟成功了没有？这个全片最后的镜头，虽然只是短短一秒钟，却留给了观众无限的遐想。而《拾荒少年》中，以老人带着少年走在废墟之上踯躅而去作为结尾。观众观影后，仍在思考：他们去了哪里？少年能找到自己的母亲吗？未来他们将面对什么？电影已经结束，而故事还在延续，这就是余韵式结尾的魅力。

(三) 揭秘式

揭秘式和转折式都有剧情转折的功能，但是转折式是把故事引到另一个走向，重点在于转折点之后的故事；而揭秘式是解释节点之前看似不合理的一切情节，重点在于回溯。转折式结尾给观众的观感是震惊，而揭秘式结尾给观众的观感是恍然大悟。微电影《烧伤患者的万圣节》充分阐释了什么是揭秘式结局。在西方的万圣节，人们可以装扮各种怪模怪样上街去游玩，甚至越丑陋越开心。我们的男主顶着一张丑陋的脸，和人们交谈，玩耍，各种尽兴，人们觉得他装扮得太好了，不断夸奖他。然而，到了影片的最后才发现，他是一位烧伤患者，根本就没有装扮，而这是他一年之中唯一一天可以不用挡住自己容貌出门见人的日子。这样的揭秘在温情之中带着一丝唏嘘，给观众留下更加深刻的印象。

当然这种“以丑为乐”的故事原型也可以上溯到雨果的小说《巴黎圣母院》，在小说开头的狂欢节上，人们要选出最能装丑的人，结果巴黎圣母院的敲钟人卡西莫多因为丑陋没有化妆反而成为冠军。只有在这种特殊的场合，人们才会不在意，甚至夸奖他的丑陋。可是，在平日里，在整部小说的其他部分，那种歧视随处可见，又难以改变，就像是这位烧伤者所遭遇的一般。

(四) 呼应式

影片的结尾和开场有着类似的情节或场面，这种结尾称为呼应式结尾。不过，所对应的结尾需要和开篇有所差异，而不是简单的重复。在《宵禁》的开头，里奇躺在浴缸中想要自杀，是妹妹求他帮忙照看下女儿的电话暂时阻止了这一念头。在和侄女度过了难忘的时光后，里奇又回到了浴缸中，但是这看上去不过是行动上的惯性。观众已经知道他求死之心肯定被打破了。果不其然，电话又应时而响。如图6-21所示，这次他接电话的速度明显比上一次快了许多，我们知道在他的心中，实际上已经燃起了生的希望。

图6-21　微电影《宵禁》剧照

(五) 轮回式

《九层半电梯》的结尾是新的一层轮回的开始。影片开始，女子下楼停在了九层半，见到了一个徘徊者。徘徊者将女子变成了自己的替代者，也就是新的徘徊者。结尾处，另一个新的闯入者从打开的电梯门中进入了九层半，见到了女子徘徊者。一次次的轮回逐渐展开。需要说明的是，微电影在主题上比院线电影更为多元宽松，不必有那么多主流价值观的限制。因此，轮回的命运未必要打破，只要给予观众足够的冲击力就已经完成目标了。

(六) 徒劳式

所谓的徒劳式结尾有两种类型：一种是在较为极端的情况下进行了努力的挣扎而归于失败，如《曲面》中的女子最终还是掉落下去；另一种是在剧情事件中遭遇到了挫折和失败，但是却在更高的层面上坚定了信心，如《爱神》(2020)中，男主用爱神赐予的爱神之箭追逐爱情，谁知道却促成了好友和自己追求对象在一起，而后，男主不禁释然，拿起新的爱神之箭，走上了更远的促爱之路。

(七) 决裂与和解式

作为多重行动者参与的剧情，各个人物会因为不同的矛盾产生冲突。冲突的结果有两个走向：决裂与和解。

在决裂模式下，人物走向新的方向，可能获得新的人生。如《爱，死亡和机器人》第二季《击杀小队》(2021)中，人类已经掌握了长生不老的技术，并实现了广泛应用，但代价是停止生育。男主是击杀小队的一员，他的任务是杀死一切偷偷生下来的孩子。男主在执行任务的同时，内心特别矛盾，疑惑不生育是不是正确的选择。他以恐龙玩具为线索找到了一个被藏起来的小女孩。男主被女孩的天真烂漫感动，选择留下女孩，与前来击杀的下属同归于尽。

在和解模式下，人物受到触动，开始理解。如图6-22所示，《百花深处》中，搬家队用一种“无实物表演”的戏谑方式应付冯先生，可是当剧情的结尾，看着冯先生对于过去文化的珍重，他们似乎受到了触动，在一定程度上理解了冯先生。但“开始理解”并不是“完全理解”，更不是“形成共识”。此时此刻，搬家队虚拟搬家的行动具有合理性，是理解之后的安抚。如果脱离了环境，在闹市之中表演虚拟搬家，则不能让观众信服。戏剧要有“戏”，但是这个“戏”要在合适的场景中才能成立。场景不合适，感动也许就变成了荒唐。当然，和解并不代表认同，更不代表服从。

图6-22　微电影《百花深处》剧照

(八) 点题式

宣传片和广告片特别重视主题的露出，甚至要求直接呈现主题口号或者商品slogan(口号)。为了满足甲方的需求，就需要在微电影的结尾部分进行展现。一般来说有两种呈现方式：其一，直接呈现。如泰国潘婷广告《你能型》就是在全片结束后加一个黑屏，然后给出“潘婷你能型”的主题；本书附录中的“百步芳草 • 与理同行”系列微电影也是在剧情技术后再进行理论的宣讲。这种方式虽然表面上直接，但本质上委婉，因为并不影响整部微电影的结构，观众也不会将其当作微电影的有机组成部分。其二，则是将主题融入微电影结构中。我们知道，艺术本身具有多重含义和深层意蕴的魅力，可是当把展示主题的任务强加给微电影，甚至形成了影片结构的一部分，就会显得比较生硬，如像《在场》的结尾一连串中国发展建设的镜头，就是用画面堆砌来点题。虽然点题式的结尾在艺术上相当于一种妥协，但是对于市场和项目的繁荣与运营有着不可或缺的价值。编剧应该在一定程度上理解并掌握相关的创作技巧。

二、微电影结尾的要求

微电影就像中国传统诗歌中的绝句，在结尾的部分一定要有力且精彩，形成“金句”的效果，在表达上可以情理兼融，在功能上完成戏剧结构，在情感上能够实现升华。

(一) 情理之中，意料之外

结尾是主体故事的延续，其基本逻辑要符合主题故事的发展，否则就变成一个新的故事了，所以结尾要在“情理之中”。在写作结尾的时候，切忌为了奇而奇，这样很容易产生生硬感。院线电影《你好，疯子》(2016)的结尾中，精神病院的院长帮助女主送走了她的几个分裂人格，观众以为女主的精神分裂症治好了，可是院长这时候对她说了一句：“现在，就剩下我们了！”观众这才明白，原来所谓的帮助治疗精神病不过是新的人格借机消灭其他人格的手段。影片虽然在这里终结，但是故事还在延续。同理，《宵禁》结尾处，观众以为男主应该不会自杀了，但是，他又躺进了一开始割腕的浴缸。恰在此时，电话铃声响起，他的妹妹又拜托他照顾女儿。看他毫不犹豫地接起电话，观众才知道男主肯定不会自杀了，他燃起了对新的生活的希望。

(二) 转折有力，干净利落

微电影本身篇幅不长，结尾更要干净利落，这样才会符合整体气质。有的微电影是在高潮部分戛然而止，如泰国潘婷的《你能型》广告，体现出音乐对人的意义这个主题后，随着音乐的高潮的结束而结束，两个女孩之间的恩怨情仇在比赛后会如何发展就不必另加笔墨。因为这不是这部短片所要讲述的主题。《曲面》中前面女主想尽办法摆脱曲面的困境，而最后直接给出一个镜头，带着血痕和擦痕的空无一人的曲面。看到这个镜头，观众马上想象女主掉下去的场景。

凯迪拉克微电影广告《一触即发》(2010)由吴彦祖在结尾处说出创意广告词“现在，换你出发”，将一把凯迪拉克的车钥匙扔向了观众，如图6-23所示。

图6-23　微电影《一触即发》剧照

一方面，在这部以特工为题材的微电影中，“换脸”即换人，是剧情中特工的故事情节；另一方面作为一个汽车广告，交付钥匙本来就符合广告的定位。这个“扔”的结尾，迅速有力，起到了一种音乐剧中所谓“十一点钟歌曲”效应的作用。

(三) 余韵悠长，一唱三叹

微电影的结尾未必是冷厉的，可以使用一些特效或者意象化的手法来表达独特的韵味。例如，《百花深处》结尾用动画特效在废墟上重建了一个旧日的胡同(见图6-24)，加上国风音乐，体现出老北京古韵的悠长，在真实与虚构碰撞中表现对时间与生命的思考，让人沉思无限，回味无穷。

而微电影《氦》中没有正面写小孩死去，而是登上了飞艇(见图6-25)。这既是一种委婉的表达，也更加符合整个故事童话般的气质。

本章中，我们具体探讨了微电影剧本开头、中段和结尾的写作方法，并且举出了一些写作模式。然而，文学创作是多样的艺术，我们的举例只是探讨以往创作的实迹，而非未来的方向。齐白石说过“学我者死，似我者生”，从学术研究的角度来说，类型学是有意义的，但是对于创作来说，类型是要被打破的。而从商业运营的角度来讲，又处于两者之间，适当的类型化有利于保证票房，可拘泥于类型只是算作手艺，在艺术上远远不够。

图6-24　微电影《百花深处》剧照

图6-25　微电影《氦》剧照

思考题

1. 你觉得一部好的微电影开头、正文和结尾应该是怎样的？说一说你心中的典范吧！

2. 微电影结构剧情冲突有哪些类型？除了本文列出的，是否有更多的形式？

第七章　学生习作案例评论

纸上得来终觉浅，绝知此事要躬行。

——【宋】陆游《冬夜读书示子聿》

知道怎样写微电影剧本，并不等于可以写好。再好的理论终归要应用于实践。以往我们只能看到成熟的典范的剧本，但是诗人出生后第一声啼哭未必是一首好诗，微电影编剧的学习者第一次写下的剧本往往有很大的提升空间。所以在这一章里，我们并没有选择写得非常精彩的学生习作，而是将李同学创作的微电影剧本《青春歧路》作为分析案例。它不是最好的，却是典型的，体现出太多初学者常见的问题。本章将分为两节，第一节从总体上分析剧本主题、人设、结构等问题，第二节则进行逐场分析。

第一节　学生习作总体问题分析

一、学会处理三组关系

学生刚开始习作的时候，往往容易"眼高手低"。其实这本是无可厚非的，一时的"手低"不怕，重要的是"眼"要高，因为"眼高"才有提升的空间。"眼"不高的话，怎么知道"手"往哪里高呢？根据笔者的教学实践，初学微电影剧本创作的学生在创作微电影剧本时，需要学会处理以下三组关系。

1. 太多与太少

太多的是字数。很多初学者没有剧本和成片时间相对应的概念。在教学上，我们一般设置为创作成片为10到12分钟的微电影，字数在4000字左右为宜，不能超过4500字。案例中，李同学创作的微电影剧本有8000多字，几乎每一场都有咏叹式的独白，而这种咏叹式独白更适合舞台上的朗诵剧，不适合微电影。

太少的是场景。初学者较少有场景转换的意识，因为他们觉得有台词的场景才叫场景，所以少有空镜的铺垫。如此设计的微电影作品并不是没有，但是大部分影视总是通过空镜交代下时间、地点之后才进入故事。在剧情中，习作中的场景设计不够丰富，如果是校园故事，其场景就是教室和宿舍，比较单调。而如果增加校园的其他景象，如走廊、林荫道、运动场，就会让整个场景更加跳脱、丰富。场景过少，会让微电影缺乏运动性，而“运动是电影艺术的特征，是区别于其他艺术的表现方法，也是美术造型的前提。电影运动性改变了文学、戏剧、音乐、美术各种艺术的原貌，使其不复其身，成为电影表现手段的有机组成部分”①。当然，电影的运动是一个很宏大的概念，不仅仅是场景的切换，还包括人物的行动、心理的转变等。例如电影《满江红》这种表面上是在一个大院中拍摄的电影，但是在内部场景的细分上也是非常丰富的。

2. 太直与太绕

微电影是视频，是画面，是镜头的艺术。哪怕在舞台上的话剧，也不仅仅使用台词来塑造人物，有很多“言有尽而意无穷”的方式。在微电影中，人物的情绪、心态，未必要用语言来表达，一个动作、一个眼神，甚至是下雨、落雪、起风这样的场景描绘都能传达出人物的情绪、心态。嘴上喊着“我痛苦啊”的人未必真痛苦，眼睛里噙着泪水却努力不让它滴下来反而比所谓的嚎啕大哭更见悲伤。不能生怕观众看不懂自己想表达的内容，一再让人物用语言去诉说，甚至都嫌弃语言不到位，直接在片中打字幕，那就太缺少内涵了。微电影是故事，要用故事去叙事，而不是通过喋喋不休的台词、乱蹦的金句来表现。此外，《青春歧路》这个片名作为新闻标题是很好的，看了标题，大体能知道新闻的主题为何，但是其作为微电影的题目就显得太直白了。

微电影不同于院线电影，没有足够的容量去展现社会的多元与人心的复杂，即便是需要在情节上“三翻四抖”，也是从一条主题逻辑上展开，并不是平铺直叙多条主题，否则故事绕来绕去，让观众把握不住逻辑和情节的走向。这部《青春歧路》的主题是反对裸贷，那么就需要给女大学生裸贷寻找理由。在剧本中，我们可以看到哪些理由呢？其一，原生家庭重男轻女，关系冷漠；其二，宿舍同学爱慕虚荣，贫富不均，产生心理落差；其三，男友自私势利，见异思迁，即所谓的“渣男”。这些原因都很合理，并非不能同时出现在一部作品里，但是只能有一个是主要线索，其他不能成为主要线索。如果同时放在微电影中展现，观众就会被绕糊涂，搞不清作者想表达的主题。

3. 太入与太出

极端化的创作会使得故事没有意味，也缺少厚度。所谓“太入”是在创作中过多投入自己的感情。人们爱着艺术，艺术是表达自我一种方式，所以明朝李贽在《焚书·杂说》里说：“夺他人之酒杯，浇自己之块垒。”作家的第一部作品就如同他的自传，即便如此，我们也要限制情感的投入，不要觉得写微电影的剧本是倾诉自己的人生之殇，只顾着情绪的宣泄。要记住，我们是写别人的故事，而不是讲自己的故事。剧本不是心

① 阮航，高力. 电影艺术概论[M]. 成都：西南交通大学出版社，2013：16.

理治疗的方案。在艺术创作这种感性活动中，我们时刻需要理性的思考。

反过来说，完全不在作品中投射感情，即“太出”。编剧在创作一些与宣传项目相关的剧本时，往往会出现“太出”的问题。因此，编剧不能完全被动地按照甲方的意见去创作，有必要加强编剧的主动性，燃起对作品的感情，尝试和甲方沟通，共同促使作品越改越好。

二、微电影《青春歧路》总体问题分析

下面，我们就对微电影《青春歧路》的主题与人物设计进行评析。

1. 主题

故事梗概：青春懵懂的县城姑娘经历了万千人过独木桥的高考，成功考上了本省最好的大学。怀揣着梦想与憧憬进入大学后，她遇到了家境、性格迥异三名室友，平静的生活就此起了波澜，也初次体会到爱情的甜蜜与酸涩。在冲动的驱使下，差点打开致命的潘多拉魔盒……

【评析】

故事梗概不是大纲，而是类似于总纲，给出故事一个引子。本剧本的故事梗概交代了主人公的出身，进入了大学，体会到爱情的甜蜜与酸涩，以及可能作为主线的重大危机。但这里只交代了人物之间的关系，而具体有怎样的事件和情节，并没有说明。建议把主线写得更明晰，告诉读者，也是告诉自己：我就是想写一个“警示不要裸贷”的故事。此外，要把“县城姑娘”的名字写进去。

2. 人物设计

人物小传：

张盼儿：18岁，刚上大学，来自本省的县城。

自小成绩优异的她，性格比较内向且自尊心强。有个弟弟，家里非常重男轻女。受原生家庭影响，性格执拗，一直想要脱离家庭，出人头地。

乔霭仁：18岁，女主室友。

性格活泼，为人仗义。心直口快，刀子嘴、豆腐心，在发现问题后帮助女主迷途知返，后二人成为好友。

慕旭容：19岁，女主室友。

复读一年才考上这所大学。虚荣拜金，性格外向但其实自卑、自私。受不良风气影

响，家庭条件一般但却把自己包装成了一个非常精致有钱的形象。

石查楠：22岁，女主男朋友，学长。
性格外向，花花肠子多。

艾娴白：18岁，女主室友，本地人。
家境较好的“小公主”，独生子女，性格强势，名牌傍身，优越感极强。

张家望：10岁，女主弟弟。
全家人的心头肉，掌中宝，虽然性格乖张，喜欢搞破坏，但其实很喜欢姐姐。

张森：45岁，出租车司机，女主爸爸。
沉默寡言，传统男家长的处事风格，看似不动声色，实际大男子主义。

林翠红：40—45岁，超市售货员，女主妈妈。
性格泼辣不讲理，生活的压力让她变得更加易怒，唯一的平静都留给了儿子。

【评析】

(1) 人物信息没有交代明确。主人公张盼儿“来自本省的县城”，是哪个省的？这一点没有说明。不同的省市，南方北方，东部西部，在口音和习惯上有着非常大的区别，这些都是塑造人物的重要元素；主人公大学考的是什么专业？这决定了教室和宿舍的布置、教学楼的选择、老师教学的板书，专业是否和剧情发生联系？宿舍里其他人和张盼儿是一个专业吗？

(2) 不必要的人物及人物信息出现在人物表中。

在整部剧中，张盼儿的父母和弟弟就出现了一场戏，而且是为了解释她想脱离原生家庭意愿的由来。一方面，这场戏如此之少，其中人物不需要出现在人物表中，只需要在人物表下加一段“另有某某角色等”就可以了；另一方面，这场戏其实可以采用画外音的形式，比如用打电话的形式来表现。此外，父亲的出租车司机身份或母亲的超市售货员身份在剧情中如何展现？不展现的话，最好删去。与其列出张盼儿家中的人物，不如多列一些学校中所接触的人物，因为张盼儿的故事主要发生在学校。

(3)“谐音梗”过多。人物表中有不少人物的名字用上了谐音梗，比如“慕旭容”谐音“慕虚荣”，“石查楠”谐音“是渣男”，“艾娴白”谐音“爱显摆”等，这样标签化的取名手法会让人物的性格略显单调。当然，寓意不等于谐音，比如“张盼儿”的名字是张家盼望有个儿子，“张家望”是张家的希望等。

以上问题，按理说是应该重新整理大纲的。但是，为了展现一个不那么完美的大纲会如何影响剧本写作，我们就直接把由原大纲和梗概演绎成的文本作为案例，看看初学者可能在剧本全文阶段会遇到的问题。

第二节　学生习作逐场分析

1. 中午 寝室楼 外

新生开学第一天，学校里到处拉着欢迎横幅，穿着志愿者服装的高年级同学和新生高兴地攀谈着，手里拎着大包小包的行李。石查楠是经济学院大三的学生，也是迎新的志愿者，刚给一个女生帮忙搬完行李的他在下楼的时候迎面撞上了正吃力搬着箱子的盼儿。

张盼儿：(气喘吁吁)实在不好意思！

石查楠：(笑)没事，没事，要不我来帮你吧！(盼儿看了看他身上的志愿者服装，点点头，答应了)我是大三经济学的石查楠，学妹你呢?

张盼儿：学长你好，我叫张盼儿！

石查楠：学妹，你是自己来的吗?

盼儿：(若有所思，低下头)是啊，自己来的。

【评析】

这一场是杂糅的。也就是说，不该是一场的内容非要安排在一场里。下面我们逐项分析这场戏存在的问题，并给出修改建议。

1. 开场应该独立出来一场以空镜头为主的戏

这个空镜头最好是意象化的符号，给整片的氛围定下基调。比如电影《致青春》开场镜头是阳光从树叶的空隙下穿过，传达出青春和阳光的气息。同时，这又是一个移动的镜头，转场到新生走在大学报到的林荫道上的场景，我们才得知前一个移动的镜头来自新生的视角。当然，《青春歧路》未必模仿《致青春》的开场手法。但是一样可以利用空镜头去展现热闹激情的校园。这些空镜头可以是校门、林荫道、运动场的拼接，也可以是长途公交车行驶中，乡野风情、城市街道、大学校园的画面，并间杂车内女主及其向窗外张望的伏笔叙事镜头。总之，现在这个第一场戏，韵味不够。如果展现女主张盼儿在公交车中的镜头，可以用多种方式为后面的故事埋下伏笔，比如看到外面繁华的街道，看着自己较为土气的衣服，因为自己的原生家庭感到自卑；看到别的新生都由家长送来，而自己却是一个人前来，于是有了对于爱的渴望；等等。有时环境的描写也能作为心境的展现，就如同电影《暴雪将至》(2017)的最后一场(最后一场和开场往往都是环境描写的位置)，大雪终于落下，象征了主人公苍凉落寞的心境和一直以来努力追凶的终结。

2. 重新调整下叙事的视角

“石查楠是经济学院大三的学生，也是迎新的志愿者，刚给一个女生帮忙搬完行李的他在下楼的时候迎面撞上了正吃力搬着箱子的盼儿。”这一句是男女主如何相见的情节，但是使用了小说的手法，是从叙事视角出发的，而不是从人物视角出发的，需要进行拆解。一方面是张盼儿的视角：拖着行李，走到宿舍楼，结果发现前面是一条高高的陡峭的楼梯，虽然张盼儿希望能有人帮助自己，但是一直以来，她都是家里不被重视的那个人，所有的事情都要自己干，所以哪怕楼梯再陡峭，她也得自己上，可是在张盼儿的内心深处，还是希望有个人能在这个时候来帮助她的。另一方面是石查楠的视角：他在宿舍楼的楼上，看到楼下一脸坚强的张盼儿，根本没有听见身边舍友说话，眼里都是扛着行李的张盼儿。双重视角之后，就是两线合一。张盼儿艰难地扛着行李爬着楼梯，忽然一不小心，肩头的行李箱向下歪倒，却正好被一双手扶住，张盼儿回头一看，正是石查楠。正是在如此无助的时候，张盼儿遇到了绅士一般的石查楠，这才芳心萌动了。

3. 台词过于着急

不管是张盼儿，还是石查楠，都是通过自报家门的方式把人物名字给出来，有些唐突。在这场中，我们可以通过侧面的方式去展现人物信息，比如，张盼儿坐在公交车上，她的脑海中回想离家前和家人的对话(对话采用画外音的形式，不必出现家人的形象)，家人称其为“盼儿”；或者拿出录取通知书时，上面有“张盼儿”的名字；或者在报到点，负责报到接待的老师说：“欢迎你，张盼儿同学。”而石查楠在宿舍里往下看张盼儿的时候，充耳不闻舍友对他说的话，舍友喊出他的名字也能起到相似的作用。这些方式都比两人直接报出名字要更自然些。

2. 早晨 盼儿家 内

林翠红：(方言)快去洗漱，谁叫你起那么晚，你儿子快迟到了！

林翠红在厨房里火急火燎地做着早饭，并朝着张森说。

盼儿弟弟不耐烦地把书包摔在沙发上，慵懒地低着头。

张盼儿：(在客厅里来回穿梭着，着急地寻找着什么东西)妈，你看见我文件夹了吗？里面有今天报到要用的通知书！

盼儿连着喊了好几声，但没人回应。盼儿无奈地跑到厨房门口。

林翠红：(还没等盼儿进去，抢先说出口)喊什么，我又没聋，自己的东西不收好，我怎么知道在哪？

说罢，林翠红继续忙活着手里的事情，盼儿只得急匆匆地跑出去，路过沙发看到弟弟敞开的书包里露出一个黑色的角，便折返回去一口气把弟弟的书包翻了个底朝天，掏出文件夹便冲进了房间，大力地把门关上。

张森：(从洗手间走出来暗暗说)大早上的发什么疯!

张盼儿快速收拾好东西开门走出来。

林翠红：(一只手拿着碗，抬头)今天你爸爸要去送弟弟上学，来不及去送你，你自己走吧!

其他两人头也没抬自顾自吃饭，这时张家望抽了抽鼻子。

林翠红：(立刻从桌子另一边抽了张纸递到嘴边)天气有点转凉了，今天得穿个薄外套了。

张盼儿看着眼前温馨的三口之家默默地关上了门。

【评析】

不建议设置这场戏。微电影中每一场戏都很重要，不必要的情节不需要展现，而是作为隐含背景而出现。因为张盼儿的故事的核心是“女大学生裸贷”，所以主要的情节发生在校园和社会就好，至于家庭关系的紧张和复杂，不需要用专门的一场戏来交代，可以采用家中打来的电话，甚至是张盼儿行走时脑海中出现的画外音来表现。

虽然不建议有这场戏，但是既然写了，还是要评析一下的。这场戏存在几个问题。

第一，人物形象不合理。在现今的中国家庭下，特别是城市家庭，父亲就算再不喜欢女儿，也需要做出一点的样子来。父母不送女儿去大学报到基本是不可能的，剧本并没有给出一个让人信服的理由，仅仅概念性地介绍“重男轻女”并不足够。著名韩剧《请回答，1988》(1995)在塑造德善父母偏心的形象时就很合理：家里煤气泄漏，父母背着宝拉和余晖逃出来的时候，差点儿把德善给忘记了。但即便这样，也有父亲和德善的交心，说自己是第一次做爸爸，肯定有很多不好的地方，在一定程度上获得了德善的谅解。

第二，情节不合理。这一场塑造了重男轻女的家庭环境和顽劣出格的弟弟，父母只对儿子张家望关心，却对女儿张盼儿冷漠，而张家望竟然顽劣到偷偷拿走张盼儿的录取通知书。虽然后面在第10场有解释，说他想让姐姐在家多陪陪自己，但是这个弟弟毕竟10岁了，应该知道偷拿录取通知书没有任何的意义。更加重要的是，在戏剧逻辑上，这段够不上情节，没有任何的推进作用，没有造成家庭矛盾的激化和爆发，反而伤害了张盼儿的形象：这种极为重要的文件，在报到前肯定早就收好且多次确认，怎么可能报到当天收拾？所以，就算张家望要拿张盼儿的东西，也不应该设计成录取通知书，他可能把姐姐准备路上吃的东西给拿走了，导致赶时间上车的张盼儿没法再买，所以饿着肚子坐了一路的车；或者他没打招呼就拿了姐姐的手机打游戏，结果一早出去踢球忘了还回去，导致张盼儿只能拿着一个过时的老年机去报到，所以当在宿舍里大家说要加微信的时候，别人看到她这个老年机笑了起来，让她尴尬又自卑。

第三，人物身份不鲜明。在这场戏里，父母并没有展现自己的职业特点。可以这样设计：父亲开了一夜的出租刚回来，一脸的疲惫；母亲一边做饭一边背着决定裁员名单的“商业常识”考试内容，张家望一边给她提示，一边帮她背诵，这样的其乐融融，却被一通提前宣布母亲被裁员的电话给打破；弟弟今天这么乖，其实是昨天他把同学打了，老师请家长，他不敢说，结果父亲在下夜班上楼的时候被邻居(孩子是张家望的同学)告知。家里每个人的生活都一地鸡毛，张盼儿并不愿留在这个家里。也就是说，并不需要“重男轻女”这样的歧视情节，父母送不送，对于想要远离家庭的张盼儿来说，并不重要。

3. 中午 学校 外

石查楠在搬东西的时候，不停地向盼儿介绍校园的环境和建设，盼儿只是一直听着，偶尔微笑点头。搬完东西，盼儿的衣服隐隐透着汗印，正好到了饭点儿，架不住石查楠的盛情邀请，便和石查楠一起来到了食堂。

石查楠：(激动地说着)咱们学校的羽毛球队可是很出名的，你要不要来试试？

张盼儿：(盼儿高中体育还不错，顺口答应)好啊！什么时候报名？

石查楠：太好了，这周六学校体育馆！哈哈！到时候来报名的时候，记得报你石哥的大名。

张盼儿微笑点头。

石查楠：不用客气，咱们校队里有好多漂亮小妹妹！哈哈！肯定也有很多帅哥。

张盼儿害羞地低下了头。

【评析】

第一，这场戏有典型的转场问题。我们看第三场一开始：“石查楠在搬东西的时候，不停地向盼儿介绍着校园的环境和建设，盼儿只是一直听着，偶尔微笑点头。”可是，石查楠是怎么介绍的？介绍了什么内容？也就是说，编剧要写出演员讲的台词。要注意，剧本不是小说。编剧在创作时，要及时将小说思维转换为编剧思维。如果编剧辩称，这一段我们使用音乐的形式垫场，这样就不必出现台词了。可是，在第二场结束、第三场开始，没有任何的理由添加音乐，所以需要在第二场结尾设置一个可以添加音乐的气口。短视频气口是指在短视频剪辑中，连接上下两场合适的转场镜头。气口设置得合理，转场就实现得丝滑顺畅。比如第二场的结尾，家中的吵闹让张盼儿无法忍受，她望向了窗外，那里有阳光透过树叶在墙上留下斑驳的光影。这个意境很有诗意，适合添加音乐。紧接着转场到第三场校园里的光影，再出现张盼儿和石查楠。所以，第三场的开头存在两个问题：该有台词，编剧没有写出；该用音乐转场，可前面没有气口。

第二，这场戏安排得并不合理：搬东西在宿舍楼，介绍在校园，吃饭在食堂，这三个场景都不在一起，不能放在一场戏里。

第三，羽毛球比赛的引入很不自然。可以这样设计：他们经过了羽毛球馆，张盼儿看到羽毛球比赛打得热火朝天，不由得想起自己小时候也学过羽毛球，当时弟弟还没有出生，而父母对自己远比现在关心，陷入沉思(用闪回的形式)。而石查楠理解错了，以为张盼儿特别喜欢打羽毛球，于是便开始介绍羽毛球队。这样的错位理解，能让戏的内容更加丰富。

第四，在这一场戏中，两人初次见面，可石查楠动不动就说“石哥”“漂亮小妹妹”“帅哥”，“渣男”本质暴露无遗，可这个所谓的“渣男”过于肤浅，不具有剧情冲击力。家暴题材的电视剧《不要和陌生人说话》(2001)里冯远征所扮演的家暴男在一开始的时候体贴宽厚，根本看不出任何暴戾，后来本性的暴露才让人震惊。

4. 下午 寝室 内

当盼儿从食堂回来的时候，原本空荡的宿舍变了样，不到十平方的宿舍里人挤着人，张盼儿低下头挤出笑容勉强从人堆里挤了过去。

乔蔼仁：(从人堆里探出头，小声嘀咕)就这阵仗，不知道还以为哪国公主来了呢！

慕旭容满脸笑容地冲盼儿打了个招呼，盼儿微笑回应。过了一个多小时，浩浩荡荡的人群才退去，临走前为首的长辈还不忘回头叮嘱：你们记得多帮助帮助小艾。说完带着人恋恋不舍地走了。

艾娴白：(白裙小皮鞋)你们好，我叫艾娴白，你们的新舍友。(说完浅浅地扫了她们几眼便回过头坐在自己的位置上忙起来，没给她们反应的时间)

慕旭容：还没来得及介绍，我叫慕旭容。

张盼儿：张盼儿。

慕旭容：(似笑非笑)你就是那个本省第一考进来的吧！久仰久仰。

艾娴白回头淡淡看了盼儿一眼，发出浅浅的“哼”声。

乔蔼仁：你们好，我叫乔蔼仁，你们也可以叫我大乔，多多指教。

慕旭容：(寒暄完，绕到艾娴白身边)你这只包是新款吧！我还是第一次见到真的。(艾娴白抬头看了她一眼)

慕旭容：不是……新的。哎，对了，这次的迎新舞会，大家打算穿什么？据说我们经济学院的往届优秀校友也来参加呢！还定了一个西餐厅，里面的服务员都是外国人。

艾娴白：平时怎么穿就怎么穿呗！

慕旭容：(不再自讨没趣，回到自己座位摆弄行李，声音很大)哎，你们看，我穿这件怎么样，这可是驴家的春夏新款。

艾娴白：这是哪年新款，我怎么没见过(看慕旭容)？

慕旭容：(低头自顾自收拾，露出自己箱子里的奢侈品包包)就是今年啊！

艾娴白冷笑，都是些过时款，没意思(心想)。

乔蔼仁：(打断缓解)我觉得挺好的，但真的需要那么隆重吗？

慕旭容：当然啊，到时候可是有很多精英人士，不能丢了面子！

张盼儿：(心想)西餐，舞会，我还真不了解，可别出岔子。(打开手机浏览器开始搜索西餐礼仪，虽然这不是她第一次吃西餐，但以前哪有什么讲究？她特意百度了一些专业名词，想着绝对不能在这种大场合丢人)

乔蔼仁：那我们舞会就一起吧！也好互相照应。

【评析】

这场戏的开场讲的是一大堆亲友送艾娴白报到，但内容不明确，使人难以理解。可以这样设计：张盼儿还没有回到宿舍，就听到嘈杂的声音，打开门，看到一个自来熟的阿姨问她是不是这个宿舍的，在得到肯定回答之后，直接送上一份伴手礼，说自己是艾娴白的长辈，请以后多多照顾艾娴白，然后一个劲儿打听张盼儿的家庭情况，让张盼儿有些招架不住。另外，乔蔼仁也不能直接在宿舍里抱怨艾娴白的“公主病”。

在第三段中，“过了一个多小时”怎么体现？我们以前说过时间的问题，在不变换场景的情况下无法表现时间的流逝，所以需要切出去一个场景，哪怕是空镜，然后用钟表或者台词来提示已经过了一个多小时。其实，更加合适的是，不要去展现这一个多小时，而是张盼儿来的时候，这些亲友已经要走了，艾娴白出门送自己的亲友，而留在宿舍的乔蔼仁向张盼儿抱怨这些亲友待了一个多小时、阵仗大。另外，“临走前为首的长辈还不忘回头叮嘱：你们记得多帮助帮助小艾”，编剧并没有给出这个长辈的具体信息：哪个长辈、什么关系、是男是女、多大年纪？这些不写明，让导演如何去找演员、定角色？

艾娴白亲友走后宿舍里的对话过于“宫斗”：着急报名号、说话夹枪带棒。慕旭荣让别人看她穿的“驴家的春夏新款的事情，也不适合在刚见面的时候讨论，最好是另起一场：她正在试衣服，然后顺理成章地聊起迎新舞会的穿着。

张盼儿的这段词问题很大：

张盼儿：(心想)西餐，舞会，我还真不了解，可别出了岔子。(打开手机浏览器开始搜索西餐礼仪，虽然这不是她第一次吃西餐，但以前哪有什么讲究？她特意百度了一些专业名词，想着绝对不能在这种大场合丢人)

首先，“心想”，如何心想？用画外音吗？那不如在括号里加上V.O.或者O.S.来得好。在剧本中慎用画外音，不要总想把固定信息灌输给观众，这样就失去了文学的蕴藉和多义性。

其次，“打开手机搜索”的戏场面并不好看，屏幕套嵌屏幕。可以这样设计：张盼儿去蹭学校里的“礼仪文化”课程，老师按照学生的人数发刀叉教具，到了张盼儿这里教具就没有了，老师问：“同学，你没选这门课吧？”然后张盼儿走在街头，看向橱窗里的服装，想象自己去迎新晚会穿着的样子，这些都比手机搜索的场面更有戏。

最后，“虽然这不是她第一次吃西餐，但以前哪有什么讲究”，应该是直接把大纲里的话挪用了，因为这一句话是以叙事思维来写的，而不是画面思维，依靠画面体现不出来。

5. 下午 寝室 内

乔蔼仁从洗手间洗漱完出来，靠近洗手间位置的慕旭容正疯狂往脸上铺着散粉。

乔蔼仁：这是什么毒气阵？

慕旭容：你们都不收拾打扮一下嘛，这可是迎新舞会，我们不得漂漂亮亮地去参加！

乔蔼仁：行，那我也简单收拾一下。

慕旭容起身开始打转。

艾娴白：不就是一个迎新舞会，有必要吗？

慕旭容：张盼儿，你也收拾一下吧！

张盼儿：(戴着耳机，正在复习一些专业用语，用中式英语小声嘀咕)A la carte please.

慕旭容：(抬手拍了拍)张盼儿？

张盼儿：(慌忙摘下耳机)怎么了？要走了？

慕旭容：你不收拾一下？

张盼儿：不用了吧！我还是学一下简单的口语吧！

艾娴白：(对张盼儿)不用，哪有那么多讲究！

慕旭容：(笑着看盼儿桌子上只有一瓶简单的维E乳和很多书)盼儿，你不会上大学了，还没有化妆品吧？

乔蔼仁：(回头)没事你用我的。

盼儿更不好意思了，转身去了洗手间。

乔蔼仁：(看着慕旭容)无语。

慕旭容绕到艾娴白身后，看着她满桌子琳琅满目的化妆品和首饰，眼里羡慕都要溢出来了。

慕旭容：(伸手拿了一支限量版口红)借我用用呗，你不介意吧？

艾娴白：随便。

慕旭容(得寸进尺，随手又拿起一条带钻的项链)：这个项链好漂亮，借我带吧，配我那套裙子肯定好看。

艾娴白：好啊！都是上半年的旧款了。

慕旭容：(显摆什么，不就有几个钱)谢谢宝贝，你真是人美心善。

艾娴白：(假笑应和)没事，没事。

张盼儿从洗手间洗漱出来，在乔蔼仁的帮助下画了一个不怎么精致的妆，在临出门的时候，慕旭容发现她居然和艾娴白选了同一款包(假的)，她下意识捂住，恰好被身后的乔蔼仁看到。

乔蔼仁：(关切)慕旭容，你怎么了，不舒服？

艾娴白回头，瞥到包，心想：皮质都不一样，这么假也敢往外背？(嘴上却说，眼底嘲笑)：没事吧！宝贝，多穿一点，别着了凉(打量她的吊带短裙)。

慕旭容：(尴尬挤出苦笑，心想：多嘴)没事，没事，我去个洗手间就好。

慕旭容快速扔下包跑进洗手间，收拾好心情后重新满面笑容地走出来，从包里拿出手机。

慕旭容：走吧，宝贝们，背包太麻烦了，反正也没什么东西需要带着(对着艾娴白说)到时候需要补妆的话就靠你咯(说完挽上他的胳膊)：

艾娴白笑了笑，好像在说，我就静静地看着你表演。

【评析】

这场戏不应该存在，为什么呢？其一，这场戏的主题是舍友在妆造上的爱慕虚荣影响到了张盼儿，而下一场的迎新晚会同样体现这个主题，可以直接连接到迎新晚会那一场，没必要再加一场戏。这场戏没有提供新的有用信息，反而拖缓了剧情的节奏，让观众难以确认本片的主题。其二，上一场景是宿舍，下一场景是宿舍，两场之间并没有足够的边界，场次间隔不清晰。而且影视的场景讲究多样化，要表现舍友在妆造上的爱慕虚荣影响到了张盼儿有多种形式，不必又蜗居在这样一个狭小空间。完全可以这样设计：乔蔼仁拉着张盼儿到了学校剧院的演出厅，在戏剧社的化妆间化妆。化妆完，张盼儿无意中走上舞台，产生了一种异样的感觉，仿佛人们都在关注她，然后出门看到另两位舍友，她们不屑地看着她拿着的仿品包。这种反差之下，张盼儿心态失衡。至于张盼儿背单词的桥段，有些刻意，没有必要这样设计。

6. 傍晚 迎新舞会 内

主持人宣布舞会开始，本次舞会有自助式餐食，大家可以尽情享用。艾娴白拿着一杯香槟找了个远离人群的空位坐了下来，快速拿完餐食的乔蔼仁也走到了艾娴白的桌前坐下，慕旭容像个社交花蝴蝶一样和别人攀谈着，回头却看到好多人围着艾娴白，艾娴白的头高高仰着，时不时露出微笑，坐在中间好像公主一样，慕旭容看到这一幕气不打一处来。

慕旭容：(将手里的饮料一饮而尽)她在高贵什么？

慕旭容看了一眼站在自助餐桌前手足无措的赵盼儿，便走了过去，从桌子上拿了一杯红酒递了过去。

张盼儿：我不会喝酒。

慕旭容：(环顾四周)你看，来参加舞会哪有不喝酒的？没事，度数很低。

张盼儿环顾四周，的确每个人手里都有酒杯，她将酒杯接过抿了一小口。

慕旭容：(看笑话)红酒可不是这样喝的，大口一点。

第一次在正式场合喝红酒过于紧张再加上喝得太急，张盼儿没喝两口胃里就翻江倒海，她朝慕旭容摆了摆手便去找厕所，慕旭容看着她的背影摇头发笑，偌大的餐厅里找不到厕所的她像个无头苍蝇一样，之后，好不容易找到一个服务员。

张盼儿：(支支吾吾)Excuse me, where's the toilet?

外国服务生：(通过她的行为判断她可能在找洗手间)不好意思，您是在找洗手间吗？洗手间在入口处左转。

张盼儿尴尬地“嗯”了一声就跑开了。

从洗手间出来的张盼儿老远就看见乔蔼仁冲她挥手。

乔蔼仁：盼儿来呀，我们在这儿！

众人齐齐回头看她，她晕晕乎乎的，还有点站不稳，白裤子上还有刚才清洗呕吐物留下的水渍，她低下头走到桌子前，桌前的艾娴白正在跟海归学长用流利的英文对谈。张盼儿想起自己刚才的遭遇，尴尬地低下了头。

乔蔼仁：盼儿，你的脸怎么那么红啊？

张盼儿：没事！

乔蔼仁：要不要我陪你回去吧？

张盼儿：(有点自卑)我真的没事！

这时石查楠走了过来，看见了张盼儿，热切地跟她打着招呼。

石查楠：学妹，你也在呢！周六别忘了来面试。

说完，石查楠就和几个男生一起走出门去。

【评析】

这场戏的本质是什么？本质是彻底击碎张盼儿内心的骄傲，甚至是自尊，把她最脆弱的一面展现出来。恰在此时，石查楠出现了，他成为张盼儿的救赎。这一场要把张盼儿伤到最深，才能把她和石查楠的关系合理化。但是，原作者写的这场戏并没有表现出张盼儿举世为敌、孤独痛苦的感觉，也就是说，氛围并没有烘托到位。按照原作者的设计，我们分析一下这一场戏中张盼儿遭遇的困境：

(1) 不懂西餐礼仪，聚会时格格不入。

(2) 不懂喝红酒的礼仪，被慕旭荣嘲弄。

(3) 酒量不好，喝多了想吐，却找不到厕所；向外国服务员问路，外语又不好。

(4) 呕吐之后，失仪、失态。

(5) 裤子上有呕吐残留物。

(6) 艾娴白流利的外语让她自卑。

这些困境看上去很多，但都是线性的，缺乏有冲击力的剧情。也就是说，在那一瞬间，她站到了所有人的对立面，成为别人指点的对象，甚至别人对她的宽容也被她当成怜悯，更加伤害她的心。这会让她觉得，不仅家是一个牢笼，外面的世界也难以融入。

这个极致情境的塑造是人物内心转变的关键，也是这部微电影的戏眼。所谓戏眼，未必是最后的高潮，但一定是决定情节发展的关键。甚至有些时候，真正打动人的情节是山重水复疑无路之时，而不是柳暗花明那一刻。

除了这个根本性的问题，还有一些地方需要调整：

(1) 主持人宣布舞会开始，怎么宣布？台词呢？若将“本次舞会有自助式餐食，大家可以尽情享用”改成台词，那这句话有什么剧情意义？没有，在画面中呈现自助餐的场景同样可以让观众理解。

(2) 剧情中没有任何地方和舞会有关。没有角色跳舞，也没有被邀请跳舞。

(3) 整场戏里场景和时间切换多次，不管是喝酒、去洗手间，还是回来，都是在不同时空发生的，并非一场戏，而且人物台词也不能起到一个推进情节的作用。

(4) 石查楠在这里的出场并没有起到“脚踏七彩祥云”前来相助张盼儿的作用，反而显得不痛不痒，无关紧要。

7. 早上 学校体育馆 内

像这种活动，作为文体积极分子的慕旭容是万万不会缺席的，自然，她也必须带着艾娴白，只有这样她才能够顺便蹭一下艾娴白的衣服和首饰。

张盼儿：同学你好，请问这里是校羽毛球队选拔吗?

同学：是这里，同学请登记一下信息。

张盼儿写下自己的名字。

同学：你就是石查楠说的学妹吧！快进去吧！

张盼儿：(不好意思)好的，谢谢！

慕旭容：(打招呼)盼儿，你也来了。

艾娴白已经上场，慕旭容指了指她。

慕旭容：盼儿你看，她那双鞋要四千多呢，限量版，再看这个(说着从口袋里拿出一只口红)也是限量版，五百多，全新的不要了，太羡慕了(拉长声音)!

张盼儿：(不知道该怎么回答，毕竟家里从不给她生活费，她一个月兼职也不过1200左右)。

慕旭容：你不羡慕吗?

画外音：张盼儿……可以上场了。

张盼儿：我先走了。

张盼儿快速跑走，和张盼儿对打的正是石查楠。

石查楠：(鼓励)学妹别紧张，加油，没问题的！

张盼儿：(笑着点头)嗯。

选拔进行得很顺利，三人都成功选进了校队，慕旭容和艾娴白选拔结束后便离开了，张盼儿买了瓶饮料在场边等着，想要对石查楠表示感谢。

张盼儿：谢谢学长，麻烦你了！

石查楠：(笑)这有什么，都是小事！

石查楠的朋友们在后面纷纷起哄。

石查楠：(脸红了，低头微笑)那个学妹，明天周末，你能赏脸跟我出去看场电影吗？

张盼儿先是一脸懵然后，回过神后，看到石查楠红着脸。

张盼儿：(害羞)嗯。

张盼儿在一众人起哄中跑开了。第二天，张盼儿独自去赴约，两个人相谈甚欢，后面经常相约一起打羽毛球，在一次高低年级友谊联赛中，在懵懂的情况下和石查楠确定了恋爱关系。

【评析】

第一，戏要写在高潮处，不要进行无意义的过场。上一场，在张盼儿极度尴尬与困境时，石查楠伸出援手俘获了她的心，而在这一场直接展现两人的幸福就可以，不必从头写。张盼儿先来登记，被认出是石查楠的学妹，众人场外寒暄，石查楠迟迟没有出现，这一情节就很拖沓。这场戏开头就应该是两人对打，平日里一直“显摆”的艾娴白和一直“嫉妒”的慕旭容目瞪口呆，然后几个蒙太奇，展现张盼儿和石查楠在各个场景中的幸福生活就足够了。

第二，人物需要鲜明，但是也得合理，就像慕旭容说完艾娴白的鞋子价值四千多，自己拿出一个口红，说是限量版，问张盼儿羡慕吗？这样的台词会让观众觉得慕旭容实在有些不可理喻，不像是正经大学生。

第三，剧本里的剧情要可以演出来。而这场戏的一些剧情是没法演出来的。比如开场：

像这种活动，作为文体积极分子的慕旭容是万万不会缺席的，自然，她也必须带着艾娴白，只有这样她才能够顺便蹭一下艾娴白的衣服和首饰。

再比如中间这一段：

选拔进行得很顺利，三人都成功选进了校队，慕旭容和艾娴白选拔结束后便离开了，张盼儿买了瓶饮料在场边等着，想要对石查楠表示感谢。

要给出成功入选的表现形式，可以由宣布主办方宣布，可以挂上一张入选海报，再不济将入选名册发送到手机上，但不能只说一个结果，不规定表现的形式。慕旭容和艾娴白怎么离场？不告个别？没有台词？张盼儿什么时候买的饮料，怎么买的？

还有最后的这一段：

第二天，张盼儿独自去赴约，两个人相谈甚欢，后面经常相约一起打羽毛球，在一次高低年级友谊联赛中，在懵懂的情况下和石查楠确定了恋爱关系。

这一段写的不是本场应该展开的剧情。这是一段独立的戏，甚至说完全可以代替现有的这场戏，或者用蒙太奇的手法去表现。整段都是小说化的描述，是大纲式的书写，而不是符合微电影场次的剧本。

上述三段明显不符合剧本创作规范，之所以在引入教材时候没有删，就是想提醒读者：在初学剧本创作的时候，非常容易掉进小说化的叙事逻辑。当大纲完成之后，创作者只想通过“添”的形式演绎，终成剧本，但是一定不能忘记“删”，有很多在大纲中合适的表述，并不合适出现在剧本中，就比如“毕竟家里从不给她生活费，她(张盼儿)一个月兼职也不过1200左右”，如何让演员去表现？

8. 中午 饭馆 内

在张盼儿和石查楠确定关系后，耐不住艾娴白和乔蔼仁的软磨硬泡，终于和石查楠约好大家一起吃顿饭，石查楠早已先行在餐馆等候。今天的张盼儿也没过多打扮，T恤、长裤配上刷得泛黄的小白鞋。相比于她，慕旭容更像是今天的主角，紧身短上衣加牛仔短裤，外面一个小外套，因为中午外面太热，她把外套脱了搭在胳膊上。

石查楠：盼儿，你们来了！

张盼儿：嗯嗯，这是我的舍友慕旭容、乔蔼仁。

慕旭容：(还没等盼儿介绍完，笑着伸出手)你好，我是慕旭容。

石查楠扫视，最后视线留在她的腰和腿上。

乔蔼仁：(不易察觉)哼，渣男。

张盼儿：(惊讶、吃醋)别在这站着了，快进去吧！外面太热了。

石查楠：(猛地回过神来)哦哦，好。

乔蔼仁坐在了张盼儿旁边，慕旭容坐在了石查楠的旁边，石查楠不时用眼神瞟慕旭容的腿。

张盼儿：(有点生气)旭容，你穿下外套吧，这开着空调别冻感冒了。

慕旭容：(笑)没事啊，我还挺热的。

张盼儿：楠哥，我也觉得挺热的，把空调温度再调低点。

石查楠赶紧收回目光，乖乖地去调低温度，不一会儿慕旭容就冻得直打喷嚏，她穿上了外套。吃完饭，石查楠送三个女生回宿舍，一路上慕旭容和石查楠把盼儿夹在中间，两人说个不停，最后盼儿被晾在一旁，好像她才是局外人。好不容易走到宿舍楼下，盼儿赶紧让石查楠回去。石查楠恋恋不舍地回头看慕旭容。

【评析】

这场戏开头和结尾也存在叙事视角的问题。这个问题在别的场次已经探讨过，此处不再赘述，这里重点讲讲转折的写作。

转折的戏是公认难写的。这一场有两个转折：其一，石查楠形象的转折，“渣男”本性暴露无遗；其二，张盼儿和石查楠的关系由和谐转向冲突。本场戏是这样设计这两个转折的：石查楠对慕旭容见色起意，张盼儿争风吃醋。但这并不能让人信服。在前面的场次中，石查楠已经和张盼儿的宿舍有过接触，怎么可能现在才对她的一个舍友产生兴趣呢？就算以前没有见过，石查楠这样的表现恐怕也显得段位太低了。更为关键的是，这个情节里的转折作用并不明显。

我们需要设计一个更加合理的桥段，让石查楠伪装不下去，也搪塞不下去。例如引入一个新的角色，身份、地位，甚至妆容比张盼儿要好，石查楠和这个女孩子的搂抱被张盼儿看到了。在张盼儿的追问下，石查楠爆发了，说张盼儿你又不好看，前阵子让你打扮下你还不愿意，再说人家的父母如何如何，一连串的话让张盼儿无法接话，甚至以为是自己的原因才会让石查楠喜欢上别人，于是张盼儿陷入了“斯德哥尔摩综合征”的情结中。

9. 晚上 寝室 内

趁着慕旭容去洗澡的时间，乔蔼仁回头向盼儿发泄着不满。

乔蔼仁：(义愤填膺)这男的一看就是个渣男，赶紧分了算了。

张盼儿：(正在气头上)别说了，这是我的事情。

乔蔼仁：好心当成驴肝肺！

洗完澡，心情很好的慕旭容哼着歌就出来了。

慕旭容：这是怎么了，气压低得要缺氧了。盼儿，你这男朋友真是有趣，下次再喊着一起出来玩哈！

乔蔼仁：(小声)狐狸精。

张盼儿生气地跑到阳台上，关上门打电话。

张盼儿：(生气，有点失控)你今天为什么一直盯着我舍友看？

石查楠：(还想狡辩)我哪有！

张盼儿：你还说没有，从吃饭的时候你就一直看，我又不是瞎子。

石查楠：没有，我就是觉得她身上的那一身衣服很好看，如果你穿那身衣服肯定也好看。你看你打球的时候穿的那一身短裙(校队运动服)多好看，女孩子哪有不喜欢打扮的，你可以和小慕多学习一下。

张盼儿：可是……

石查楠：(还没等盼儿开口说完)哎呀，别不开心了，我怎么可能会喜欢别人……

在接受了石查楠的一番洗脑后，张盼儿认为自己太不注意穿着打扮了，不够精致。挂掉电话后，她面无表情地回到宿舍。

乔谒仁：(仔细观察)怎么样，分手了？

慕旭容：(敷着面膜说不清楚)你怎么这样，小石学长多好的人啊！这么盼着人家分手，你不是喜欢学长吧？

张盼儿抬头看着贴着面膜抹身体乳的慕旭容，抿了抿嘴。

乔谒仁：(翻白眼)切，这样的好男人还是留给你们吧！

张盼儿径直走进洗手间，打开微信编辑信息，但一直没发出去，过了一会就走出洗手间。

一连几个星期，张盼儿满脑子都是石查楠对自己说的话以及慕旭容和自己的对比，就连自己最喜欢的课程都听不进去。思虑再三，她还是将短信发了出去。

张盼儿：旭容，我想问问，你平时都怎么打扮自己？

慕旭容看到这条消息时在课上笑出了声，大家纷纷回头侧目，但她不以为意。

慕旭容：这有什么可讲的，不就是买买漂亮衣服、首饰和化妆品吗？

张盼儿脑海里浮现出艾娴白那些昂贵的化妆品和衣服的价格。

张盼儿：可是……那些东西太贵了，我实在是没钱。我家还有个弟弟……

还没等消息发出，慕旭容就回了消息。

慕旭容：我知道你在担心什么，不就是没有钱吗(表情包)。别担心我有办法。

张盼儿又惊又喜。

张盼儿：什么办法？

慕旭容：等今天中午的，我再告诉你。

张盼儿：(期待的眼神)好！

【评析】

原作者设计这场戏的目的就是引出石查楠对她“土气”的吐槽，迫使张盼儿“裸贷”，只是这个引出过程比较复杂，用两场戏来铺垫。正如之前的分析一样，可以直接用石查楠的“脚踩两条船”引出石查楠对她“土气”的吐槽。这样拖沓情节有两个坏处：其一，拖节奏，把不是重点的情节重点去写，会让观众找不到重点。因此，一篇本应该控制在四千字的剧本，被写成了八千字。其二，无高潮，石查楠一个电话就把一场纠纷化解了，并无激烈的情感冲突。张盼儿应该在这里和石查楠有严重的冲突才能推动剧情达到高潮，相比看一下女生的腿，和女生搂搂抱抱更能落实石查楠的“渣”。所以，需要快速激化矛盾，使张盼儿进入行为的转折。

本场戏中间是打电话的戏，是静态的，两人没有目光的接触和情感的变化，不好看。就算写石查楠向张盼儿解释，可以是两人面对面的，然后转场到宿舍。需要注意一点，写打电话的戏，记得在台词处加上 (V.O.)。

至于下面这一段明显就不是一场戏的情节，应该改成蒙太奇的形式来表达：

一连几个星期，张盼儿满脑子都是石查楠对自己说的话以及慕旭容和自己的对比，就连自己最喜欢的课程都听不进去。思虑再三，她还是将短信发了出去。

但运用蒙太奇时，编剧需要多设计几个过场，而且剪辑的速度不能过快，这应该是张盼儿的心理势能不断累加的过程，促使她最终把短信发出去，向慕旭容求教。

10. 中午 寝室 内

按照约定好的时间，下课后张盼儿没去食堂就直接回了宿舍，慕旭容早早在宿舍里等着，在张盼儿进来后，她迅速向外瞥了一眼，确定没人后，切入正题。

慕旭容：盼儿，锁一下门过来说。

张盼儿照做后走了过来。

慕旭容：(认真地看着张盼儿说)我有一个做贷款的朋友，他可以帮你解决钱的问题，你放心他们绝对都是正规的，利息很低。

张盼儿：但我不了解这个，不太好吧！

慕旭容：(一脸苦笑)放心吧！你看这是他们的网站(边说边翻，页面“美丽校园贷”)，你看好多女生都在借，没关系的。

张盼儿还是一脸踌躇，脑海里想着电视剧里被人追债的场景。慕旭容只好拿出自己的贷款合同给她看。

慕旭容：你看，别担心了，我也在这个网站贷款呀！不然你以为我那些东西都怎么买的？放心吧，你看我还不是好好的？

张盼儿的担忧渐渐消退，慕旭容再次抬头向门口看去，确定没人继续说。

慕旭容：不过，可能你要先拍一张证明。很简单的，就是一张照片，只需要你脱掉衣服手持身份证就行。

张盼儿：(犹豫)脱衣服？可是这真的没事吗？万一我还不上钱，他们会不会暴力催债啊？还有你这个不穿衣服，不就是裸贷吗？

慕旭容：(有点开始不耐烦)这个不一样，放心，他们是正规的，照片绝对不会外传，就相当于一个签名，证明你有贷款资格而已。再说了，裸贷是全脱光。他们这个这就像银行的签字画押，但是他们发的钱要比银行更快……哎呀，我都试过了，你还怕什么，这不还有我陪着你嘛！

张盼儿还是不说话，只是盯着手机上的网站页面，慕旭容看得出她有些心动了，于是接着鼓动张盼儿。

慕旭容：你不是想要变得更好看吗？这就是机会，你得好好把握。再说了，很多人想弄，还没有这个资格呢！

张盼儿怔了一下，想到了那天和学长通话说的，盼儿也想打扮得更漂亮，有更好地提升自己的资本，变得像慕旭容和艾娴白一样自信，于是一冲动就点头答应了，接下来慕旭容细致地教给她怎样贷款。

慕旭容：好了，饿死我了，我先出去吃饭了，你在我这自己操作吧！这有自拍架，有什么不懂的随时微信问我。

说完转身关门出去，张盼儿还在浏览网站页面，这时一个电话打进来，是林翠红，这是张盼儿上学两个多月家里的第一通电话，张盼儿接通电话。

林翠红：最近学习怎么样?

张盼儿：挺好的。

林翠红：那就行，你弟弟的学习就交给你了。好好学，起码要把你弟弟教得比你好……

还没等林翠红说完，张盼儿迅速挂断电话，把窗帘拉了起来，她开始脱衣服，正在她脱衣服的时候，听见钥匙转动门锁的声音，乔蔼仁推门而入。

乔蔼仁：(疑惑)大中午拉窗帘锁门干嘛?

张盼儿：(迅速套衣服，支支吾吾)我换衣服。

乔蔼仁：(抬头看)你换衣服为什么在慕旭容位置上，为什么要架自拍杆?

乔蔼仁在回座位的时候无意间瞥见了张盼儿手机上的文字“美丽校园贷”。瞬间明白过来，乔蔼仁马上拉着刚穿好衣服的张盼儿跑到操场上。

张盼儿：你怎么了?

乔蔼仁：我还想问你怎么了，你是不是干了什么不该干的事?

张盼儿(一头雾水)：什么不该干的事?

乔蔼仁一时着急不知道该怎么跟她解释，便打开手机翻找着，找到后，马上拿给张盼儿看。新闻标题赫然一排大字——女大学生因“美丽贷”被逼跳楼身亡，警方查获犯罪窝点，发现数千名女大学生裸照。

乔蔼仁：你疯了？发生什么事了？你不看新闻吗?

张盼儿震惊得脑袋发麻，不知道该说什么，吓得一屁股坐在地上，乔蔼仁蹲下，慢慢安抚着她。张盼儿这才意识到，刚才的她差一点就掉进了犯罪分子精心布置的天罗地网里。平静一会后，她将事情的前因后果一五一十地讲给乔蔼仁听。

乔蔼仁：我早觉得他俩不是什么好人。你怎么这么傻呀！我听说石查楠跟慕旭容一起出去喝酒，说和你在一起不过就是为了展示自己的魅力。你差点被他们毁了，你知不知道?

张盼儿不停地抹着眼泪，乔蔼仁也意识到自己的情绪太过激动，不停地安抚着盼儿。

乔蔼仁：不哭了，为这样的人不值得。肯定会有人真心喜欢你，比如你的家人。

盼儿一听这话，哭得更厉害了，不停地向乔蔼仁吐着苦水。这时，电话响了，是林翠红，盼儿刚想伸手挂断，却被乔蔼仁阻止了。盼儿接起电话，电话里传来一个声音，却不是林翠红。

张家望：姐姐，对不起……我不是故意把你的书本藏起来的，只是爸爸妈妈说，那里面有一张纸(录取通知书)，可以让你很久都不用回家……但是，我不想让你不回家……姐姐……

林翠红的声音传来：家望，吃饭啦！你在干什么……家望(林翠的声音越来越近)是你啊，你还知道打电话，长大了有能耐了，翅膀硬了，敢挂老娘电话了……

没等林翠红说完，乔蔼仁就按了挂断键，两个人抬头相视一笑。张盼儿仔细回想自己离家那天，张家望在饭桌上红红的眼睛和吸鼻子的动作。张盼儿如释重负，笑了。

乔蔼仁：不行，我们还是要报警，让警察来处理这件事。

张盼儿点了点头，乔蔼仁说完就用张盼儿的电话拨通了110。

乔蔼仁：喂，您好，我们要报警，我们遇到了校园高利贷，并且身边已经有人贷款了“美丽贷”，我们现在掌握了确凿的证据，我们要举报。

110：好的，告诉我们位置和姓名，我们立刻出警。

【评析】

这场戏的首要问题是情节过多。这场戏有三个情节：第一个情节讲述慕旭容如何诱骗张盼儿去拍裸照贷款。第二个情节讲述张盼儿准备拍裸照，却被赶回来的乔蔼仁撞破。第三个情节讲述张盼儿在乔蔼仁的点醒下，认识到了慕旭容的险恶用心。此时，家中来电，弟弟和父母与她化解前面的嫌隙。上述三个情节要写出三场戏，而三个情节之间还有转折和衔接，需要加戏，否则时间线很难铺排。

除此之外，我们还要讲明以下问题：

(1) 慕旭容劝说张盼儿裸贷的原因。她想毁掉这个女孩？她骗人去裸贷有自己的利益诉求？她是为了分成或者拿回自己的裸照？原剧本给出的慕旭容和石查楠勾结是站不住脚的，不是说两人不能勾结，而是说他们勾结的原因要合理。

(2) 在慕旭容劝说后，张盼儿下定决心的心理过程。张盼儿的母亲表现得不够强势，没有让张盼儿绝望。可以这样设计：母亲视张盼儿为帮助弟弟的工具，张盼儿回想自己这么多年来，一直都是被忽视、被排挤、被误解，她跑出宿舍，大雨倾盆而下，感叹命运的不公，哪怕饮鸩止渴，她也要对自己“好”一点，决定裸贷。

(3) 张盼儿脑海中所想象的被人追债的场景可以写成一场戏，但是不要放在这里，而是放在下面的情节：当乔蔼仁给她看了裸贷的危害之后，她脑海中再想象自己被人追债，自己的裸照被到处散布，众叛亲离，自己登上楼顶想要跳楼的场景。

(4) “慕旭容细致地教张盼儿怎样贷款”，这个过程很长，最好利用一个意象来切换，如镜头给到宿舍之外的树上，一只虫子撞到了树上蜘蛛网上。

(5)张家望打来的电话过于刻意。在第二场中他偷走了姐姐的录取通知书，是一个非常负面的形象，在故事的最后，又解释他偷通知书的原因是不想让姐姐离开。这样的反转并不合理，如果是幼儿园的孩子还好，可是10岁的小孩子已经能理解孰轻孰重，不会做这样无聊的事情。就算这段情节在逻辑上成立，对于剧情来说也没有什么推动性，只是一味在解释，第二场解释张盼儿家里关系紧张，缺乏亲情，这一场解释其实只是家人不善表达，并非冷漠无情，可观众想看解释的剧情吗？需要解释吗？大电影尚且容得下首尾呼应的细节，而容量有限的微电影却没有这样的空间。微电影尽可能不要设置太多的闲笔，否则就会扯成一团乱麻，找不到主线。

(6) 台词处理一定要干净，如：

乔蔼仁：喂，您好，我们要报警，我们遇到了校园高利贷，并且身边已经有人贷款了“美丽贷”，我们现在掌握了确凿的证据，我们要举报。

110：好的，告诉我们位置和姓名，我们立刻出警。

这一段台词太多了，没有必要，甚至可以简化为以下情节：

乔蔼仁拨打110电话，接通。

110：你好，110。

看到乔蔼仁望着自己鼓励的眼神，张盼儿坚定地点了点头。

这样说明了事件，表达了情绪，不需要太多的台词，观众还理解了，何乐而不为？

11. 中午 警察局 内

民警：我们已经通知了你们学校，现在你们另一个同学已经在来的路上了，你们不用害怕，你们在这里很安全，等一下我的同事会带你们分别录一个口供，别担心！你们只需要把你们知道的信息告诉我们就好。

张盼儿和乔蔼仁点了点头，随后就被带进了不同的接待室。

民警：姓名。

张盼儿：张盼儿。

……

民警：你的家里人知道你贷款吗？

张盼儿：(低下头，不断揉搓衣角)不知道。

民警：你父母给你的生活费不够吗？你为什么还要去贷款？

张盼儿：我没有生活费，我每个月都是打零工赚钱。我有个弟弟，我们家没有多余的钱给我。

……

警察在了解完基本情况后，张盼儿还是不想让家人知道，警察也选择尊重她的决定。

张盼儿从接待室走了出来，但乔蔼仁已经坐在门口的长椅上等待一会了。警察告诉她们，问讯已经结束，她们可以回学校了。就在她们起身往门口走时，慕旭容在民警的带领下走进了警察局。慕旭容很明显已经没有了往日的精致，而是给人一种灰头土脸的感觉。

在乔蔼仁和张盼儿的联名举报下，"美丽校园贷"团伙被一网打尽，慕旭容也因为怂恿别人贷款被警察带走，随后搬出了宿舍。张盼儿下定决心和渣男一刀两断。在乔蔼仁的陪伴下，张盼儿的生活也慢慢回到了正轨，她也不再逃避自己的原生家庭，尝试好好和家人相处，放弃追求外在的完美，不断努力尝试和改变，找寻自己生命的意义。

【评析】

这场戏中，除了张盼儿走出警察局接待室，见到了等待自己的乔蔼仁和被捕的慕旭容，其余可以删去。可以这样设计：走出警察局，张盼儿看到辽阔的蓝天，于是豁然开朗。然后接到了张家望的电话，张家望和她分享自己看到了一朵美丽的白云，问她看到了吗？两人亲切交谈，达成和解。但和解的桥段不要太多，太多就会给观众造成一种生硬的感觉。

结尾要不要交代一下石查楠呢？有三种处理方法：其一，石查楠和慕旭容一起被捕。但是这样一来，整个微电影的调性就改变了，石查楠成为罪犯，一开始尚且温情的戏份就要全部改掉。其二，石查楠走出警局后，张盼儿与石查楠见面，如《热辣滚烫》里的女主和有过一段恋情的拳击教练在比赛后的重逢，几句话间，展现人格的独立。其三，石查楠走出警局后，两人擦肩而过，但是此时的张盼儿已经变得自信，就像电影《默杀》(2024)结尾哑女和四个霸凌并害死智障闺蜜的女生擦肩而过，但心中早就有了复仇的计划一样。

微电影的结尾需要豹尾，分享太多的信息并没有意义。这部作品写的是大学女生因为原生家庭和男朋友的蛊惑险些堕入裸贷的陷阱并走出的故事。如果需要展现一些很明确的警示内容，可以在片尾用以黑屏白字的形式写出国家、社会、校园共同打击裸贷的真实情况和成绩。

一个健康的人没有必要去医院，一部完美的剧本更多是鉴赏而不是诊断。期望学生一开始就写出名篇佳作并不现实。虽然李同学的这篇微电影剧本也许存在很多问题，但勇于拿出来作为诊断的案例，而我们通过庖丁解牛般的分析，对微电影的剧本创作有了更透彻的了解，为以后的创作打下基础。当下，越来越多的人喜欢并且尝试短视频、微电影创作，也许他们最后也不可能达不到戏剧学院戏剧文学系学生的最低水平。可是，难道这样就放弃对他们的引导，任由他们野蛮拍片吗？教育和学术一样，乃天下之公器。每个人都有受教育的权利，需要有针对初学者的最基础的修改实操案例。

然后，慢慢来。

思考题

1. 选择一部你喜欢的微电影作品，进行剧本分析。
2. 请身边同学拿出他们的微电影作品，互相进行剧本分析。

后记　功夫在戏外

汝果欲学诗，功夫在诗外。

——【宋】陆游《示子遹》

在武侠小说《倚天屠龙记》中，张无忌在武当山上跟张三丰学过太极拳后，张三丰要他把刚刚学过的招式忘记，因为恪守招式反而不能运转如意。孔子在《论语》中也说年过七十，可以“随心所欲不逾矩”，而著名画家齐白石亦有“学我者生，似我者死”的论断。这些都在告诉我们，不仅是艺术创作，人生的各个方面都需要规范，但是不能永远囿于规范的限制，必须打破常规，走向自己的艺术自由世界。

我们这本书所讲的微电影剧本创作，从谈判立项、田野采风、确定主题、设计人物、写作大纲、创作剧本、修改打磨的全栈流程来组织结构。一个初学者可以体验从思维到文本、从创意到成篇、从模糊到清晰、从无法到规范的全过程。

但是这远远不足，一篇看上去像模像样的剧本，也可能是没有灵魂的。世上诗人千千万，李白只有一个；剧作家如过江之鲫，可只有莎士比亚才是莎士比亚。

能写微电影剧本并不等于写出好的微电影剧本。

那么，我们在阅读这本书，掌握了微电影剧本写作的基本规范之后，如何进一步把剧本写好呢？我给出一些小建议。

其一，站在较高的站位去感受和理解人生。

生活永远是灵感的来源，坐在书斋里冥思苦想，闭门造车，是无法深入生活的肌理。诗歌可以靠灵性，小说和戏剧却不行。多去感受人生，甚至面对弯路时也不要灰心丧气，人生哪里有弯路？一切多走的路都不会白费。但是也要注意，深入生活，不能困在自己身边的小天地里出不来，也切莫在涕泪横流中失去自己，既要俯身在草根的最深处，也要能看到时间长河的洪流走向。也就是说，悲悯之心不可无，理性之心不可少。多阅读关于哲学、文学、影视理论的学术著作，从前人的智慧中获取营养。因为“会当凌绝顶”，才能“一览众山小”。

其二，要有充分的阅片量进行学习和鉴赏。

“他山之石，可以攻玉”，一个微电影的创作者需要关注同行在关心什么？他们有哪些新作？宏观上，可以是影片所展现的主题；微观上，可以是一个画面、一句台词的表现。有时候，光用眼睛看，会忽略很多的细节，所以要使用“拉片”的方法，对每一个镜头进行拆解，理解导演的拍摄与剪辑思路，以及编剧在剧本创作中的理念，把自己带入当时的那个场景，去想象如果是自己会怎么做。不要着急去批判，而是想象他们在当时场景中为何选择这样的处理方式，自己的方案真的更好吗？甚至于说要多考虑艺术之外的问题，这样才会对微电影创作有更深的理解。

其三，积极汲取戏剧影视等艺术的营养。

微电影虽然有自己的逻辑、评价和审美，但并不是封闭而保守的，其脱胎于戏剧影视，又需要汲取其营养。在本书的各个章节中，大量使用了戏剧影视的案例，就是要告诉读者，我们必须建立跨多种艺术的桥梁和意识。有那么多的艺术大师建立的丰碑在眼前，我们不去学习的话，只会把自己的作品越做越小。

其四，做一个纯粹的艺术家，但不能只做艺术家。

做艺术，需要有初心，不能总是以一个“活”(指项目)的观念去做微电影，如果那样就成了按时点卯、天天撞钟的和尚。在创作的时候，需要把心灵带入人物，随其苦而哭，因其欢而乐。对于编剧来说，这是一种幸福，是可以体验多种人生的幸福。但是反过来，创作者也应该具备一定的商业头脑，会进行商业谈判，会根据现实情况调整方案，该变则变。

其五，不要惧怕修改，但是要有自己的止损底线。

好的作品是改出来的，纵然有天成之作，但是绝对的不刊之论毕竟少，大多数其实还是“苦吟”的结果，创作的每一个环节都伴随着修改、打磨、提升。一个微电影剧本的编剧如果只从自己艺术观的角度出发，很容易忽视导演的呈现难度、演员的表演可能、制片的制作成本、投资方的项目需要。微电影并不是飘在半空中的纯粹艺术品，修改并不一定是艺术上有缺陷，而是要照顾到多方的需求，大家在一个可以接受的平衡点上达成妥协。但是，编剧需要有一定的止损意识，在事不可为的情况下，要及时评估项目的性价比以及自己能够承受的范围。

其六，积极参加电影节，与同行进行交流。

微电影的编剧应该熟知各种可以参加的电影节、艺术基金以及艺术共同体。不能把推广宣传的工作完全扔给导演和制片人。甚至说，很多时候一个编剧的作品是碰不到导演的，也吸引不来制片人，编剧手中只有文本，那就需要通过艺术基金的征稿、文联系统的交流，与制作团队和投资方进行连接和沟通。艺术家可以有自己的傲骨，但是不能有傲气。

以上所谈，基本都是在剧本之外的事情，却又是写好剧本，以及让项目有着更大影响的必要条件。这本书可以说是笔者创作经验的总结，也是站在实操的角度反照学习的体现。当下社会，拍摄的设备越来越平民化，剪辑的工具越来越便捷化，就像人人可以做自媒体一样，似乎人人都能创作微电影。但是微电影毕竟和短视频是有区别的，剥去上面我们所说的一切商务、落地、谈判等枝节，微电影的本质毕竟还是艺术，如同会码字不等于会创作文学，短视频的博主同样也不是微电影的编剧和导演。在本书里，笔者说了非常多的专业之外的事情，但是到书的最后，还是要回归艺术的内核，而这才是吸引我们去做微电影的本质所在。

思考题

1. 你认为该如何夯实编剧创作微电影剧本的底蕴和基础？
2. 在微电影和短视频创作越来越平民化的时代，你如何追求自己作品的艺术性？

附　　录

一、微电影《相濡以沫》剧本

余大爷——男，80岁，早餐摊主

余大妈——女，78岁，早餐摊主，余大爷的妻子

小泉爸——男，40岁，职员

小泉妈——女，40岁，房产中介员工

小　泉——男，14岁，中学生

小　虹——女，14岁，中学生

另有班主任、店主、保安、工人、学生若干

1. 夜 内 余家

黑暗中，闹钟刚响了一声，就被余大爷按住了，他轻手轻脚地披上衣服起床，却发现余大妈已经醒了。

余大爷：你再睡会儿。

余大妈：几点了？

余大爷：还早，才四点，我先去把面发上，辣椒剁了，一会儿好出摊。

余大妈：我帮你。

余大爷：不用！

余大妈：大夫说你这病得多歇着，别逞能了。

余大爷：你就信那些大夫叨叨叨！

余大爷走，余大妈叹气，重新躺下，裹了裹被子。

桌子的玻璃板下面压着两人结婚照，余大爷穿着军装，英俊帅气。

桌子上摆着众多药瓶，散着一张诊断书上写着“左心房血管堵塞80%，建议支架”。

2. 夜 内 余家厨房

灯下，余大爷披着衣服剁辣椒，旁边的收音机放着戏曲。

余大妈把水倒面盆里和面。

余大爷：不睡了？

余大妈：睡不着。

余大爷：嗯。

余大妈：要不咱把房子给……

余大爷：不卖！

余大妈：可大夫说得手术啊！

余大爷：你烦不烦啊！卖了住哪儿？睡大街？！要睡你去睡，我不乐意！

余大妈放下手中面盆，坐在一旁抹眼泪。

余大爷知道自己说得有些过分，又拉不下面子，只好对着辣椒发狠，把菜板剁得咣咣响。

戏曲结束，收音机里传出“欢迎收听早间新闻，今天是情人节，人们会以各种方式表达对爱人的感谢和深情”的报道。

空镜，华灯熄灭。

3. 日 内 泉家

收音机继续播放：“晚上八点将举行‘相拥一生’活动，在美心湖、长安广场等处燃放烟花，爱人在那一刻拥抱，感谢彼此的陪伴，市电视台将派出摄制组，进行现场直播。”

同时，小泉妈炒菜，把菜放在不同的盘子里，蒙上保鲜膜，在上面放上“午餐”“晚餐”字样的小卡片，然后把盘子放在冰箱里，在冰箱门上的小黑板写上：

To泉家：

一起努力，要幸福呦！

小泉妈来到客厅，小泉爸扶着沙发背练习走路，指了下另一个门，小泉妈会意。

小泉妈：(掐腰，狮子吼)起床啦！

卧室里传来咣咣的声音。门打开，摔在地上的小泉推开门。

小泉：(抬起头)妈！吓死了！

4. 日 内 小泉家

小泉刷牙。

小泉妈扶着小泉爸走了一圈，回到轮椅上。

小泉妈：(收拾桌子)小泉！妈妈走了，桌上有面包，你弄好了吃点儿。

小泉：(从洗手间探头出来)我不吃面包，我到余大爷那边吃去！

小泉妈：你这孩子，整天想着到外面吃。

小泉：余大爷做得比你好吃！

小泉爸：你就随他吧！再说了，你初中的时候不也一样见天儿在余大爷那儿吃？

小泉妈：好好好，你们有理，我晚上加班，不回来吃饭，中午和晚上的菜烧好了，放微波炉里热一下就行。先走了！

小泉爸：谢老婆大人！送老婆大人！

小泉妈出门。

小泉爸：小泉！东西你买好了？

小泉捧出一束玫瑰花来：我昨儿好不容易偷偷带进来，没让我妈看见！

小泉爸：儿子，你行啊！

小泉：爸，你行吗？

小泉爸：你看。(撑着轮椅起来，走得虽然慢，但还算稳当)你说我要是能自己走到你妈的办公室里，把花送给她，她会不会感动哭了？

小泉一副无语的表情：当众卖狗粮犯法啊！

小泉爸：切！你快上学吧！

小泉走。

小泉爸抚摸着玫瑰花。

闪回：汽车相撞。

以小泉爸模糊的视角出现医生抬着他抢救的画面。

朦胧中醒来，看到小泉妈带着泪花的脸。

医院，小泉妈推着轮椅上的小泉爸。

小泉妈给小泉爸按摩，帮助小泉爸试着站起来，小泉爸扶着墙走路。

小泉爸抚摸着玫瑰花，面露笑容。

闪回结束。

5．日 外 附小门口

学校附近早餐摊儿，余大爷煮着面条，余大妈则给孩子们备着豆浆、油饼。

小泉：大爷！没辣酱啦！

余大爷：就你能吃辣！小心嗓子！

小泉：大爷，我就在您这边吃辣，谁叫您做的辣酱好吃呢！

余大爷：这话我爱听！

小泉：大爷，今儿情人节，你准备送大妈什么礼物啊？

余大爷：情人节？七老八十了过什么情人节！

余大妈：(幽幽地说着)你大爷能送啥礼物？这么多年，狗尾巴草都没带回来一个！

小泉笑，低声：大爷，您真是钢铁直男啊！

小虹跑过来。

小虹：大妈！给我来一份！

余大妈伸手给他一份打包好的油饼豆浆：都给你备好了，怎么来这么晚啊？

小虹：(挠挠头)睡过了！

小泉：快走啦！王主任就要到门口查迟到啦！

小虹赶忙交上一块钱，孩子们跑进校门去了。

余大妈：慢点！

两人：知道啦！

余大爷：(收拾孩子的碗)走喽，咱们也回家！

余大妈眉头一皱，捂了下胸口。

余大爷：怎么了？

余大妈：不用你管！(缓了下语气)没事儿。

6. 日 外 街头

工人们在安放晚上要点燃的烟花。横幅上写着“相拥一生活动烟花燃放点”。

电视台记者在采访。

工程师：我们保证顺利完成今晚的燃放活动。

余大爷和余大妈推着车子回家，路过一个鲜花店，门口写着“七夕玫瑰大酬宾”，余大爷往里面看了一眼。

余大妈：看啥？

余大爷：没看！

7. 日 内 余家

余大爷和余大妈开院门，把车子推了进去。

两人各怀心事，收拾东西。

余大爷：我出去走走。

余大妈打开半截抽屉，里面是房产证。

余大妈：哦，一会儿我也出去。

8. 日 外 街头

余大爷来到花店门口，见里面都是年轻人，没敢进去。

9. 日 外 操场

小泉在和同学们打篮球。

余大爷来到墙外，隔着栏杆。

余大爷：小泉！

小泉：(跑过来)余大爷，有事儿？

余大爷：大爷，想请你帮忙！

10. 日 内 课堂

班主任拿着语文书在课桌间行走。

班主任："相濡以沫"这个典故出自《庄子·大宗师》，说的是干旱来临，两条困在干涸水坑里的鱼互相用口水来湿润对方，延续彼此的生命，现在用来指代夫妻一生恩爱，不离不弃。

趁着班主任转身，小泉把纸条扔给小虹，纸条上写着"下课楼梯口见"。

11. 日 外 楼梯口

小泉：你带了多少钱?

小虹：(斜了他一眼)干嘛？校园霸凌啊!

小泉：你瞎掰什么啊！刚才余大爷找我帮忙，说从来没给余大妈买过东西。今天情人节，他早上又惹余大妈生气了，想买束花哄她开心。

小虹：余大爷这人就是犟，不会说软话。买花就买花呗，找你干嘛？你家又不是卖花的。

小泉：是这么回事，大爷抹不开面子进花店，托我来买，给了三十块钱，这能买几朵玫瑰啊！我就想自己添点儿钱，给他买一百多的大花束，让余大妈也高兴高兴。

小虹：那你有钱吗?

小泉：有，就是不够，所以找你了。

小虹：他俩在咱们学校门口摆了几十年的摊，从来没涨价，咱们得念他们的好。我这儿有七十，全给你了。

小泉：女侠，仗义!

小虹：现在就一个问题了，余大爷不知道咱们中午封校，你怎么出去?

12. 日 外 墙边

小泉和小虹仰望着一面土墙，这上面没有围防盗网。

小虹：你能出得去吗!

小泉：就看我中国版蜘蛛侠的本事吧!

小泉后退几步，踩着墙边一堆货物跳了上去，借力一个翻身，过了墙。

小虹：可以啊！快去快回!

13. 日 内 鲜花店

小泉：阿姨，我买束花!

店员：你自己挑一下。

小泉看着一圈捆扎好的玫瑰花束，一指最大的那束!

小泉：我要那个!

14. 日 外 墙边

小泉在墙边吹了个口哨，对面也传来一声咳嗽。小泉把花束递了过去。

小虹：拿到啦！你怎么回来？

小泉：我有办法！

15. 日 外 校门口

校门口保卫室里面保安低头看手机。

小泉偷偷接近校门口，咳嗽一声，然后反向冲着外面跑去。

保安：(一抬头)回来！

小泉：(低头回来)哦。

保安：中午封校不能出门！知不知道！

小泉：(低声)知道。

保安：赶紧回去！

小泉低头走了进去。

小虹：(突然跳出来)牛啊！

小泉：(吓了一跳)你怎么在这儿？

小虹：等你不是？

小泉：花呢？

小虹：拿回去藏好了。

小泉：晚上他俩出摊的时候，就给余大爷，让他送余大妈，咱们拍照！

小虹：对了！你别说漏了，就说这是三十块买的，听说余大爷查出了病，余大妈身体也不好，整天吃药，日子过得挺紧巴，他要知道我们花多了，肯定要给我们钱。

小泉：明白！

16. 日 内 房屋中介所

余大妈进来。

余大妈：姑娘，我想咨询个事儿。

小泉妈：余大妈，您怎么来了。

余大妈：你……认识我？

小泉妈：中学的时候，我天天在您摊上吃早点，您有什么事儿？

余大妈：(放下一本房产证)我想卖房子。

17. 日 内 余家

出摊的车已经备好，余大爷看了下墙上的挂钟，时间已经不早，等不到余大妈回来，只好一个人推着车子出摊。

18. 日 内 房屋中介所

余大妈：就这样，我想卖房子，给我老头子动手术。

小泉妈：好的，那我们帮您看着，有消息跟您说。

余大妈：那我先回去了。(看了下墙上的钟表)五点了！耽误出摊了，我得赶紧回去。

小泉妈：您慢走。

19. 日 内 小泉家

小泉爸从轮椅上，站了起来，在朋友的搀扶下，拿着玫瑰花下楼。

20. 日 外 校门口

余大爷把摊子支撑好，有些气喘。

21. 日 内 房屋中介所

小泉妈：晚饭吃什么？

同事：外卖吧？

小泉妈：算了，我还是去余大爷那边吃吧！好多年没去了，怪想的。

22. 日 外 街道

余大妈走在街上，有些快，她觉得喘，捂着胸口，眼前一黑，倒在了地上。

房产证掉在了地上。

23. 日 内 房屋中介所

小泉爸捧着玫瑰花，兴奋地进来，却发现一圈人里面没有小泉妈。

24. 日 外 校门口

一个路人跑来跟余大爷说了什么，余大爷手哆嗦着赶紧跑去。

小泉妈扔下吃了半碗的面也跟着跑了出去。

25. 日 外 校门口

小泉他们捧着花，眼前却是空无一人的摊子。

小泉看到保安。

小泉：叔叔，余大爷呢？

保安：听说余大妈出事儿了，在那边。

26. 日 外 街道

孩子们奔跑，小虹的眼中还有泪。

小泉摔倒，手中的花飞了出去，一辆辆车撵过。

27. 日 外 街道

一群人围着，余大爷跪坐在一边，眼巴巴望着余大妈。

小泉妈在给余大妈做心肺复苏，满眼泪水。

小泉妈：大妈！醒醒啊！大妈！

余大爷嘴巴动了几下，却说不出话来。

孩子们跑了过来，不敢上前。

医生抬着担架进来，检查了下，摇了摇头。

医生：节哀吧！等殡仪馆的车过来。

小泉妈一下子哭了出来。

余大爷什么也没有说，上前把余大妈抱在怀里，就那么坐在地上。

余大爷：你怎么就先走了呢！该我先走的呀！你不等等我啊！

众人黯然。

28. 夜 外 街道

下雪了。

人们默默上前，围在余大爷和余大妈的身边，为他们阻挡风雪。

有人拿来了泡沫盒纸板，让余大爷垫在身下。

孩子们也上来。小泉爸拿着玫瑰过来，没有说什么，站在家人的身边。

殡仪馆车来了。

工人们把余大妈抬上车。

小泉妈把余大爷扶起来，余大爷脸冻得有些僵，颤巍巍地给众人鞠了一个躬。

余大爷：谢谢。

小泉：大爷，路上花掉了，被车碾了，就一枝还带着全乎的瓣儿，给您带来了。

小虹低着头送上一枝玫瑰。

小泉打开书包，里面全是散落的玫瑰花瓣儿。

余大爷：一支也好。

余大爷拿过来放在余大妈的身边。

余大爷：老伴儿，对不住了，这辈子就送你这一枝花，你还看不见。

小泉爸：余大爷，这是我要送小泉妈妈的花，您送给大妈吧！这么多年，谢谢你们。

旁边的情侣们，都从自己的花束中拿出一枝玫瑰，一边说着："大爷，我也是附中毕业的，吃过您的早点，谢谢”，一边放在余大爷的手中，很快担架上的余大妈就像盖上了一面玫瑰花的被子。

工人：老爷子，上车吧！

车缓缓开动，周围的人们向车行注目礼。

旁边大厦上的大屏幕直播着电视节目。

节目画外音：八点即将到来，让我们一起倒计时，相拥一生。

所有人看着屏幕，喊着倒计时。

时间到，在这个城市的各个地方，相爱的人们拥抱在一起，有青年情侣，有中年夫妻，也有相濡以沫的老人。

小泉爸：老婆，谢谢你！

小泉妈眼中噙满泪水，把头靠在小泉爸的胸前。

小泉爸把小泉妈和小泉搂在一起，紧紧的。

烟花升腾，照亮城市的夜空。

车中，余大爷头倚在玻璃上，老泪纵横。

这个城市虽有飞雪，但依然温暖。

字幕：“相濡以沫”典故出自《庄子·大宗师》。

旁白：“泉涸，鱼相与处于陆，相呴以湿，相濡以沫，不如相忘于江湖。”中国人的情感炽烈而深厚，坚贞而从容，几千年来，温暖着我们的世道人心，从未改变过。

二、微电影举隅——百步芳草·与‘理’同行

(一) 崇文重教：《筑文脉》

扫码观看《筑文脉》

角色

胡 瑗——男，四十岁，宋代学者，范仲淹所建苏州郡学的首位教习。

阿 狸——女，十八岁，山塘狸猫精。

金丽娜——女，三十岁，党课讲课人。

1. 日 外 文庙庭院

胡瑗负手，看着四株银杏。

阿狸一路小跑来，举着一封信：先生来信啦！

胡瑗接过信，看到信上写着“平安”二字，就收了起来。

阿狸：先生，您不看看信上写了什么？

胡瑗：不看。

阿狸：诗圣杜甫说过“家书抵万金”，您怎么能舍得不看呢？

2. 日 外 文庙碑林长廊

胡瑗：我们胡家祖上曾出过三公九卿，却不幸中落，贫寒无以自给。我读书还不错，7岁善属文，13岁通五经，被左右乡邻视为奇才。

阿狸：学霸耶！

胡瑗：可这有什么用呢？我三十岁开始参加科举，然而前后七次都没有考中。

阿狸：那也太惨了吧！

胡瑗：我曾一度以为自己只要用功就一定可以成功。所以在泰山栖真观求学的时候，整整十年未曾归家，我和家人有过约定，如果无事，那就在信上写下“平安”二字，便不再拆开投到山涧之中，以免分心。可是，我后来才明白……

阿狸：明白什么呀？

胡瑗：那时的我，太孤单了。如果早年能有好学校可以不拘一格引人才，如果早年能有一群师友相互磨砺、互相扶助，如果早年能有名师指导少走弯路。可惜，没有如果，我也已经四十岁了。

阿狸：(小心翼翼)四十岁，也不老呀！

胡瑗：(失笑)你不用安慰我。我并没有沮丧，而是找到了未来的路。

阿狸：什么呀？

雷声效果，雨丝特效。

胡瑗撑开一把伞：因为曾经淋过雨，就要帮助别人撑把伞！

两人走入雨中。

3. 日 外 苏高中大门口的范仲淹像

胡瑗：北宋景祐元年，范仲淹购南园之地，前为文庙，后为郡学，要让“天下之士咸教育于此”。

阿狸：然后您就来这里教书了。

胡瑗：是的，他邀请我来做苏州郡学的首任教习。但是我却提出了一个苛刻的条件。

阿狸：啊？还苛刻？

4. 日 外 文庙后花园假山前

胡瑗：我制定了一套严格的校规。西汉之时，董仲舒三年不窥园；西晋之际，左太冲十年成一赋。读书，不收心不行。

阿狸：那学生们不得造反啊！

胡瑗：从古至今，读书都不是一件简单的事情。我们往往因为得到得太容易，而忘记了很多事情的可贵。

阿狸：那范仲淹怎么说？

胡瑗：他把儿子范纯佑送来拜我为师，并严格遵循校规校纪。这下子，原本心怀不满的学生们偃旗息鼓，静下心来学习，也就慢慢体会到学问的高妙之处了。

5. 日 外 文庙大成殿外

胡瑗回望着大成殿。

阿狸：(看书)史书上说，此后苏州郡学科举中的士子达数百人。您还主持太学，成为一代宗师，被宋神宗称为“真先生”，宋神宗，皇上哎！

胡瑗长叹一声：这重要吗？

阿狸：太学哎！太师哎！皇帝御封的真先生哎！

胡瑗：(悠悠)可是，我只是想为孩子们撑上一把伞啊！

6. 日 外 苏高中校园

校园，学生们或运动，或读书，或交谈，走过。

教室里，金丽娜给孩子们讲苏州独立支部的红色故事。

胡瑗：“竹声满道院，山光入书楼。”我的心愿很大很大，也很小很小。所谓的天下大道，最终落在孩子们的笑容、世间的安康、琅琅的书声上。看到眼前的一切，我很知足。如果文正公能看到的话，他应该也和我一样吧！

镜头转向范仲淹像的面部特写。

(二) 家国情怀：《何为贵》

扫码观看《何为贵》

角色：

阿 狸——女，十八岁，山塘狸猫精。

金丽娜——女，三十岁，党课讲课人。

1. 日 外 平江路上

阿狸看着手中的平江旅游图册。

阿狸：状元博物馆、昆曲博物馆、评弹博物馆，哇！拙政园和狮子林离着这么近！

金老师：当然了！平江路周边有很多的历史古迹、文化景观，正所谓“百步之内，必有芳草”。

阿狸：(指着地图)这里，这里，还有这里，都种草了！

金老师：那你准备先去哪儿拔草啊？

阿狸：(掐腰)阿狸要好好学习，中状元！所以，先去出了状元郎的潘家！

金老师：走你！

2. 日 外 平江青石桥

阿狸跑到桥上，左右看看，思索。

阿狸：金老师，潘家是往哪边走呀？

金老师：你是去贵潘，还是富潘啊？

阿狸：啊？这还有区别啊？

金老师：当然啦！

随着金老师的视角，在桥上远望，看到平江路的全景(有条件的，可以使用航拍镜头)。

金老师：“苏州两个潘，占城一大半”，所谓贵潘，指的是以读书科举为志的潘家，求的是经世致用；所谓富潘，则是以商业经营为业的潘家，求的是经济天下，造福一方。这两家，一入仕，一从商，一在青石桥东，一在青石桥西。

阿狸：哦，那咱们就去贵潘吧！

3. 日 外 平江路岸边

金老师：(边走边说)贵潘一脉何为贵？在清代，共出1名状元，8名进士，16名举人。可谓是赫赫有名的科举家族。

阿狸：(阿狸边说边数指头)那不就是超级学霸吗？

金老师：不过，潘家可不只是做题家而已！正所谓“功夫在诗外”，贵潘一脉真正传承的精神要在科举之外去寻找。

4. 日 外 潘太史府邸门口

巷子里，阿狸蹦蹦跳跳往前走。

金老师：清代初年，潘氏一族，始从安徽歙县定居苏州，百余年来，亦儒亦商，但是科举蹉跎，直到乾隆时期，才开始科举中的。

来到潘太史府第门口。

字幕：潘奕藻故居 蒋庙前1-6号

金老师：贵潘一脉，第一位考中进士的是潘奕雋，第二位则是其弟潘奕藻，他的故居被苏州人称作“潘太史府第”。

5. 日 内 潘奕藻故居的厅堂

阿狸看“文元”“进士”牌匾，转身。

金老师：(指着文元匾)文元指的是举人中除了前六名之外的名次。(指着进士匾)这块匾则是高中进士的意思。

阿狸：那进士是官吗?

金老师：进士不是官，但却有了做官的资格。潘奕藻是乾隆四十九年的进士，进入刑部为官，那可是一个要害部门!

阿狸：我听说“三年清知府，十万雪花银”。他在刑部，岂不是要发财了?

金老师：发财?

阿狸：对啊!阿狸要是发财的话，就一天一块梅花糕，一顿一只大闸蟹!

金老师：你当人家和你一样，就知道吃啊!

阿狸撅嘴。

6. 日 外 潘奕藻故居假山亭子

金老师：虽说贵潘以“贵”为名，但祖先经营盐业，家资颇丰根本就不缺钱。可潘奕藻天性俭朴，牢记祖先百年科举的艰难，人们说他“弊衣羸马，安之若素”。在上海图书馆所收藏的他致兄长潘奕隽的书信中说“吾家本为寒门”。但是，一旦遇见旁人有难，他绝不会袖手旁观，而是“急人之急，千金弗惜”。

潘奕藻故居的整体航拍，拍到金老师谆谆教导阿狸。

7. 日 外 状元府大门

阿狸跑来和门头合影。

金老师看着门牌。

字幕：潘世恩故居 钮家巷3号

8. 日 内 状元府纱帽厅

“麟阁芸香”的匾额。

金老师：说起贵潘之中功名最高的，莫过于这座状元府的主人，乾隆五十八年状元潘世恩了!

阿狸正色，行礼：拜见状元公!

金老师揪着阿狸：走啦!

阿狸一秒“破功”。

9. 日 内 状元府中展厅

金老师看“琼林人瑞”的匾额。

金老师：在清代历史上，“四朝元老”为数并不多，潘世恩为官五十余年，历事乾隆、嘉庆、道光、咸丰四朝，先后任体仁阁大学士、军机大臣、东阁大学士、武英殿大学士等职，被咸丰皇帝御赐“琼林人瑞”的匾额。

10. 日 外 状元府的花园

金老师坐于廊下。

金老师：就是这样一位深孚众望，位极人臣的元老。在鸦片战争之后，以八十高龄干了一件傻事！

阿狸：什么傻事？

金老师：他极力向咸丰皇帝举荐林则徐、姚莹等干才。

阿狸：林则徐我知道啊，那不是大大的人才吗？推荐人才有什么不好的？

11. 日 内 状元府展厅

潘世恩朝服与图像边。

金老师：林则徐当然是人才，可是咸丰的父亲道光皇帝曾经贬斥过他，作为儿子，心里难道就没有什么芥蒂？

阿狸：好像是啊！总要卖自己老爹一点儿面子的。

金老师：姚莹也是被当朝权贵所排挤，你当皇帝，难道就不用顾忌周围人的想法？

阿狸：也是啊！

金老师：明眼人都知道，别惹是非！可是他们却忘了，国事艰难，必须要有人仗义执言！既然万马齐喑，那就让我这位潘家八十老翁仗义执言吧！读书做官为贵，可为国为民，更可贵！

12. 日 外 探花府大门到大厅

字幕：潘祖荫故居 南石子街5-10号

镜头跟随金老师从大门走进大厅，观看两座大鼎。

阿狸仔细地看着大鼎。

金老师：说起潘祖荫，大家可能更加熟悉的是他所收藏的大盂鼎和大克鼎，潘家后人将两鼎捐赠给国家，现在是国家博物馆和上海博物馆的镇馆之宝。可是，贵潘的贵气不只是诗书，也不只是名爵，更是骨气！

13. 日 外 走马楼上走廊

上楼梯的过程中，两人边走边说。

金老师：潘祖荫是咸丰二年探花，相比祖父潘世恩晚年举荐林则徐和姚莹，他深受晚清国事颓败之痛，性格更为刚烈，曾连续三次举荐左宗棠，为西北边疆的安定做出重要贡献；敢于顶撞慈禧太后，救下被宫内太监诬陷将死的无辜护军；减免江苏赋税额度，记挂受灾百姓，是一位难得的国之大臣！

阿狸：我觉得他们把国家放在心上，却从未考虑过自己！

此时，金老师站在走廊的栏杆边，两人遥望层层叠叠的屋檐，顿时开阔。

金老师：从潘奕藻的俭朴自守、急公好义，到潘世恩的仗义执言、举荐贤才，再到潘祖荫的正直不阿、爱护百姓，体现了潘氏家族家国情怀、崇文重教、民胞物与的精神。这才是贵潘真正的“贵气”所在！

14. 日 外 平江青石桥

金老师：2023年7月，习近平总书记来到苏州平江路，说“到处都是古迹、名胜、文化，住在这里很有福气”。在平江路不仅仅有贵潘的品德、富潘的仁义，还有魏良辅的革新、平江图的传承、苏式生活、人间烟火，这正是“百步之内，必有芳草”。

(三) 民胞物与：《善为先》

扫码观看《善为先》

角色：

阿　狸——女，十八岁，山塘狸猫精。

金丽娜——女，三十岁，党课讲课人。

1. 日 内 苏州博物馆古戏台

阿狸看着古戏台两边展览的戏服，嘴里哼着锣鼓点儿：锵锵锵，得得得，锵得锵得锵锵得！

金丽娜：阿狸，你干嘛呢？

阿狸：我在学着唱戏呢！你看，戏台之上，出将入相，写尽了人世间的繁华。不过……

金丽娜：不过怎么了？

阿狸：不过好戏都在戏台上，下了戏台，什么也做不成了。

金丽娜：可有的人，不这么想。

阿狸：谁啊？

2. 日 外 普济堂遗址前

阿狸：(读)普济堂！这什么意思啊？

金丽娜：这是中国古代社会福利机构，始建于康熙四十九年。

阿狸：哦！可是，这和戏台有什么关系呢？

金丽娜：话说康熙年间，苏州有一位昆曲净角叫陈明智。他早年生活艰难，乞讨为生，一路尝尽了人生的艰辛。

阿狸：好可怜！

金丽娜：康熙二十三年南巡首次来到苏州，地方上用昆曲接待皇帝，而陈明智靠着自己精湛的演技让康熙皇帝赞叹不已，被任命为御前廷尉教习。这一晃就是三十年。陈明智想要告老还乡，临行前向康熙提出了一个请求！

阿狸：什么请求啊？

金丽娜：将虎丘山下的一座宅子赐给他，改建成救济穷苦孤老的善堂。这就是普济堂，到如今已经314年了。

阿狸：这么久啊！

金丽娜：还有更久的呢！

3. 日 外 范氏义庄遗址

金丽娜：这是范仲淹在公元1050年所建的范氏义庄，作为中国历史上第一个义庄和民间非宗教慈善机构，虽朝代更迭，战乱纷扰，范氏义庄一直延续到清代，前后八百余年。

阿狸：原来范仲淹在苏州不只建郡学、治水患，还做了这么多事情呀！

金丽娜：所以这才是先天下之忧而忧，后天下之乐而乐啊！

阿狸：可是，这还是成了遗址……

金丽娜：是遗址，又如何？

4. 日 外 丰备义仓

金丽娜：这里是长元吴丰备义仓的遗址，1835年由时任江苏巡抚的林则徐所建。因为“以丰岁之有余，备荒年之不足”的理念，所以义仓起名丰备。不过，参与此事的不仅仅是林则徐一人，苏州士绅也鼎力相助，有一位苏州籍的刑部尚书之子一次就捐助了1100亩地。经过多年的持续捐赠，最终有田产14900亩，以田租作为赈灾的经费。在后来多次的灾荒中，丰备义仓向百姓伸出援手，救民水火。只可惜后来丰备义仓毁于战火。

阿狸：啊？又毁了啊！

金丽娜：可即便毁掉，成了废墟，也依然有人记得，依然有人为之努力。

5. 日 外 潘遵祁故居

金丽娜：到了1864年，前翰林院编修潘遵祁，他是苏州著名的贵潘一脉中人，和洋务学者冯桂芬一起重建丰备义仓。到1906年，已建成仓库5处，存粮13万石，存银8万3千多两，拥有田产1万7千余亩。丰备义仓是当时苏州最大的慈善机构，救助百姓，抗击灾荒，辅助教育，疏通河道，它能做的比以前更多了。

阿狸：我懂了！毁了不怕，成为遗址，也不怕。因为总有人前仆后继地去复建，总有人追随着前人的道路去前进。

金丽娜：这就是传承。

6. 日 外 苏州社会福利院

福利院中的景象。

金丽娜：是啊！陈明智募建的普济堂经历了三百多年，成为今天的苏州社会福利院。从范仲淹到林则徐，从陈明智到潘遵祁，还有那么多普普通通的百姓和慈善热心者，他们共同传承了苏州"民胞物与"的精神。

阿狸：所以苏式生活，除了精致美好，还有温暖人心的一面啊！

金丽娜：这就是我们所爱的苏州啊！

(四) 敬畏自然：《清源记》

扫码观看《清源记》

角色

许先生——四十岁，中年学者。

Chat姐——女，二十五岁，科技达人。

阿 狸——女，十八岁，山塘狸猫精。

金丽娜——女，三十岁，党课讲课人，在本集中扮演一个茶农。

1. 日 外 虎丘正门下河边

一艘船行进在虎丘河中，虎丘若隐若现。

Chat姐坐在船边，打着电脑，对美景毫无感受。

阿狸跳到船头：啊！这就是虎丘吗？(俯身看水)水好清澈啊！

Chat姐：水清澈那说明保护得好！(操作几下电脑，看)英国在1833年就提出了《水质污染控制法》，美国在1899年也制定了《河川港湾法》，立法意识促进了环保行动的开展。

许先生：咦！1833年？

Chat姐：嗯！

许先生：1899？

Chat姐：嗯！

许先生：那你可知乾隆二年是什么时候？

Chat姐：(敲击键盘)1737。

许先生：对喽！那一年，苏州也制定了自己的河流水质保护法，比英国早96年，比美国早162年。

Chat姐振眉。

阿狸：哇！

2. 日 外 虎丘山门碑文处

阿狸：苏州府永禁虎丘开设染坊污染河道碑。

许先生：就是这里了！

阿狸：可这碑文好多看不清楚的！

许先生：我念给你听。你看！这里是元和、长洲、吴县的三位县令，还请苏州知府背书，为什么事儿呢？为“新创染坊，共吁禁宪事”。

阿狸：什么意思啊？

许先生：就是说，山塘河周围建了很多的染坊，染布就会有很多废水，导致“满河青红黑紫”，这里少两个字“洋溢”。

Chat姐：都“满河青红黑紫”了，那肯定“臭气”洋溢了！

阿狸：(捂住鼻子)阿狸鼻子最灵了，怕怕！

许先生：所以“永禁”，“射利之徒 妄希开设染坊……出示严禁，并饬将置备染作器物迁移他处开张”。这就是说，苏州府及元和、长洲、吴县三县决定，山塘河两岸不得设置染坊，以为永例。

Chat姐：可是，这里为什么会有这么多的染坊呢？

许先生：咦！好问题！

3. 日 内 苏州丝绸博物馆大厅

阿狸开心地在里面跑起来。

许先生：这里是苏州丝绸博物馆。你们看到的就是古代织染设备的复制品。我们所熟知的江南织造，有苏州、江宁、杭州三处，共有织机和布机2135张，在苏州的数量最多，为800张。但是刚织出来的丝织品是素色的。这能给皇上穿吗？人家都穿明黄色的龙袍！所以得染色！苏州织造分成总织造局和染织局两个部分。总织造局叫北局。

Chat姐：我知道了，在观前街人民商场那里！

许先生：染织局在苏州十中那里。

阿狸：那就是南局了？

许先生：然也！南局就是专门负责管理印染的机构。清代的苏州是江南纺织业的中心，不仅仅丝绸需要染色，棉布也需要，于是大量的民间染坊兴起。根据染色的不同，分成红纺、蓝纺、染色纺和印花纺等等。每一纺的颜色也是品种繁多，红纺有大红、桃红、出炉银红、藕色红。蓝纺呢，有竹根青、翠蓝、天蓝、月色蓝。杂色纺有黄色、黑色、蟹青、佛金面。可是，在城里待不住啊，只能到城外的虎丘去！

阿狸：为什么？

Chat姐：我知道！

4. 日 内 苏州丝绸博物馆

桌子上摆着一系列的染坊原料。

Chat姐：染黄色用黄栀、槐花、芦木、荩草和黄檗，染红色用红花、茜草、胭脂草和紫榆；染青色用马蓝、菘蓝、吴蓝和蓼蓝；染黑色用五倍子、乌梅、栗壳和树皮；染紫色用苏木、山机房、叶紫草。还要添加矿物颜料，丹粉、朱砂、赭石和大青。

阿狸：这么多！

Chat姐：染作过程中还要添加元明粉、明矾、青矾、蓝矾和红矾做助剂，这些都是硫酸盐，还用重金属铬、铜、锡、铝和铁等作媒染剂，还有纤维素、脂肪、果胶等大量的有机杂质。

许先生：你可以想象一下，这么多染织颜料所形成的废水排进河道里，会发生什么？

5. 日 外 山塘河岸边

许先生：杜荀鹤诗云“君到苏州见，人家尽枕河”，苏州人生活在河边，用的是河水，吃的是河水。河道弯曲，水流缓慢，一旦被纺织污水和废料浸入，很难自净，极易堵塞！所以就会导致“满河青红黑紫”，“臭气洋溢”。

Chat姐：这不光是闻的问题，这水你敢喝吗？

阿狸：谁敢啊！(看到井)可是，我们不能用井水吗？

许先生笑笑没有回答，用扇子敲了一下阿狸的头，施施然而去。

阿狸摸头。

Chat姐：你傻啊！河水就不会渗到井水里去啊！

6. 日 外 虎丘后山茶园

许先生：不只如此！虎丘曾有名茶，与碧螺春齐名，所以碑文中说“傍山一带，到处茶棚”。这样的水，能种茶吗？

阿狸：不能！茶种出来，就成臭的了！

许先生：虎丘还种植了枸杞、灵芝、何首乌等多种药材，茉莉、白兰花等多种花木，甚至还以出产草席为名。污水蔓延，药材成了毒物，花木不再娇艳，就连编席子的草都烂了根！是可忍，孰不可忍！

Chat姐：禁得好！

金老师从茶园中茶树边起身，给一个特写。

7. 日 外 虎丘山门碑文外

许先生：乾隆二年，苏州有识之士120名，甚至包括虎丘庙里的和尚，他们联名上告，要求禁止在虎丘开设染坊。碑成令行，山塘河水也渐渐回归清澈，绿水青山终留给今日的苏州。

阿狸：(摸着碑文)这120位有识之士是徐彦卿、吴裕明、江浩如……后面的，后面的，都看不清了！(悲伤)

Chat姐：毕竟，他们的名字经过了将近三百年的风吹雨打！

许先生：可这又如何呢？也许他们的名字看不清楚了，可是这虎丘记得，这绿水青山记得！后世的苏州人记得，这就够了。

(五) 经世致用：《群贤集》

扫码观看《群贤集》

角色

顾　沅——男，五十岁，清朝学者。

阿　狸——女，十八岁，山塘狸猫精。

金丽娜——女，三十岁，党课讲课人，在本集中扮演文震亨。

1. 日 外 沧浪亭面水轩

顾沅手持试卷，诵读：山不在高，有仙则名；水不在深，有龙则灵。斯是陋室，为诸君德馨……

阿狸：先生错啦！是为吾德馨！

顾沅：错了？

阿狸：对啊！人家刘禹锡就这么写的！

顾沅振衣起：也罢！随我来！

2. 日 内 言子书院

顾沅规规矩矩地行礼，阿狸跪在一边跟着学，歪着脑袋问：先生，是这样吗？

顾沅：嘘！

顾沅行礼完：南方夫子面前，不可高声喧哗。

阿狸：哦！南方夫子是什么意思？

顾沅：这位是言偃，字子游，孔门十哲之一，七十二弟子唯一的南方人。

阿狸：哦，我知道了。南方夫子就是南方人的意思！

顾沅：你又知道了！南方人多，但能称为夫子的却少。因为言子在孔子去世后，回到江南的吴地，传播文教，将儒家的学说发扬光大，让一缕文脉之灯，薪尽火传，生生不息！

阿狸：那我可要好好地拜一下夫子了！

阿狸去掉玩笑之色，认认真真地行礼。

3. 日 外 苏州巡抚衙门外大街

阿狸：衙门啊！阿狸不敢进！

顾沅：是啊，《增广贤文》上说“衙门深似海，弊病大如天”。旧时候的官场陋习太多，积弊太多，没有人敢于打破。

阿狸：那怎么办？

顾沅踏进衙门：可是，总有些人呐……

4. 日 外 苏州巡抚衙门院子

顾沅：明隆庆三年，海瑞就任应天巡抚，管辖南京、苏州一带，颁布督抚条约三十六款，整治官员迎来送往的繁杂礼节与奢靡之风，当地富户听说海瑞要来了，赶紧把朱门涂成黑门，遣散轿夫，生怕这位海青天、硬骨头拿自己开刀！

阿狸：那海瑞只是一位清官吗？

5. 日 外 河道

顾沅：来到苏州后，他治理泛滥的吴淞江和白茆河，还一方山河美好。海瑞是清官，但又不只是清官。

6. 日 外 沧浪亭

一个青衫文士(金丽娜沾着胡须扮演)带着书走过。

阿狸：哎！哎！(问顾沅)他是？

文士坐在假山的亭上。

顾沅：他是文震亨，文徵明的曾孙，世居苏州，平生最喜这苏式园林，故写成一本

《长物志》，凡亭台楼阁之事，纤悉毕具；花鸟鱼虫草木之属，皆有所言。小桥流水，吴门人家，昆腔声里，都是数不尽的江南风情！

文士：纸上昙花偶自拈，烟青石叶夜炉添。

7. 日 外 沧浪亭小楼远望

顾沅：刚才一路走过，看到那些圣贤多吗？

阿狸扳着指头算：好多啊！

顾沅：其实不止呢！

顾沅远望，镜头接其他苏州名贤古迹，如文庙、石湖等。

8. 日 内 五百名贤祠

顾沅：这就是德馨的诸君啊！

阿狸：哇！

顾沅：我自幼酷爱读书，常思江南文脉，吴郡为最。古来圣贤，多有临之，驻之，为之，盛之者。然尚无一处，聚古今吴郡名贤于一脉，祭之念之。所以在道光七年，在沧浪亭发起建立这五百名贤祠。他们有的就是苏州人，有的为官苏州，长居苏州，又爱上苏州。他们或崇文重教，或民胞物与，或崇德尚廉，或技道合一。文脉于斯，文脉不绝！

阿狸：我想，这就是苏州的精神，这就是苏州何以为苏州！

顾沅：阿狸？

阿狸：啊？

顾沅：你长大了！

镜头扫过名贤图片，加儿童画外音。

画外音：姑苏城，两千年，文脉悠长尽圣贤。读典籍，思贤良，风物书声最江南，最江南。

(六) 诚信友善：《信为本》

扫码观看《信为本》

角色

许先生——四十岁，中年学者。

Chat姐——女，二十五岁，科技达人。

阿　狸——女，十八岁，山塘狸猫精。

1. 日 外 山塘河

两侧是山塘街，一船行来，许先生立于船头，船舱里是Chat姐和看屏幕的阿狸。

许先生立于船头：山塘河水清且涟，山塘街上人喧哗。这就是七里山塘了！Chat、阿狸我们下船！

Chat：好了！阿狸，走啦！

阿狸：再让我看会儿！

Chat：看什么呢？这么入迷！

阿狸：《神探夏洛克》，可好看了！你看这一集，是大侦探夏洛克都猜不出来的神秘符号。

许先生凑过来：这不是苏州码子嘛！

阿狸：苏州码子是什么？

许先生看了Chat一眼。

Chat查阅平板电脑：苏州码子是诞生于中国明代的一种算筹系统，在港澳地区的一些街市、茶餐厅和中药铺子依然使用。

阿狸：可是，为什么要创造一套苏州码子呢？

许先生：因为明清时期苏州商业发达，需要一套数字速记符号。

阿狸：那苏州明清时期为什么商业发达？

2. 日 外 山塘七狸

许先生摸着狸猫雕塑的头：阿狸，你真是一个好奇宝宝！

阿狸和Chat没好气地看着许先生。

许先生：(讪讪)不好意思，看错了。

许先生：阿狸，你可真是……

阿狸：先生！你还没告诉我为什么呢！

3. 日 内 苏作馆苏作品牌区

阿狸边看边跑边惊呼！

许先生：苏州工艺精致细腻，构思巧妙，富有文化韵味，与江南文化一脉相承。这喜欢的人多了呀，买的就多，制造、生产、销售的人也多，在明清时期，甚至形成了雇工数千人的大型工坊，所以商业文化自然就繁荣起来了。

Chat：可是，光有苏州人自己也不够吧？

许先生：对头！

4. 日 外 阊门

阿狸在码头上玩。

许先生：明清时期，苏州水运发达，一条大运河将南来北往的客商汇聚在这里，当他们能看到虎丘斜塔的时候，就知道苏州就要到了。到苏州第一站，进阊门。当时阊门被称为天下大码头，五方商贾，辐辏云集。他们在苏州经营着……(看向Chat姐)你脑子好，你来说。

Chat：(检索状)丝织业、刺绣业、染布业、踹布业、丝绎业、金线业、冶金业、钢锯业、锡器业、张金业、金银丝抽拨业、包金业、造纸业、印刷业、成衣业、蜡烛业、水木业、漆作业、石作业、硝皮业、寿衣业、牛皮业、织席业、缏绳业、茶食业、粗纸箬叶业、蜡笺纸业、红木巧木业、红木梳妆业……

阿狸：哇！好棒！我也来(抢来平板电脑，读)布行、米行、木行、香行、猪行、轿行、洋货行、酒行、鱼行、估衣行、木竹商行、南北杂货行、(换气)典铺、钱铺、枣铺、肉铺、绸缎铺、药材铺、海货铺、煤炭铺、铁钉铺、糖果铺、皮货铺、绒领铺、金业铺、锡器铺、金珠铺、首饰铺、银楼铺、颜料铺、珠宝玉器铺、油麻杂货铺……累死我了，我都快不认识“铺”字了！

许先生：你们这俩贯口，绝了！(前行)

阿狸：(追上)那这些外地商人来了苏州会去哪儿呢？

5. 日 外 山塘河

阿狸：这儿啊！这不是我们刚才要下船的地方吗？

许先生：对啊！谁叫你忙着看电视剧不下船，转了一圈，回来了吧！

Chat：外地的商人们来这里干什么？

许先生：山塘河与运河相连，离着阊门也不远，外地的商人们就在山塘街上修建了诸多的会馆。会馆就是给南来北往的商人提供住宿、存放货物、沟通信息、联络情感的地方。一般来说，会馆是同乡所建，比如潮州会馆就是潮州商人所建，东齐会馆是山东商人所建，全秦会馆是陕西商人所建。(边走边切换镜头，介绍)

阿狸：我知道，那么汀州会馆是福建商人建的。岭南会馆一定是两广商人建的啦！对不对？

许先生：阿狸最聪明啦！

Chat：可是，他们来苏州的理由不会仅仅就是因为水运发达吧？

阿狸：Chat姐，刚才先生说我是好奇宝宝，我看你比我还好奇呢！

6. 日 外 文庙碑林处

许先生：就是这块碑了！

阿狸：吴县永禁官占钱江会馆碑。

许先生：乾隆四十一年(1776)六月初七那天，一群杭州商人联合向苏州府告状，说官员霸占会馆，请苏州府帮助他们申冤！你冷笑什么？

Chat：古代的时候，官官相护。这些杭州的商人弄不好会听到这样一句话。

阿狸：什么话？

Chat：堂下何人，竟敢状告本官？

许先生：可苏州不一样。你们看，官方立碑，显示诚信，禁绝官员占据会馆。不仅是杭州商人的不能占，其他商人的也不能占，否则定拿究治！

阿狸：哇！这么厉害啊！

7. 日 外 山塘河船上

许先生：正是因为有这样好的营商环境，南来北往的客商才愿意来到苏州，在此创业，也就发展出了著名的苏州码子。(看了一眼阿狸的屏幕)这密码的意思是“寻找一支价值900万英镑的玉簪”。(回头)有句话叫做“你永远可以相信苏州！”就像你们可以永远相信许先生！

阿狸：不信！

许先生：为什么呀？

阿狸：谁叫你剧透的！剧透大坏蛋！(看《神探夏洛克》)卷福好帅啊！

Chat偷笑。

8. 日 外 山塘街狸猫雕像处

许先生和狸猫雕塑面面相觑，无奈。

笑声音效。

(七) 技道合一：《长物志》

扫码观看《长物志》

角色

许先生——四十岁，中年学者。

Chat姐——女，二十五岁，科技达人。

阿 狸——女，十八岁，山塘狸猫精。

1. 日 外 拙政园远香阁前

许先生等在观鱼，阿狸打了一个大大的哈欠。

阿狸：先生啊！这么早把人拉起来，困死了！

许先生：嘘！观鱼呢！

阿狸：日上三竿不行吗？夕阳西下不行吗？非要起来这么早！

许先生：有位古人说了，观鱼“宜早起，日未出时，不论陂池、盆盎，鱼皆荡漾于清泉碧沼之间”。自然和别的景致不同！

阿狸：啊？什么古人啊！

Chat：(检索)我搜到了！这是明代文震亨所著《长物志》第四卷《禽鱼》中的话！

许先生：果然是你Chat姐啊！

阿狸：可是阿狸困困，要把这些分那么仔细吗？

2. 日 外 拙政园中

阿狸蹦蹦跳跳地看着花窗。

许先生：你看，这是冰梅纹花窗。周围是冰纹，中间是梅花。(走)这个就是云纹花窗。顺便说一下，苏州园林的台阶都不是方方正正的，而是做成云阶，取平步青云的意思。

阿狸：这是什么花啊！

许先生：牡丹花。

Chat：阿狸快来，这是你最喜欢的！

阿狸：哇！钱！

许先生：对，这叫古钱纹花窗。这是蝙蝠纹花窗，取的是一个谐音福字。看了这么多，你想想，如果都是一样的花纹，那苏州园林会好看吗？

阿狸：不好看！

3. 日 外 拙政园假山顶

许先生：你看这苏州园林之中，亭台楼阁、花木山石、楹联匾额、池涧井泉，移步换景间，各有意蕴，争奇斗艳，可谓是咫尺之内，再造乾坤，占地虽小，变幻无穷，在最细微处展现天地的大道。

阿狸：苏州园林真是神奇！

Chat：可苏式的生活不仅仅表现在园林上。

4. 日 外 卅六鸳鸯馆

许先生翻开一本《长物志》阅读。

Chat：我查过了。文震亨的这本《长物志》，有关园林的是室庐、花木、水石、禽鱼、蔬果五志，另外七志——书画、几榻、器具、衣饰、舟车、位置、香茗则不仅仅是跟园林有关，而是涵盖了苏式生活的方方面面。

许先生：所以，《长物志》也被称为苏式优雅生活的百科全书啊！

阿狸：可是，他为什么什么都懂啊？

5. 日 内 苏州博物馆名人书画

许先生带着他们看文徵明的书法和绘画，最好有《拙政园三十一景册》。

许先生：文震亨的曾祖父是明代著名的画家、书法家文徵明。他尤以行楷为工，是著名的吴中四才子之一。你们看这是他所绘制的《拙政园三十一景册》。胸中有丘壑，方才能在自然之中打造一方天地。

阿狸："打造天地"什么意思？

Chat：哎呀！拙政园的第一位主人是王献臣，但设计拙政园的却是文徵明啊！

阿狸：啊！

6. 日 外 文徵明手植藤处

许先生带着两人看紫藤。

许先生：这株藤据说是文徵明亲手所植，距今已经五百年了。这五百年的春花秋月，风风雨雨，让我想起一个词，那就是传承。文徵明在设计拙政园的时候，把对江南文化的体悟落在这一花一木、一石一亭上，而文震亨则把苏式生活的美好写在《长物志》的一章一节、一字一句上。从技而生，出乎其道啊！

阿狸：苏州人真的是优雅精致啊！

许先生：还不止这些呢！

阿狸：还有啊！

7. 日 外 拙政园小飞虹

许先生：苏州人，不仅精致，还一样有风骨。文震亨的长兄文震孟是明代第82位状元，为官刚正不阿，清直廉明，大好前途，却一再触怒魏忠贤，讽谏崇祯帝，虽多次被贬，但一生未曾走向世故圆滑。

Chat：其实文徵明也一样的人品高洁，热心道义，文震亨更是在明清易代之际坚持民族气节。

阿狸：我知道了。文氏家族一直传承技道合一，但是最根本的却是德！

许先生：不只文家，苏州也不是这样吗？

(八) 开放创新：《画为媒》

扫码观看《画为媒》

角色

唐　寅：男，三十岁，历史中的真实的唐寅。

唐伯虎：男，二十五岁，在传说中被建构的唐寅。

阿　狸——女，十八岁，山塘狸猫精。

1. 日 外 唐寅故居外

阿狸读着一本唐寅的诗集。

唐伯虎：桃花坞里桃花庵，桃花庵下桃花仙。

唐寅：轻佻！

唐伯虎：你是谁？

唐寅：我是唐寅。你呢？

唐伯虎：我是唐伯虎啊！

阿狸：啊！你们俩是一个人？

唐寅和唐伯虎互相扭头表示不服气。

阿狸装作咳嗽两声。

唐寅：好吧！我是历史之中的唐寅，那时候我还年轻，还想着建功立业！

唐伯虎：我是传说中的唐伯虎，苏州有那么多好美的故事和我有关！

阿狸：唐伯虎点秋香？

唐伯虎：你怎么就知道这个！

唐寅：谁叫你是编造出来的呢？

唐伯虎：嘿！那叫传说！传说！

2. 日 外 文星阁(故居旁)

唐寅：我的祖上随李渊起兵，受封国公，祖父在土木堡一役为国捐躯，可歌可泣。到了我父亲一辈，只能经营一个小酒馆。

唐伯虎：啊，我怎么不知道？

唐寅：你是传说中的我啊！哪能知道以前的事情呢？

唐伯虎：也对！那就直接跳到咱们神童早慧、少年英才那段！

阿狸：对！我也想听学霸的故事！

唐寅：我十六岁中苏州府试第一，二十八岁时中南直隶乡试第一。

阿狸：哇！再拿个状元就连中三元啦！

唐寅：哪有那么好的事啊！就在我进京准备会试的时候，莫名其妙地被卷入了科举案，牵连入狱！

阿狸：那以后，还能科举当官吗？

唐伯虎：你就知道当官！

唐寅：没机会了。

唐伯虎：我说兄弟，咱们看开点儿！要是你平步青云，扶摇直上，建功立业，封侯拜相，那不就没我什么事了吗？唐寅之不幸乃唐伯虎之大幸也！该我了！

唐寅：别着急，还没到呢！

3. 日 外 唐寅文化街区岸边

唐寅：中国古人总是想着“立德、立功、立言”三不朽，这当然是很伟大的生活，但是并非每一个人都有机会去追求。

阿狸：按照现在的话来说，就是太卷了。

唐寅：可是这条路我断了！那时的我，穷困潦倒，无以为生。我曾写过这样一首诗，“柴米油盐酱醋茶”。

阿狸：这不是开门七件事嘛！

唐伯虎：般般都在别人家。咱家没有啊！

阿狸：那干嘛呢？

唐伯虎：对啊！岁暮天寒无一事。

唐寅：竹堂寺里看梅花。

唐伯虎：别看了，再看也变不出钱来！咱们临渊羡鱼，不如退而结网！

阿狸：羡什么鱼？结什么网？

唐伯虎：就是换个活法嘛！

唐寅：是啊！我看到了另外的生活方式。苏州这座城市，在明朝的时候商业发达，诞生了很多的艺术大师。他们或者以刀为笔，或者以玉为画。

唐伯虎：那就是玉雕！

阿狸：我知道！

唐寅：或者以丝为笔，缂之为画。

阿狸：那就是缂丝啦！

唐寅：还有家具、核雕、漆器、刺绣等等，都是以艺为笔，以器为画。我就想，我自己也有真正的笔，画出真正的画。他们能以艺为生，那我为什么不行？

4. 日 内 唐寅墓景区悬挂唐寅作品复制品处

阿狸：(读)桃花仙人种桃树，又折花枝当酒钱。

唐伯虎：就是画画的比喻说法，摘桃花，卖酒钱，卖画为生罢了！

唐寅：世人非常喜欢我的书法以及仕女图。我依靠着卖文卖画，总算维持了后半生的生计。

唐伯虎：也就是你在苏州哇，要是在别的地方，你敢卖这些书画吗？那不斯文扫地嘛！

唐寅：对！幸亏是在苏州。

唐伯虎：苏州人就喜欢这样接地气的文人故事，把唐寅传说得多了，就有好多的奇闻异事。

阿狸：点秋香！

唐伯虎：这梗你过不去了，是吧！我是说“当酒钱”的传说。讲的是你和祝枝山、张灵出去喝酒，吃完才发现没有带钱。于是你，也就是我，找了张白纸，几笔画成青山绿水，祝枝山接过笔，题了四句诗，更加增色，张灵又在绿水旁添了个汲水小童，活灵活现。我们用此画不仅付了酒钱，还多喝了几杯。

5. 日 内 地铁车厢中屏幕

三人坐地铁，看屏幕中的唐伯虎为主角的宣传动画片。

唐伯虎：类似于“当酒钱”这样的故事多了，历史中的唐寅也就变成了传说里的唐伯虎——风流不羁，潇洒浪漫。

阿狸：对！点秋香！

唐伯虎：我和你拼了！

在两人的打闹衬托下，唐寅叹了一口气。

6. 日 内 地铁中的通道

三人走着。

阿狸：我发现一件事！

唐伯虎：什么？

阿狸：苏州人特别喜欢唐寅。在他们的心目中，希望一生艰难的唐寅能够像传说里的唐伯虎一样自由自在，开心快乐，以画为媒，游戏人间！所以，唐伯虎的故事，只有喜剧。

7. 日 外 文昌阁顶

三人遥望着远方。

唐寅面色释然。

(九) 崇德尚廉：《人间世》

扫码观看《人间世》

角色

冯梦龙——男，明代学者、官员。

阿　狸——女，十八岁，山塘狸猫精。

金丽娜——女，三十岁，党课讲课人，本集中扮演卖梅花糕的店主。

1. 日 外　双塔下

冯梦龙望着这沧桑的双塔，微微叹息。

阿狸翻着一本《三言》。

阿狸：(读)“说孝而孝，说忠而忠，说节义而节义，触性性通，导情情出。”冯梦龙爷爷，你写的这是什么意思啊?

冯梦龙：想不明白?

阿狸：嗯嗯!

冯梦龙：想不明白，就跟我去看看!

2. 日 外 双塔旁边的巷子

冯梦龙带着阿狸走街串巷，来到官太尉巷，眼前是沿河的热闹集市。

3. 日 外 梅花糕店

金丽娜在卖梅花糕。

冯梦龙：(朗诵腔)慎厥初，惟厥终，终以不困；不惟厥终，终以困穷……

金丽娜莫名其妙，拿起两个梅花糕。

金丽娜：大爷！您饿了吧！这俩送您，不要钱!

4. 日 外 官太尉巷河沿

冯梦龙和阿狸坐在台阶上，吃着梅花糕。

冯梦龙：哎，你不说点什么?

阿狸：好吃！好吃！梅花糕真好吃!

冯梦龙：(无奈)不是说这个!

阿狸：那说什么?

冯梦龙：你知道刚才店主为什么白送我们两个梅花糕?

阿狸：当然了，什么慎，什么终，被你说得糊里糊涂，云里雾里，当然赶紧白送个梅花糕，请你走人呗!

冯梦龙：其实啊！我刚才诵读的是《尚书》里的句子，是说人啊，要有始有终，否则就是虎头蛇尾。

阿狸：这么简单的道理，被你拽得谁都听不懂，有什么用呢?

冯梦龙：是啊！有什么用呢？

5. 日 外 十全河畔

冯梦龙和阿狸边走边说。

冯梦龙：崇祯七年，也就是1634年的时候，我到福建寿宁的山里做了一个县令。当时虽然生逢乱世，可是我还是很想有些作为的，于是兴利除弊，移风易俗，积极扶持地方文教，还亲自编纂了地方史书《寿宁待志》。可问题是，当我跟那些老百姓说起礼仪教化的时候，你猜他们怎说？

阿狸：怎么说？

冯梦龙：(学刚才阿狸的样子)“什么慎，什么终，被你说得糊里糊涂，云里雾里”。哈哈！你眉头怎么皱得这么高啊？

阿狸：(掐腰)冯梦龙爷爷，你好坏！

6. 日 外 定慧寺巷

两人走在嘈杂的人群中。

冯梦龙：后来我就想，老百姓过日子，过的是人间烟火、家长里短。你去给他们讲家国春秋、四书五经，他们是不懂的。所以，我就想能不能编写一些故事，让他们知道善有善报，恶有恶报，但行好事，莫问得失。

7. 日 外 定慧寺

冯梦龙：我出身于苏州，见惯了街巷中的市井人生，所以故事里很多场景的灵感就是来自苏州。

阿狸：哦，我知道啦！卖油郎初见花魁的寺庙就是受苏州古刹的影响。

8. 日 外 官太尉巷

阿狸：那有着家传珍珠衫的蒋兴哥就是住在这样临街的房子里？

9. 日 外 望星桥

阿狸：那杜十娘怒沉百宝箱就是在这样的小河里？

冯梦龙停步：看看原文怎么写的呀！“行至瓜洲”，瓜洲在哪儿？

阿狸：在哪儿？

冯梦龙：在长江上！

阿狸：哦！

冯梦龙：这些苏州的街巷滋养着我的故事，让我写出了《喻世明言》《警世通言》和《醒世恒言》，也就是所谓的“三言”。我写的故事就是要让老百姓看得懂、听得懂。让他们听到孝顺父母的故事就知道孝顺父母，听到忠贞报国的故事就知道报效国家，听到品德高尚的故事就学习这样的品德，触景生情，以情感人。

阿狸：这就是“说孝而孝，说忠而忠，说节义而节义，触性性通，导情情出”。

冯梦龙微笑看向远方。

10. 日 外 葑门横街街上

冯梦龙和阿狸走在充满烟火气的大街上。

阿狸从小摊上拿来一个大风车。

阿狸：冯梦龙爷爷！快来呀！

冯梦龙：来了！

两侧喧闹繁华的街景，人们幸福安康的面容。

冯梦龙：(O.S.)我写了那么多的故事，希望读过故事的百姓可以安居乐业，道德高尚，邻里和睦安康，岁月静美。这就是我的人间烟火梦。

(十) 扶正祛邪：《正气歌》

扫码观看《正气歌》

角色

许先生——四十岁，中年学者。

Chat姐——女，二十五岁，科技达人。

阿　狸——女，十八岁，山塘狸猫精。

1. 日 内 苏高中教室

许先生在课堂上讲课，学生们在下面听讲。

阿狸和Chat在教室的外面看着里面。

许先生：林则徐在苏州销禁鸦片烟，沉重打击了鸦片商贩的嚣张气焰，体现了强烈的为国奉献之心和扶正祛邪的高尚品德。

阿狸蹦蹦跳跳，拼命向许先生打手势示意：错啦！错啦！

Chat：什么错了？

阿狸：虎门销烟！虎门销烟！不是苏州销烟。

2. 日 外 苏高中校园

许先生在前面走着，阿狸端着Chat的iPad在后面追。

阿狸：您看，在广东虎门炮塔的下面还有林则徐纪念碑呢？

许先生驻足，回头：你以为只有广东有林则徐的纪念碑吗？

阿狸：不是吗？

许先生：跟我来！

3. 日 外 观前街北局小公园

阿狸看碑：林公则徐纪念碑？

许先生：嗯！

阿狸：苏州怎么会有他的纪念碑？

Chat：(查找)找到了！林则徐曾在1823—1824年担任江苏按察使，1832—1836年担任江苏巡抚，都驻节在苏州！

许先生：你看到的是碑文，我看到的是人心！

4. 日 外 阊门城门上

三人站在阊门上，望向繁华的街市。

许先生：明清之际，阊门是苏州最为繁华的街道。南来北往的客商自京杭大运河而来，进了阊门，卸下货物，售卖商品，让这条街繁华兴盛，可谓是那个时代的苏州CBD。只可惜啊，这鸦片一来，一切全完了！

5. 日 外 南浩街

许先生：阊门呐，在清代叫做南濠。可是，因为鸦片的引入，大宗货物交易直接减了一半儿！

阿狸：那少的钱买什么去了！

Chat：咱们在聊硝烟，肯定是买鸦片去了！

许先生：对！城内鸦片泛滥，吸食者数以万计，经销鸦片者也数以千计。在巨大利益驱使下，一些官吏不仅加入吸食者行列，还与鸦片商相勾结，贩卖鸦片，导致官场、社会乌烟瘴气。

阿狸：那怎办啊！

许先生/Chat：禁！

6. 日 外 阊门城门上

许先生：林则徐在给道光皇帝的奏折中，以苏州为例痛陈鸦片泛滥之害，呼吁全国禁烟。此外，他还身体力行，率先在南濠开展禁烟，收缴鸦片，并送到这阊门之外的铁岭关集中销毁。可以说，苏州禁烟为林则徐虎门销烟做了预演和准备。

阿狸：我想到一个词。

Chat：什么？

阿狸：雷厉风行！

许先生：还有一个！

阿狸：哪个？

许先生：春风化雨！

Chat：为什么？禁烟怎么能春风化雨呢？

许先生：林则徐不仅禁烟，也致力于帮助瘾君子戒烟。他搜集戒烟良方，并请苏州名医研制戒烟膏、戒烟丸，最后由巡抚衙门成立“戒毒所”，把瘾君子集中起来，督促其服用膏丸。这些膏丸因为是林则徐发起研制的，用的药材有18种之多，因此得名“林十八”。所以，林则徐并不是一禁了之，而是考虑周详，治病救人。

7. 日 外 沧浪亭五百名贤祠

许先生：林则徐在担任江苏按察使时，深深获得了苏州百姓的民心。数年后，当他提任江苏巡抚再度来到苏州时，百姓奔走相告“林公来矣”。时逢苏州灾荒，林则徐恳请朝廷为灾区免除赋役、赈济饥贫，令“民以无饥”。他在农业、漕务、水利、救灾、吏治等方面都做出了杰出贡献。所以五百名贤祠中，也立有他的画像石。

阿狸：(读)公来民乐，公去民思。于汤不作，惟公嗣之。

Chat：这个于汤是什么意思呀？

许先生：“于”指的是两江总督于成龙，“汤”指的是曾担任过江宁巡抚、有豆腐汤之称的清官汤斌，他们两人都是清朝前期的名臣。这里是高度评价林则徐有古之名臣的风范。

8. 日 外 南浩街林则徐雕像处

三人行走。

阿狸：大家都知道林则徐虎门销烟，可是却很少有人知道他苏州销烟。嗯，不开心。

走到雕塑处。

许先生：也不是没人知道。你看！谁真心对百姓好，百姓就会记住谁。

三人回首望着熙熙攘攘的人群。

许先生：就像他的那句诗“苟利国家生死以，其因祸福趋避之”。他看到今日苏州的繁华，也一定会非常欣慰吧！

三、剧本委托创作合同示例

委托人(甲方)：
注册地址：
法定代表人：
授权代表：
联系电话：
受托人(乙方)：
注册单位：
法定代表人：
授权代表：
联系电话：
合同签订地：　　　　　　　　　　　　　　合同签订日期：

甲乙双方经充分协商，就甲方委托乙方创作______________剧本事宜，根据《中华人民共和国著作权法》及《中华人民共和国民法典》等法律法规的规定，达成以下协议，双方共同恪守执行。

第一章　剧本

第一条 甲方委托乙方创作如下剧本

(1) 剧本名称：
(2) 剧本类型：
(3) 剧本的长度：

第二章　剧本著作权

第二条 剧本著作权归属原则

在甲方如约支付完全乙方稿酬的前提下，自乙方剧本创作完成之日起的___年内，甲方独自享有该剧本除编剧署名权以外的全部权利，乙方不得将该剧本以及剧本中的人物、情节等各种构成元素以任何形式授权、转让、提供给第三方使用。

第三条 剧本著作权归属甲方

1. 甲方拥有本合同约定创作剧本的著作权和终审权

(1) 发表权，即决定该剧本是否公之于众、以何种形式公之于众。

(2) 修改权，在创作过程中，因乙方的创作不能达到双方约定的标准和要求时，甲方在支付相关阶段稿酬后，有权按自己的需要 自行对该剧本修改(或续写、改编)。

(3) 表演权及播出权，对该剧本进行公开表演及播出的权利。

(4) 信息网络传播权，将该剧本以任何形式在互联网上传播，使公众可以在其个人选定的时间和地点获得作品的权利。

(5) 改编权，在该剧本基础上进行改编，创作出具有独创性的新作品的权利。

(6) 需要约定的其他著作权利。

2. 乙方对创作剧本著作权的保留

双方约定，在不影响甲方合法行使本合同第三条第一款权利的前提下，乙方(创作者)拥有以下权利，即乙方保留以下权利：

(1) 署名权，乙方(创作者)有权在该剧本上署名，署名方式为编剧，具体署名方式为编剧：________。

(2) 如甲方中途安排他人续写、修改和改编时，续写/修改/改编人有权以编剧/副编剧/改编者方式署名，但不得损害乙方的署名权，署名的先后顺序依据创作部分的比例大小确定。

(3) 获得酬劳权，依本合同第四章之约定获得相应足额稿酬。

第三章　双方其他权利义务

第四条 甲方保证与承诺

(1) 甲方担保并声明甲方有完整之权利及授权签署本合同。

(2) 甲方保证于本合同存续期间内，不签署任何与本合同权益相冲突之合同。

第五条 乙方保证与承诺

(1) 乙方承诺独立完成该剧本之创作，该剧本创作情节、结构、内容、人物、地名等名称、对话、用语等，除甲方提供素材中的酌情沿用外，其余部分没有侵犯任何人的合法权利，不存在任何法律争议。未经甲方书面确认不得将该剧本全部、部分及人物、情节等元素授权任何第三人以任何方式使用。

(2) 乙方保证甲方在本合同生效后在授权地区拥有本合同规定之权利，包括在本合同签订前，未接受任何第三方以与甲方相同的方式创作合同约定之剧本，也不在本合同有效期内为任何第三人创作相同题材的剧本。

第六条 荣誉的共享

1. 如果该剧获奖，乙方有权参加颁奖仪式，差旅费由______方承担。

2. 话剧在国内公演、研讨，或参加国内外展出、竞赛等活动时，甲方应邀请乙方参加，差旅费由______方承担。

第四章　报酬

第七条 具体支付方式

(1) 甲乙双方约定，乙方承担本剧的创作工作，甲方按照人民币___元(大写：___圆整)支付给乙方，作为总稿酬。

(2) 乙方根据甲方的意见完成剧本大纲和人物小传后，甲方向乙方支付总酬金的即人民币_____元(大写：_____圆整)。

(3) 后期持续支付的方式______。

(4) 乙方的收款账户为：

户　名：

开户行：

账　号：

第八条 纳税

本合同约定之乙方报酬，均为税后报酬。

第五章　剧本交付与认可

第九条 剧本交付

1. 交付剧本规格：电子版 邮箱：________________

2. 交付确认：

剧本发到指定邮箱后，甲方应回复确认函件，若一周内没有答复，则视为甲方已经收到，以乙方电子邮件发件箱信息为准。

第十条 剧本认可

1. 乙方在完成各个阶段创作，将成果提交给甲方后，甲方应分别在一周内提出书面意见，否则，即视为甲方认可乙方提交之剧本。

2. 双方对剧本最后定稿的认定标准，在不存在重大争议分歧时，以相互诚信协商确定。

第七章　合同终止

第十一条 提前终止本合同

本合同有效期间内，遇到下列情况之一，合同终止自书面通知发出后3日内生效。

1. 因不可抗力事件，无法继续履行本合同的。

2. 一方严重违反合同有关条款，另一(守约)方可以单方面解除本合同。

3. 根据合同规定行使单方合同解除权，并不表明其放弃向违约方追索违约金和赔偿金。

第十二条 甲方单方面终止合同

1. 若乙方工作不能达到甲方要求，导致本合同不能继续履行时，甲方有权单方面终止合同。

2. 甲方单方面终止合同后，乙方已收的款项不再退还甲方，甲方已经支付报酬的剧本或半成品及相关著作权归甲方所有。

3. 甲方有权委托其他编剧进行进一步创作。

第十三条 乙方单方面终止合同

1. 乙方提交创作成果后，甲方未能在约定时间内给予乙方修改意见，并且未能在乙方提交创作成果30个工作日内支付相关稿酬，乙方有权单方面终止合同。

2. 乙方单方面终止合同后，已收的款项不再退还甲方，乙方创作的剧本或半成品著作权归乙方所有。

3. 合同终止后甲方不得再行使本合同之权利。

第八章　违约责任

第十四条 违约责任

除不可抗力因素外，任何一方如严重违反本合同之约定，另一方有权解除合同，并要求对方赔偿造成的实际损失及救济的合理支出费用。

第九章　其他约定

第十五条 不可抗力

1. 因战争、叛乱、火灾、爆炸、地震、天灾、洪水、干旱或恶劣天气，以至于无法送达、无法供给、无法生产，或者因政府法令，而造成之破坏、损失、迟延等耗损，双方各自的损失自行负担，直至不可抗力事件结束为止。

2. 乙方同意受聘之前，提交和填写本人简历并对其真实性负责，并同意甲方为本剧宣传之需，使用乙方的姓名、照片、肖像及乙方提供的有关资料。

第十六条 合同修改

本合同非经甲乙双方书面同意，不得任意修改或变更，如需修改或变更，双方应通过协商达成一致后签订补充合同，作为本合同附件。

第十七条 法律适用

本合同适用中华人民共和国相关法律，有关本合同的解释、履行等相关事宜皆适用中华人民共和国法律。

第十八条 争议解决

本合同在履行过程中，如发生争议，双方协商解决；若协商无效，可在________人民法院申请司法调解。

第十九条

本合同一式肆份，具有同等法律效力，甲乙双方各执贰份，自签署之日起生效。

(委托方)甲方：

住址：

法定代表人：

授权签字人：

年　月　日

(受托方)乙方：

住址：

法定代表人：

授权签字人：

年　月　日

参考文献

[1] 龚金平. 微电影编剧：观念与技法[M]. 上海：复旦大学出版社，2017.

[2] 国玉霞，白喆，郝强. 微电影创作技巧[M]. 北京：清华大学出版社，2014.

[3] 华曲子，杨帆. 微电影创作[M]. 石家庄：河北美术出版社，2017.

[4] 黄会林. 影视概论教程[M]. 北京：北京师范大学出版社，2004.

[5] 李恒基，杨远婴. 外国电影理论文选[M]. 北京：生活•读书•新知三联书店，2006.

[6] 冷冶夫，刘新传. 微电影创作基础[M]. 北京：中国传媒大学出版社，2016.

[7] 陆军. 编剧理论与技法[M]. 上海：上海人民出版社，2016.

[8] 齐青，尹利群. 微电影制作[M]. 上海：上海科技教育出版社，2017.

[9] 阮航，高力. 电影艺术概论[M]. 成都：西南交通大学出版社，2013.

[10] 孙茜芸，康玉东. 微电影创作教程[M]. 北京：中国传媒大学出版社，2016.

[11] 肖军. 刑侦剧研究(第四卷)[M]. 北京：群众出版社，2021.

[12] 张凤铸. 电影电视艺术导论[M]. 北京：中国广播电视出版社，1997.

[13] 张凤铸. 中国电影电视剧理论纵览[M]. 北京：中国传媒大学出版社，2006.

[14] 张永琛，许静波，等. 大宋宫词[M]. 北京：人民文学出版社，2021.

[15] 安德烈•巴赞. 电影是什么[M]. 崔君衍，译. 北京：中国电影出版社，1987.

[16] 大卫•波德维尔. 电影艺术：形式与风格[M]. 彭吉象，等，译. 北京：北京大学出版社，2003.

[17] 罗伯特•考克尔. 电影的形式与文化[M]. 郭青春，译. 北京：北京大学出版社，2004.

[18] 罗伯特•麦基. 故事[M]. 周铁东，译. 天津：天津人民出版社，2014.

[19] 马赛尔•马尔丹. 电影语言[M]. 何振淦，译. 北京：中国电影出版社，2006.

[20] 齐格弗里德•克拉考尔. 电影的本性：物质现实的复原[M]. 邵牧君，译. 北京：中国电影出版社，1981.

[21] 下牧建春. 一个微电影的诞生[M]. 陈钺，译. 上海：上海人民美术出版社，2014.